알리바이

■ 이 도서의 국립중앙도서관 출판예정도서목록(CIP)은
서지정보유통지원시스템 홈페이지(http://seoji.nl.go.kr)와
국가자료공동목록시스템(http://www.nl.go.kr/kolisnet)에서 이용하실 수 있습니다.
(CIP제어번호: CIP2019041764)

알리바이

상실의
글쓰기에
대하여

안드레 애치먼

오현아 옮김

마음산책

옮긴이 **오현아**

서울대학교 영어영문학과를 졸업하고 조인스닷컴Joins.com에서 서평 전문 기자로 일했다. 옮긴 책으로 『작가님, 어디 살아요?』『작은 공주 세라』『디어 개츠비』『사냥꾼들』『실비아 플라스 동화집』『도시의 공원』『실비아 플라스 드로잉집』『스팅』『내니의 일기』 등이 있다.

알리바이

상실의 글쓰기에 대하여

1판 1쇄 인쇄 2019년 11월 5일
1판 1쇄 발행 2019년 11월 10일

지은이 | 안드레 애치먼
옮긴이 | 오현아
펴낸이 | 정은숙
펴낸곳 | 마음산책

편집 | 최해경 · 김수경 · 최지연 · 이복규   디자인 | 이혜진 · 최정윤
마케팅 | 권혁준 · 김종민   경영지원 | 박지혜

등록 | 2000년 7월 28일(제13-653호)
주소 | (우 04043) 서울시 마포구 잔다리로 3안길 20
전화 | 대표 362-1452 편집 362-1451   팩스 | 362-1455
홈페이지 | http://www.maumsan.com
블로그 | maumsanchaek.blog.me
트위터 | http://twitter.com/maumsanchaek
페이스북 | http://www.facebook.com/maumsanchaek
전자우편 | maum@maumsan.com

ISBN 978-89-6090-594-8 03840

* 책값은 뒤표지에 있습니다.

아름다운 사람, 마이클에게

손을 내민 우리의 몸에 결국 와닿는 것은
세상 자체가 아니라, 우리가 세상에 투영한 찬란한 빛이다.

차 례

라벤더 13

친밀감 41

나의 모네 순간 72

지연하기 94

불확실한 어느 유대인에 대한 생각 115

문학 순례는 과거로 나아간다 132

반사실적 여행자 140

로마의 시간들 147

바다와 기억 165

보주광장 180

토스카나에서 201

바르셀로나 212

뉴욕, 찬란히 빛나는 224

자기 충전 234

건물들도 죽었다 238

빈방들 243

델타가 250

끝맺는 말 - 시차 267

옮긴이의 말 291

결국, 내가 좋아하는 건 세상이 아니라
세상에 대해 글을 쓴다는 사실이다.

■ 일러두기

1. 이 책은 『Alibis』(Picador, 2011)를 우리말로 옮긴 것이다.
2. 외국 인명, 지명, 독음 등은 외래어 표기법을 따르되 관용적인 표기와 동떨어진 경우 절
   충하여 실용적 표기를 따랐다.
3. 국내에 소개된 작품명은 번역된 제목을 따랐고, 국내에 소개되지 않은 작품명은 원어
   제목을 독음대로 적거나 우리말로 옮겼다.
4. 원문에서 이탤릭체로 강조한 부분은 굵은 글씨체로, 옮긴이 주는 글줄 상단에 표기했다.
5. 영화, 음악, 그림, 공연, 매체 등은 〈 〉로, 편명, 단편은「 」로, 책 제목은『 』로 묶었다.

라벤더

I

삶은 어딘가에서 라벤더 향으로 시작한다. 아버지가 거울 앞에 서 있다. 막 샤워와 면도를 마치고 양복을 입으려는 참이다. 나는 아버지가 넥타이 매듭을 단단히 매고 셔츠 깃을 내려 단추를 잠그는 모습을 지켜본다. 불현듯 그곳에 언제나처럼 라벤더 향이 퍼진다.

그것이 어디서 왔는지 안다. 정교한 모양의 유리병이 화장대 위에 놓여 있다. 내가 심한 편두통으로 거실 소파에 누워 있던 어느 날, 통증을 잊게 할 만한 걸 찾던 어머니는 유리병의 뚜껑을 돌려 연 뒤 손수건에 내용물을 적셔 그것을 내 코에 갖다 댄다. 단번에 기분이 좋아진다. 어머니가 손수건을 건넨다. 주먹다짐 끝에 한 대 얻어맞고 코피를 흘릴 때처럼 머리를 살짝 뒤로 젖힌 채—혹은 이전에 보았듯이, 속이 안 좋거나 비탄에 젖은 사람들이 방을 서성이다가 마치 정신을 잃지 않으려는 마지막 몸부림인 양 한 번씩 구겨진 손수건을 코에 대고 큼큼 냄새를 맡는 것처럼—손수건을 손에 쥐고 있는 느낌이 좋다. 그 손수건이, 접힌 주름에서 풍기는 그 비밀의 향이 좋아, 슬쩍 손수건을 학교로 들고 가 수업 시간에 몰래 냄새를 맡곤 했다. 그 향이 부모님과 우리 집 거실로, 그리고 향을 맡는 순간 주위에 보호막이 씌워질 만큼 평온한 세상으로 나를 인도했기 때문이다. 라벤더 향을 맡으면 안전하고 행복하고 사랑받는 기분이었다. 라벤더 향을 맡으면 삶과 사랑하는 이들과 나 자신에 관한 기분 좋은 생각이 떠올랐다. 라벤더 향을 맡으면 서로 멀리 떨어져 있어도 우리 모두 푹신한 베개가 놓인 따뜻하고 아늑한 방 안, 탁탁 불꽃이 튀는 벽난로 앞에 모여 앉아, 후드득 듣는 창밖의 빗소리를 들으며 삶이 안전함을 상기할 수 있었다. 라벤더 향을 맡으면 우린 떨어질 수 없었다.

아버지의 오래된 오드콜로뉴는 어디에서나 구할 수 있다. 대형 백화점 매장 어디에나 그것은 있다. 반세기가 지난 지금도 모양은 그대로다. 내게 예지력이 있고, 어느 날 무작정 매장에 들어갔다가 아버지의 향수를 구하지 못하는 상황을 피하고 싶다면, 작은 유리병 하나를 사서 아버지와, 나의 라벤더 사랑과, 혹은 10대 시절 어머니와 함께 생애 첫 애프터셰이브 로션을 사러 갔다가 끝내 마음을 정하지 못한 그 가을날 저녁과, 면도라는 구실 아래 남자도 향수를 뿌릴 수 있다는 사실을 알고는 기쁜 마음으로 하교했던 그 이튿날 저녁에 대한 대용물로서 그것을 어딘가에 둘 수도 있겠다.

　세상에 향이 참 많다는 사실을 알고 나는 적잖이 당황했고, 또 그 속에서 아버지의 향을 발견하고는 더 많이 당황했다. 나는 아버지가 쓰던 향수의 브랜드명을 일부러 틀리게 발음하면서 점원에게 향을 한번 맡아볼 수 있겠느냐고 물어보았고, 기울어진 병의 모양새를 유심히 들여다보면서는 병과 내가 집에서 은밀한 사이라는 걸 잘 알면서도 마치 사람을 잘못 봐 모르는 사람에게 손을 흔들었을 때처럼 과장된 몸짓으로 놀라움을 표현했다. 또한 끔찍한 편두통이 찾아왔을 때 향수병이 그 요동치던 통증의 마디마디를 알고 있다면—내가 병의 굴곡을 모두 알고 있듯이—그 병은 학교에서 어머니의 손수건에 코를 묻고 상상의 나래를 펴던 순간까지 알고 있음을, 그리고 감히 나 자신이 아는 것보다 내 상상에 대해 더 많은 걸 알고 있음을 나는 알았다. 그런데 문 닫을 시간은 가까워오고 주인은 물건들 앞에서 망설이기만 하는 내게 슬슬 짜증을 내던 그날 그 상점에서, 나는 마치 상점 선반에 가지런히 놓인 수많은 병들이 대도시의 밤을 약속하기나 하듯 새로운 어떤 것에, 위험하면서도 매혹적인 어떤 것에 사로잡혔다. 대도시의 빌딩과 불빛, 얼굴, 음식, 장소, 끝내 건너게 될 다리, 이 모든 것이 세상을 아름답게 만드는 건, 나 역시 이러저러한 마법의 향 덕분에 타인에게는 물론 자신에게도 매력적인 존재가 되었기 때문이다.

　나는 한 시간 남짓 다양한 향을 시도해 보았다. 마침내 라벤더 오드콜로뉴를 골랐지만 아버지가 쓰던 제품은 아니었다. 값을 치르고 선물 포장을 마치자 마치 출생증명서나 새 여권을 발급받은 기분이었다. 그것은 나 자신이었다. 향수가 남아 있는 동안은 그랬다. 이제 이 문제를 다시 들여다봐야 한다.

　오랜 시간 동안 나는 온갖 종류의 라벤더 향을 찾아냈다. 천상의 것처럼 가벼운 향이 있는가 하면 수줍은 듯 온화한 향이 있고 풍성하고 진한 향에, 들판에서 꺾어 커다란 식초 통에 넣어 말린 것처럼 톡 쏘는 향, 지나치게 달콤한 향도 있다. 어떤 라벤더 향수에선 끝에 가서 꼭 허브 정원에서 맡던 향 같은 게 났고, 어떤 향수는 무슨 향인지 분간할 수 없을 만큼 오만 가지 향료가 섞여 있었다.

　나는 각각을 시도해 보았고 수많은 향수를 샀다. 그것 모두를 모은다든지 이상적인 라벤더 향—다른 모든 라벤더 향을 대체할, 숨겨진 라벤더의 원향—을 찾는다든지 하는 이유도 있었지만, 무엇보다 내가 내내 품어온 생각이 맞는지 알고 싶었기 때문이다. 내가 찾는 라벤더 향이 자라면서 맡은 그 라벤더 향이 맞는지, 그 이외 향이 내게 맞지 않는다고 판명된 순간 결국 돌아갈 향이 그 라벤더 향이 맞는지 알고 싶었던 것이다. 어쩌면 내가 찾는 라벤더 향은 기본적인 향일지 모른다. 그저 평범한 라벤더 향. 아버지의 라벤더 향. 바깥세상에서 별의별 습관을 다 습득하고 온갖 언어를 배워도 정작 자기 고향 말에 대해선 무심한 법이다. 자기와 전혀 딴판으로 행동하는 사람들을 보고, 고향 관습을 기억하지 못해 이리저리 길을 헤매면서도 크게 개의치 않는다는 걸 알 때까지는 제 관습인 줄도 몰랐던 그것에 가장 편안함을 느끼는 것처럼. 나는 세상의 모든 향을 모았다. 그러나 나의 향은, 과연 **나의** 향은 어떤 것일까? 내게서 **향**이 났던 적이 있을까? 단 하나의 향이 있을까? 아니면 난 이 모든 향을 원하는 것일까?

애프터셰이브 로션을 여럿 구입한 후 나는 이 모든 것이 단기간 동안 방사성을 띠고 있다가 납으로 변하는 악티늄족의 몇몇 원소처럼 종국에는 광채를 잃는다는 걸 알게 되었다. 어떤 것은 너무 강하거나 너무 약했고, 또 어떤 것은 이러이러한 향이 너무 세거나 혹은 이런저런 향이 충분치 않았다. 어떤 것은 나의 본질을 드러내지 못했고, 또 어떤 것은 나와 전혀 다른 것을 보여주었다. 향 하나하나마다 흠을 잡는 건, 매번 맞지 않는 향을 고른 데다가 심지어는 애초에 향이 필요하다고 판단하고, 또 그토록 갈구했던 새로운 삶이 오드콜로뉴의 축복 속에서 펼쳐질 것이라고 믿은 나 자신을 나무라는 것이나 다름없었다.

하지만 개개의 향을 비난하면서도 향에 점차 집착하는 나를 발견했다. 마치 향 자체가 아니라, 향을 추구하고 향에 이끌리고 종국에는 향 때문에 꽃을 피운 나의 일부가 사라지게 내버려둘 수 없다는 듯이. 때로는 연애사가 연애 자체보다 사랑을 더욱 자극하듯이 일시적인 집착의 역사가 집착 자체보다 우리에게 더 큰 의미일 수 있다. 때로는 지금의 우리를 만든 것이 성격이 아니라 습관이듯이, 우리가 성스러움과 대면하는 것은 믿음이 아닌 맹목적인 의식을 통해서다. 때로는 우리의 옷과 향이 자신보다 우리에 대해 더 많은 걸 보여준다.

이상적인 향을 찾는 것은, 향만 있다면 수천의 잠에서 깨어날 나의 일부를 찾는 것과 같았다. 나만의 색을 찾듯, 내게 맞는 담배나 가장 좋아하는 작곡가를 찾듯 향을 찾았다. 완벽한 향을 찾으면 마침내 "그래, 이게 바로 나야. 내내 어디에 있었니?"라고 말할 것 같았다. 그러나 향수를 사는 순간, 발현해야 할 나 자신은—새 옷을 사고, 자신에게 꼭 맞아 보이는 잡지를 구독하고, 헬스클럽 회원권을 사고, 낯선 도시로 거처를 옮기고, 새로 찾은 신앙의 새로운 신자들과 새로운 의식을 행하면서 새로운 친구들을 사귈 때 발현하는 자신처럼—그런 나 자신은 언제나처럼 얼른 감추거나 멀리 쫓아내고 싶은 사람이 되고 말았다. 무엇을 기대했던가? 다른 향, 같은 사람.

지난 35년 동안 나는 향수 제조사가 내놓는 거의 모든 오드 콜로뉴와 애프터셰이브 로션을 시도해 보았다. 라벤더부터 소나무, 캐모마일, 홍차, 감귤, 인동, 고사리, 로즈마리, 희귀 가죽과 향료에 훈연을 가미한 변형 제품까지 망라했다. 약장과 욕조 가장자리에 병들을 두세 겹씩 잔뜩 늘어놓는 것보다 내가 더 좋아하는 것은 없었다. 각각의 병은 과거의 나, 혹은 소망했던 나, 그리고 얼마간은 마침내 되었다고 생각한 나를 담고 있는 부화하지 않은 작은 모형처럼 보였다. 향 A: 행복을 맛볼 것으로 기대하면서 이러이러한 해에 구입. 향 B: 향 A가 동날 무렵 구입. 향 A를 버리는 데 도움이 됨. 향 C는 향 B에 느낀 갑작스러운 피로를 반영함. 향 D는 선물 받음. 한 번도 좋아한 적이 없음. 선물한 사람을 기쁘게 하려고 사용. 그녀가 떠나자마자 사용 중단. 그러고 나서 향 E. 너무도 사랑한 나머지 향 F를 비롯해 같은 제조사에서 만든 자매 향 아홉개를 함께 구입. 하지만 결국 향 F로 인해 향 E와 그 동위원소들에 싫증을 느낌. 향 G 발견. 내가 싫어하는 사람이 향 G를 좋아한다는 사실을 알고 곧바로 정이 떨어짐. 그러고는 향 H. 내가 향 H를 얼마나 사랑했던가! 향 H와 몇 년을 함께함. 지금은 단종. 쟁여둘 걸 그랬다. 많이 아낀 제품이지만, 이미 단종되기 전부터 사용하지 않았다. 늘 사랑했던 향 E로 돌아간다. 그랬다. 역시 향 E였다. 향 E에 줄곧 어딘가 살짝 어긋나고 부족한 게 있다는 걸 깨달을 때까지는 그랬다는 말이다. 다시 향 E를 손에서 놓는다. 내 인생을 스쳐 지나간 그 여자, 나와 만난 시간이 열흘에 불과하지만 나를 영원히 바꿔 놓은 그 여자에 관한 기억이라곤 그녀가 주고 간 선물뿐이다. 빨리 돌아오겠다는 의미로 그녀가 주고 간 그 향수를 한동안 사용했다. 20년이 지난 지금, 그녀가 아닌, 사랑꾼이었던 과거의 내 모습을 상기시켜 주는 향수병 하나가 그녀의 흔적으로 남았을 뿐이다.

　나는 살면서 많은 것을 버렸다. 하지만 애프터셰이브 병만은 아니다. 옛날 사람들이 조상 대대로 내려오는 가면을 가지고 다니듯 어디로 이사를 가나 병들을 가지고 갔다. 병 하나하나에는 나의 일부가, 포름알데히드 처리된 나 자신이, 나의 지니가 담겨 있다. 아랍의 어느 이야기처럼 병을 문지르면 예전의 내가 나타날지도 모른다. 한참 시간이 흘렀지만 어떤 나는 비록 내가 소유하고 몸에 걸쳤던 것이 더 이상 내 것이 아닐지라도 여전히 살아 있다. 또 어떤 나는 죽기도 하고 흐릿해져서 이제 함께하고 싶은 생각이 없다. 당시의 전화번호도, 좋아하는 노래도, 은밀한 바람도 모두 잊어버렸다. 오래된 향을 들이마시자 어떻게 이 향이 매번 내 인생에서 가장 열정적인 시절을 상기시키는지에 불현듯 생각이 닿는다. 행복한 시절이어서가 아니라 오히려 행복을 갈구하느라 너무도 많은 시간을 써서, 돌이켜보면 상상 속의 행복이 얼마간 그해 겨울에 스며들어 향기를 발한 것은 아닐까, 그래서 나 자신도 잘 알다시피 되돌아가고 싶은 마음이 조금도 없는 그 시절에 행복의 막을 씌운 것은 아닐까 싶다. 그 무엇보다 소중한 이 병을 들고 나는 언젠가 사랑하는 이—특히 사랑하는 이—가 우연히 이 병을 발견해 뚜껑을 열고는 이 향이 내게 어떤 의미였을까 궁금해하는 모습을 상상한다. 내가 내내 간직하고 싶었던 것은 무엇일까? 이것은 그들이 내게 전화를 걸어 모든 게 잘되고 있다고 말해준 그 이른 봄의 향이다. 이것은 날 만나러 시내로 온 어머니를 보면서 어머니가 참 늙었구나 생각했던―그때 어머니가 지금의 나보다 10년이나 젊다는 걸 이제는 안다― 그 저녁날의 향이다. 이것은 a단조의 향. "그리고 이건?" 그들은 아마 이렇게 묻고 싶을 것이다. "이건 무슨 향인데?"

향기는 수십 년 동안 머문다. 사랑하는 이들은 향기로 우리를 기억할지 모르지만, 병 속의 전설은 우리가 떠난 순간에 대해 함구한다. 우리의 지니는 누구에게도 말하지 않는다. 그저 사랑했던 이들이 그 병을 열어 찬찬히 살피는 걸 지켜볼 따름이다. 그러면서 수백 년 동안 제 목소리를 들어달라고 애원하는 로제타석 열 개에 버금가는 고통을 느끼며 이렇게 외치고 싶을 것이다. "이날은 내가 기쁨을 알았던 날이야. 그리고 이건―어떻게 아무도 이걸 모를 수 있지?―공연이 끝나고 카네기홀 바깥에서 우리가 처음 만났던 밤이야. 어쩌다 보니 우린 비를 피해 외팔보 밑으로 들어갔고 그곳을 뜨고 싶지 않아 비를 핑계 삼아서 낯선 이들이 말을 걸어올 때까지 서 있다가 근처 커피숍으로―형편없는 커피, 축축한 신발, 비에 젖은 머리, 후한 팁에 외계어를 중얼거리는 외국인 웨이터―뛰어갔지. 그러곤 자리에 앉아 말러와 『네 개의 4중주Four Quartets』T. S. 엘리엇의 네 편의 시 모음집으로 베토벤의 후기 4중주곡에서 영감을 받아 지었다에 대해 이야기를 나눴어. 어퍼웨스트사이드뉴욕 센트럴파크의 서쪽 지역의 작업실로 함께 갈 줄은 우리도 그 누구도 몰랐을 거야." 그러나 이 목소리는 들을 수 없다. 죽는다는 건, 살았다는 사실 자체를 잊는 것이다. 죽는다는 건, 사랑했고 고통 받았고 원하는 것을 얻었다가 잃었다는 걸 잊는 것이다. 아무것도 기억나지 않아, 이 얼굴도, 이 무릎도, 이 오래된 상처도, 이 모든 걸 쓴 이 손도 기억나지 않아, 하고 내일 말하게 된다.

이 병들은 나를 대신한다. 고대 이집트인들이 사후를 위해 모든 세간을 간직하듯 나 역시 이 병들을 간직한다. 병들과 헤어지는 것은 죽을 날이 오기 전에 죽는 것과 다름없다. 그럼에도 병이 더 많을 수 있었는데 하고 생각할 때가 있다. 내가 잃어버리거나 잊어버린 병뿐만 아니라 내가 한 번도 가지지 못한 병, 혹은 존재 자체를 몰랐던 병, 작은 사고만 아니었으면 내 삶에 전혀 다른 향을 부여했을 병. 매일 무심코 어떤 길을 지나치면서도 몇 년 후 내가 살게 될 줄 지금은 꿈에도 모르는 아파트가 그 길 너머에 있다고는 생각지도 못한다. 내가 어떻게 그걸 모를 수 있단 말인가? 과학이란 게 있긴 한 것일까?

반대로, 떠나야 한다는 걸 알기 전에 작별을 고하는 장소도 있다. 때가 왔을 때 그것들 없이 살아가는 법은 물론이고, 상실을 한 번에 조금씩 미리 내다보면서 미루는 법을 터득하려고 나는 장소와 사람의 상실을 연습한다. 암흑이 찾아왔을 때 앞을 못 보는 일이 없도록 나는 암흑 속에서 살아간다. 삶도 마찬가지다. 어느 날 생일을 앞두고 생일을 축하할 내가 더 이상 그곳에 없다는 사실을 잊으려고 나는 삶을 원래보다 더욱 조건적이고 일시적인 것으로 만든다.

　그토록 우리에게 큰 고통을 안겨주고 우리의 삶을 온통 뒤집어 놓은 그들이, 인생의 어느 지점에선 우리가 전혀 알지 못하는 무의미한 존재였다는 것은 상상도 할 수 없다. 수없이 그들 옆을 지나치고 그들에게 길을 알려주고 그들이 지나가도록 문을 잡아주고 붐비는 공연장에서 그들이 자리에 앉도록 일어섰을지 모르지만, 그러면서도 우리는 다른 사람 때문에 기꺼이 우리의 삶을 망가뜨릴 그 사람의 얼굴을 전혀 알아보지 못했을 것이다. 외팔보 밑에 서 있다가 우리 둘 다 외투를 머리 위로 뒤집어쓴 채 빗줄기를 뚫고 커피숍으로 뛰어 들어가, 이미 날이 어둑어둑한데도 헤어지고 싶지 않다고 무심코 내뱉어 버린 그날 저녁으로 돌아갈 수만 있다면, 내 삶의 마지막 몇 년을 기꺼이 떼어내겠다. 그날의 일을 지운다든지 다시 쓴다든지 하려는 게 아니라 잠시 보류하기 위해, 그리고 시간을 괄호 속에 넣고 유예할 때 으레 그러하듯이 그때 그렇게 되지 않았더라면 내가 어떻게 되었을까 생각할 수 있게 몇 년을 내놓겠다는 것이다. 언제나처럼 시간은 잘못된 시제로 주어진다.

　피렌체의 산타마리아노벨라Santa Maria Novella. 이탈리아의 고급 화장품 브랜드이자, 도미니크 수도회에서 만든 약품이 시초가 된 약국으로 1612년에 세워졌다 약국 벽에는 제각기 다른 향이 담긴 작은 서랍이 줄지어 놓여 있다. 기묘하게 생긴 아틀리에가 곳곳에 있고 구불구불 좁은 길이 건물과 건물 사이를 잇는 이곳에서 나는 나만의 향 박물관과 실험실을, 프랑스의 향수 수도인 상상 속 그라스 Grasse를 만들 수 있다. 향 박물관에는 내 인생의 모든 향을 망라한 주기율표까지 멋들어지게 전시될 것이다. 당연히 가장 단순하고 가벼운 첫 번째 향—모든 향의 수소인 라벤더—으로 시작해 두 번째, 세 번째, 네 번째 향으로 이어지는 향 목록에는 마치 시간의 흐름에 어떤 체계라도 있듯 내 인생의 이정표 같은 향들이 연달아 놓일 것이다. 헬륨(He, 원자 번호 2) 대신 에르메스가, 리튬(Li, 원자 번호 3) 대신 리버티가, 베릴륨(Be, 원자 번호 4) 대신 버니니가, 붕소(B, 원자 번호 5) 대신 보르사리가, 탄소(C, 원자 번호 6) 대신 카르뱅이, 질소(N, 원자 번호 7) 대신 나이트가, 산소(O, 원자 번호 8) 대신 오닉스가, 플루오르(F, 원자 번호 9) 대신 플로리스가 올 것이다. 나도 모르게 내 인생 전체는 이 원소들만으로 기록될 수 있으리라. 아르곤(Ar, 원자 번호 18) 대신 아덴이, 칼륨(K, 원자 번호 19) 대신 나이즈가, 칼슘(Ca, 원자 번호 20) 대신 카누가, 게르마늄(Ge, 원자 번호 32) 대신 겔랑이, 이트륨(Y, 원자 번호 39) 대신 입생로랑이, 백금(Pt, 원자 번호 78) 대신 파투가, 오스뮴(Os, 원자 번호 76) 대신 물론 올드스파이스가 놓일 것이다.

이 향들도 멘델레예프의 주기율표처럼 허브니 꽃이니 과일이니 향료니 나무니 하는 범주로 열을 지어 분류할 수 있다. 또는 장소로. 사람들로. 사랑으로. 이러저러한 비누가 잊을 수 없는 향을 발산했던 이러저러한 대도시의 호텔들로. 우리가 사랑한 영화나 음식이나 옷, 또는 음악회로. 여자들이 뿌렸던 향으로. 혹은 하다못해 연도로. 그러면 나의 할머니가 마멀레이드 병 하나하나에 과일과 생산 연도를 팔순 노인의 정갈한 필체로 정리해 놓은 것처럼 나 역시 병들을 연도로 구분할 수 있을 것이다. 마치 각각의 향에 자체의 작품 목록Werke-Verzeichnis이 있기라도 하듯. 아리아 디 파르마(1970년), 아쿠아 아마라(1975년), 폰테 베키오(1980년).

내가 18세와 24세에 사용했던 애프터셰이브 로션은 향은 다르지만 같은 세로줄에 놓인다. 이 둘의 공통분모는 이탈리아 여행이다. 16세의 나와 32세의 나. 나이 차가 두 배지만, 여자에게 처음 전화를 걸 때는 똑같이 떨린다. 20세에 이해하지 못한 미적분 문제를 40세에도 풀지 못한다.『폭풍의 언덕』을 그렇게 여러 번 읽고 강의도 숱하게 했지만, 12세에 처음 읽고 뇌리에 남은 장면들이 그로부터 4"세대"가 지난 48세에도 가장 선명하게 기억된다. 14세, 18세, 22세, 26세의 나—4단위로 세는 삶. 21세, 26세, 31세, 36세, 5 단위로 세는 삶. 2절 방법, 4절 방법, 8절 방법—절반으로, 4분의 1로, 8분의 1로. 피보나치의 수열앞 두 수의 합이 그다음 수로 이뤄진 수열로 배열된 삶. 8, 13, 21, 34, 55, 89. 혹은 파스칼의 수열파스칼의 삼각형을 활용한 수열. 4, 10, 20, 35, 56. 또는 소수. 7, 11, 13, 17, 19, 23, 29, 31. 아니면 이 셋의 조합. 21세의 난 잘생겼었다. 그때 나는 왜 내가 못생겼다고 생각했을까? 34세엔 일이 너무 많았다. 그때 나는 왜 17세로 돌아가고 싶어 했을까? 17세에는 빨리 23세가 되고 싶어 견딜 수가 없었다. 23세에는 17세에 알았던 여자아이들을 만나고 싶어 했다. 51세에는 35세로 돌아갈 수만 있다면 뭐든지 할 태세였고, 41세에는 23세에 미처 못 했던 일을 기꺼이 할 준비가 되어 있었다. 20세에는 30세가 이상적인 나이로 보였다. 80세에는 스스로 40세라고 여길 수 있을까? 눈 내리는 여름이 있을 수 있을까?

시간의 약속은 언제나 어긋나게 마련이다. 우리는 피보나치의 삶을 살아간다. 곧, 세 걸음 앞으로 내디뎠다가 두 걸음 물러서거나 반대로 세 걸음 앞으로 내디뎠다가 다섯 걸음 물러서기도 한다. 거미처럼, 혹은 바흐의 역행 카논처럼 때론 양쪽 방향으로 동시에 나아가기도 한다. 간단한 화합물에서 복잡한 화합물로 확장해 나가는 에스테르알코올과 산에서 물을 제거해 만든 화합물. 휘발성이 있고 꽃향기가 나서 향료로 많이 쓰인다와 향기의 무한한 연속 속에서 향과 선택적 친화력elective affinity의 아찔한 결합. 탄소 하나, 탄소 둘, 탄소 셋, 수소 여섯, 수소 여덟, 수소 열……. $C_3H_6O_2$, 포름산 에틸. $C_4H_8O_2$, 아세트산 에틸. $C_5H_{10}O_2$, 프로피온산 에틸. $C_5H_{10}O_2$, 부티르산 메틸(사과 향). $C_5H_{10}O_2$, 아세트산 프로필(배 향). $C_6H_{12}O_2$, 부티르산 에틸. $C_7H_{14}O_2$, 발레르산 에틸(바나나 향). $C_8H_9NO_2$, 안트라닐산 메틸(포도 향). $C_9H_{10}O_2$, 아세트산 벤질(복숭아 향). $C_{10}H_{12}O_2$, 페닐아세트산 에틸(꿀 향). $C_{10}H_{20}O_2$, 아세트산 옥틸(오렌지-살구 향). $C_{11}H_{24}O_2$, 데칸산 에틸(코냑 향). $C_9H_6O_2$, 쿠마린(라벤더 향). 라벤더라고 말하는 순간, 향과 원자 사슬과 인생을 얻는다.

멘델레예프의 천재성이 여기에 있다. 그는 모든 원소를 구상할 수 있음에도 아직 발견하지 못한 원소가 많다고 판단했다. 그래서 주기율표에 빈칸—빠진 원소와 앞으로 발견할 원소가 들어갈—을 남겨 놓았다. 마치 사건들이 일정한 질서에 따라 펼쳐지고 완벽한 수적 무늬를 띠는 터라, 우리가 사건의 발생 시기와 영향을 애써 외면하면서도 여전히 사건을 기다리고 그 자리를 비워 놓는 것과 같다. 그리하여 나 역시 내 삶을 바라보면서 곳곳의 빈칸을 응시한다. 내가 발견하지 못한 향, 존재조차 몰라 만나지 못한 병, 아직 되지는 못했지만 영영 놓쳤다고는 할 수 없는 또 다른 나, 내 것이지만 한 번도 살아보지 못한 시간의 주머니. 마주쳤을지 모르지만 스쳐 지나간 사람들, 내가 찾아갔고 사랑했고 또 살기도 했지만 여행으론 한 번도 가보지 못한 장소들. 이 모든 게 빈 타일이고, "희토"의 순간이며, 가지 않은 길이다.

Ⅱ

또 다른 향, 여자의 향수가 있다. 내가 아는 사람 중에 이 향수를 쓰는 사람은 없다. 그런 까닭에 이 향수와 연결 지을 사람은 없다.

내가 이 향수를 발견한 것은 어느 가을날 저녁 대학원 세미나가 끝나고 집으로 돌아가던 길이었다. 매사추세츠주 케임브리지 브래틀가街에는 고급 약국이 하나 있는데, 이따금 집에 들어가는 시간을 늦추고 싶어 주위를 서성이다가 부러 먼 길을 돌아 그곳에 가곤 했다. 하버드광장을 에두르는 브래틀가가 좋았다. 가게에 불이 환히 켜지고 사람들이 일터에서 돌아오다 서둘러 볼일을 보고 아이들을 데리고 걷기도 하는 이른 저녁이면 더욱더 좋았다. 북적이는 인파로 거리에는 흥분의 기운이 감돌았고, 밤에 대한 기대로 가득 찬 그곳을, 비록 그 기대가 거짓임을 알면서도 나는 사랑하게 되었다. 홀로 보내는 시간이 너무도 많고 내가 아는 사람들은 하나도 빠짐없이 무언가 사소한 일을 하느라 늘 바빠 보이는, 차가운 이 익명의 도시에서 내가 편안함을 느끼는 곳은 브래틀가에 접한 인도뿐이었다. 나는 집이, 사람이 그리웠고 혼자 있는 게 죽도록 싫었으며 차를 마시고 싶었고 차 너머 상대의 존재감을 상기할 양으로 혼자서 차를 마셨다.

그런 저녁에 카페 알제는 언제나 붐볐다. 서로 말을 걸지 않더라도 낯선 사람과 차를 마시는 것은 기분 좋은 일이다. 계산대 너머 어질러진 선반에는 트와이닝스 양철통이 지구라트 모양을 이루며 쌓여 있었다. 나는 다즐링에서 포모사 우롱, 랍상소우총, 건파우더 그린까지 모든 차를 마셔볼 생각이었다. 홉

연보다는 담배에 대한 생각이, 우정보다는 사람에 대한 생각이, 크레이기가에 있는 내 아파트보다는 집에 대한 생각이 더 즐거운 것처럼, 차 맛보다는 차에 대한 생각이 더 즐거웠다.

약국은 상점이 길게 늘어선 처치가 끝 쪽 모퉁이에 있었다. 모퉁이를 돌아 집으로 가기 전 마지막 가게였다. 어느 날 저녁 나는 안으로 들어갔다. 약국 안은 상상했던 것과 전혀 딴판이었다. 좁은 실내에는 고급 화장품과 향수, 온갖 국적의 샴푸, 구세계의 비누, 향유, 로션, 줄무늬 칫솔, 배저 크림, 옛 제국의 면도 크림이 즐비했다. 그곳이 마음에 들었다. 고풍스러운 진열장과 옛날 제품들, 구식 면도기와 낡은 실내를 비롯해 상점 전반에서 풍기는 쇠진함, 또 중유럽 출신의 주인들까지 모든 게 세심하게 나를 반기는 듯했다. 그래서 난 그곳에 없을 거라 생각한 애프터셰이브 제품을 달라고 했는데—아무것도 사지 않고 마냥 상점 안을 서성일 수는 없는 노릇이므로—놀랍게도 그 제품뿐만 아니라 같은 제조사에서 나오는 제품이, 그것도 여러 개 있었다. 그리하여 나는 사용하지 않은 지 이미 10년이 지난 제품을 사는 수밖에 없었다.

며칠 후 약국에 다시 들렀다. 피할 도리 없는 귀가 시간을 늦추는 것은 물론이고 문을 열고 들어가 지나간 화장품의 세계에 예기치 않게 발을 내딛는 즐거움을 다시 맛보고 싶은 데다 현실세계, 곧 케임브리지로 넘어오기 전에 상상의 구세계 속 마지막 종착지가 그곳이었기 때문이다.

어느 이른 저녁, 브래틀 극장에서 프랑스 영화 한 편을 보고 그곳을 찾았다. 영화를 보는 동안 눈이 내리기 시작한 모양이었다. 케임브리지 시내에 빠르게 쌓여가는 걸 보니 밤새 눈보라가 휘몰아칠 기세였다. 영화 속 작은 도시 클레르몽페랑에서도 그랬듯이 달무리가 극장 밖 브래틀가 위로 환하게 걸려 있었다. 차량 통행이 거의 전무한 가운데 썰매를 든 동네 아이들 몇이 카사블랑카 레스토랑 앞에 모여 찰스강 가로 내려갈 채비를 하고 있었다. 아이들이 부러웠다.

집에 들어가고 싶지 않았다. 대신 눈발을 뚫고 약국으로 갔다. 그보다 좋은 행선지는 없어 보였다. 안식처에 발을 내딛기 전 바깥에서 발을 털고 최대한 빨리 유리문을 밀고 안으로 들어갔다. 금발의 젊은 여자가 네 살쯤 돼 보이는 사내아이의 코에 손수건을 댄 채 서 있었다. 사내아이는 코를 흥 푸는 듯했으나 그다지 신통치 않아 보였다. 엄마가 아들을 향해 미소를 짓더니 미안하다는 듯이 여점원과 내게 웃어 보이고는 손수건을 접어 아들 코에 다시 갖다 대었다. "노흐 아인말Noch einmal. 독일어로 '한 번 더'라는 뜻" 여자가 말했다. 아이가 빨간색 후드 밖으로 머리를 내밀고 코를 풀었다. "노흐 아인말." 여자가 부드럽게 간청하는 목소리로 재차 말하는데, 내 몸에 좋다면서 무언가를 재촉하던 어머니가 문득 떠올랐다. 여자의 목소리에 참는 기색이 하도 역력한 탓에 그 순간 내가 누군가의 사랑으로부터 참 멀리 떨어져 있다는 생각이 들었다. 잠시 뒤에 찬 공기가 안으로 훅 끼쳐왔다. 엄마가 문을 열고 아이를 꽁꽁 싸맨 채 눈 속으로 걸어 나갔다.

여점원과 나만 남았다. 이렇게 황홀한 저녁에 장사할 마음이 더 이상 들지 않는지, 아니면 문 닫을 시간이 가까워져서인지 그즈음엔 나를 기억하고 있던 점원이 아주 특별한 향을 맡게 해주겠다며 향수 이름을 말했다.

전에 그 이름을 들어봤던가? 그런 것 같았지만 다시 생각하니 확실하지 않았다. 점원은 내가 뭐라 지어내는 말을 못 들은 척 무시하고는 작은 병을 열었다. 그러고 나서 향수를 묻힌 유리 마개를 제 살갗에 대고 톡톡 두드린 다음, 마치 내 뺨을 애무할 듯한 몸짓으로—여자가 내게 마음이 있다고 늘 생각해왔기에 실제로 그렇게 했어도 그리 놀라지 않았을 것이다. 하기야 그래서 그곳에 더 자주 드나들었지만—매끄럽게 드러난 손목을 내 입술에 갖다 대었다. 향수 판매대에서 시향 중이란 걸 몰랐더라면 충동적으로 손목에 입을 맞추고 말았을 것이다.

지금껏 맡아본 향 중에 이것과 조금이라도 유사한 것은 없었다. 태국과 프랑스에 동시에 있는 기분이었고, 여름에 모피 코트를 걸치고 베베른Anton von Webern. 20세기 오스트리아의 작곡가의 〈느린 악장〉에 대해 이야기하는, 나를 돌아보며 "노흐 아인 말?"이라고 속삭이는 여자들과 보스포루스행 배에 승선한 것 같았다. 이 향은 내가 아는 모든 향을 지워버렸다. 라벤더 향이되, 비현실적이고 유예되고 감춰진 라벤더 향이었다. 그래서 난 점원에게 손목에 묻은 향을 다시 맡아볼 수 있겠느냐고 물었고, 여자는 의도를 간파한 듯 보였지만 나의 요구가 향수에만 국한되는 것인지 나만큼이나 확신하지 못하는 눈치였다. 여자는 대신 작은 종이 뭉치에서 시향용 종이 한 장을 꺼내더니 거기에 병마개를 톡톡 두드리고는 향이 날아가도록 종이를 몇 차례 가볍게 흔든 뒤, 내 호기심 따위에 속지 않겠다는, 그날 저녁 내가 집에 들고 갈 그 종이를 보면서 며칠 후 향수 선물을 기대할 여자가 내 주위에 적어도 두 명은 있을 거라는 사실을 이미 간파했다는 공모자의 표정으로 종이를 건넸다. 여자의 표정에 기분이 으쓱 좋아졌다.

그로부터 이틀이 지난 저녁에 그곳을 다시 찾았고 그러고도 몇 번을 더 갔다. 그것은 상점이니 눈이니 저녁 무렵 브래틀가에 감도는 미묘한 빛의 기운이니 하는 것 때문이 아니라, 그 향수병이 일깨워준 사실 때문에, 모피 차림으로 요트 위에서 발칸파이프 담배 브랜드을 피우며 저 멀리 헬레스폰투스Hellespontus 해협이 떠가는 모습을 지켜보는 여자들 때문이었다. 향수 때문에 그곳을 찾는 것인지, 아니면 그저 핑계에 불과한 것인지, 이를테면 가면 뒤의 가면인지 나 자신도 분명히 알지 못했다. 내가 원하는 게 점원이건, 혹은 흔들리는 그녀의 눈동자가 상기시킨 여자들이건, 점원 뒤에는 다른 향수 가게에 서 있는 또 다른 여자, 곧 나의 어머니가 어른거린다는 걸 느꼈기 때문이었다. 한편 어머니도 가면에 불과하고, 그 뒤에는 수십 년 전 면도를 마치고 거울 앞에 서서 라벤더 화장수를 뺨에 톡톡 두드리며 당신 모습에 흐뭇해하던 아버지가 있다는 것도 잘 알았다. 아버지도 이젠 다른 모든 것처럼, 내가 그토록 찾아 헤맸지만 내게 절망만 안겨준 사랑과 행복을 상징하는 낡은 가면이 되고 말았다. 향은 너무도 건너기 힘든 계곡 너머에서 신비한 신기루처럼 나를 불러대는 통에, 사랑이 그렇게 큰 고난의 원인일 리는 없으므로 나는 그것이 사랑과 관계가 없을 거라고, 그렇다면 사랑 자체는 가면에 불과하다고, 내가 좇는 게 사랑이 아니라면 이렇게 맴도는 소용돌이의 정점에는 바로 내가 있을 거라고 생각했다. 수많은 공간과 켜 속에서 낭비된 탓에 손을 대는 순간 수은처럼 굴러가거나 란탄족원소처럼 숨어버리는, 혹은 활활 타오른 뒤 순식간에 가장 무딘 존재가 되어버리는, 바로 그런 나.

향수가 너무 비싼 탓에, 몇 번의 변명을 더 늘어놓고도—그 덕에 내게 다른 여자들이 **있음**을 점원에게 증명해 보인 듯했다—내가 얻은 거라곤 시향용 종이뿐이었다. 마치 그것이, 잠시 먼 곳으로 떠나면서, 내가 하루라도 거기에 코를 대고 향을 맡지 않으면 가만두지 않겠다는 사람의 물건인 양 나는 그것을 들고 집으로 갔다.

일주일이 지나 같은 영화를 또 한 번 본 뒤 서둘러 극장에서 나와 약국으로 갔다. 그러나 약국은 문을 닫은 뒤였다. 잠시 그곳에 서서 엄마와 아들을 보았던 그날 저녁을 생각했다. 모자를 눌러쓴 여자의 금발과, 아들을 재촉하는 동안 내가 자신을 원함과 동시에 부러워한다는 걸 알고 있는 듯이 약국을 휘둘러보고는 나를 응시하던 여자의 눈길을 떠올렸다. 여자는 미연에 대화를 차단할 목적으로 엄마의 시선을 과장한 것일까? 점원이 내 시선을 가로챘던가?

나는 엄마와 아들이 약국에서 나오는 모습을 머릿속에 그렸다. 엄마는 처치가에서 우산을 펴려고 애를 쓰고, 곧이어 두 모자는 푹푹 꺼지는 눈 속으로 색색깔 장화를 힘겹게 내딛으며 영원히 내 쪽으로 등을 돌린 채 공터를 가로질러 케임브리지 코먼공원으로 걸어갔다. 그 모습이 꼭 진짜 같아서, 그들이 등 뒤로 세찬 바람을 맞으며 하도 서둘러 사라지는 통에, 나는 내가 아는 유일한 말을 외치고 싶은 충동에 사로잡혔다. "프라우Frau. 독일어로 '부인'이라는 뜻 노흐 아인말…… 프라우 노흐 아인말……."

그 순간 그들이 언젠가 내 아내와 아들이 되기를 바랐던 상상 속 아내와 아들이라는 생각이 들었다. 나는 퇴근길에 하버드광장에서 내리고, 저녁 전에 급히 볼일을 보러 나온 아내는 그날 아침 아들에게 약속한 게 있어서 장난감을 사러 약국에 왔다. 그래서 아이 버릇이 조금 나빠진들 무슨 대수랴! 하고많은 날 중에 그날, 쏟아지는 눈 속에서 우리 둘이 우연히 마주쳤다고 상상해 보라. 하지만 수십 년이 지난 지금, 그녀가 나의 어머니였고 꼬마가 나였을지 모른다는 생각이 든다. 혹은 이 모든 게 언제나처럼 가면일지 모른다. 나는 나인 동시에 나의 아버지이고, 도서관 대신 영화관에 간 학생이며, 어쩌면 꼬마가 유년 시절을 더 오래 누리게 해줬을 꼬마의 멋진 아버지였을지도 모르고, 꼬마에게 모호하나마 앞일에 대한 충고를 해줄 수 있는 미래의 나였다. 그러고 보니 우리가 살면서 슬쩍 훔쳐보는 커닝 페이퍼는 모두 투명 잉크로 쓰는 것 같다.

약국에서 본 사내아이는 이제 30세가 되었다. 내가 아이의 아버지가 될 만큼 나이가 들었다고 생각한 그날의 나보다 다섯 살이 많다. 하지만 30세가 아이보다 내가 지금도 더 젊다면, 눈 오던 그날 나는 지금의 우리 둘 다보다 훨씬 더 늙었던 셈이다.

이따금 난 그 향수를 찾는다. 대형 백화점 1층 화장품 판매대를 지날 때면 특히 더 그렇다. 언제나처럼 난 어리숙한 척한다. "이건 뭐죠?" 급하게 선물을 사는 가엾은 남편 흉내를 내면서 이렇게 묻는다. 그러면 점원들은 제품 이름을 말해준 다음 내가 향을 맡을 수 있게 향수를 뿌려주며 시향용 종이를 건넨다. 나는 종이를 외투 주머니에 넣었다가 꺼냈다가 다시 넣었다가 한다. 내가 살았는지 더 이상 확신할 수 없는 삶을 꿈꾸었던 그때를 다시 꿈꾸면서.

향수는 나와 세상, 나와 나─또 다른 나, 그림자 나─사이에 놓인 최후의 가면일지 모른다. 다른 나에 대한 이야기가 가장 은밀한 가면이란 걸 내내 인식하면서 나는 또 다른 나를, 그림자 나를 뒤쫓아 무언가 실마리를 찾으려 하지만, 그 정체를 파악하기란 불가능하다. 한편으로, 향수는 내가 나 자신에게, 아버지에게, 삶에게 너무도 쉽게 "네"라고 할 수 있었던 상황에서 내 앞의 모든 것에 내뱉은 "아니요"라는 대답을 비유하는 것일지도 모른다. 이것은, 내가 이 세상 어떤 것도 진심으로 사랑한 적이 없고, 다른 걸 구하다 보면 나아질 것이라며 이 사실을 나 자신에게 숨기려 했기 때문인지 모른다. 혹은 모든 향을 사랑하고 갈구한 나머지 어떤 걸 골라야 할지 몰라, 제2의 삶이 주어질 때까지 최고의 향을 보관해 두었기 때문인지도 모른다. 아이러니하게도 나는 그토록 갈구한 향을 한 번도 구입하지 않았다. 내가 아는 모든 여성은 영리하게도 이 향수를 쓰지 않으려고 한다. 그런 연유로 내게 이 향수로 기억되는 사람은 없다. 향수는 상상의 삶을 환기하지만, 그 누구도 환기하지 못한다.

　지난겨울 아홉 살 아들을 데리고 그 약국을 찾았다. 진정으로 사랑하는지 굳이 고심할 필요 없이 많은 이야기를 지어내는 장소에 갈 때면 으레 그렇듯이 구석구석을 둘러보았다. 평소처럼 아내 향수를 찾는 척했다. "엄마가 이거 좋아할까?" 나는 아들이 부정해주기를 바라면서 묻는다. 아니나 다를까 아들은 아니라고 한다. 나는 점원에게 미안하다고 말한다. 우리는 칫솔과 비누, 옛날 치약을 살펴본다. 아버지가 쓰던 애프터셰이브 로션도 비난하는 듯한 눈길을 던지며 선반에 놓여 있다. 아들더러 향을 맡아보라고 한다. 아들은 향이 좋다고 말한다. 그 향을 알겠느냐고 아들에게 묻는다. 아들은 그렇다고 대답한다. 우리는 다른 제품 향도 맡아본다. 아들은 그것도 좋다고 한다. 나는 아들이 지금 자신의 추억을 만들고 있기를 바란다.

마땅히 살 게 없어서 유리문을 열고 밖으로 나온다. 오른쪽으로 급하게 방향을 틀어 코먼공원으로 향한다. 나는 아들에게 30년쯤 전에 그곳에서 아들을 얼핏 본 적이 있다고 말한다. 아들은 날 미친 사람인 양 쳐다본다. 그럼, 내가 몇십 년 전에 봤던 게 나 자신이었을까, 내가 묻는다. 말도 안 돼, 아들이 대꾸한다. 노흐 아인말 부인에 대해 얘기해주고 싶지만, 적당한 말이 떠오르지 않는다. 대신 나는 아들과 함께 있어서 기분이 좋다고 말한다. 아들이 툭 우스갯소리를 던진다. 나도 받아친다.

그러다 문득 그때 그 자리에 똑같이 멈춰 서서는, 눈 내리는 텅 빈 케임브리지 거리 위로 몰아치는 바람을 향해 "노흐 아인말"이라고 외칠 뻔했던 그날 밤을 떠올린다. 그리고 독일인 여자와 매일 저녁 일을 마치고 집으로 돌아오는 그녀의 운좋은 남편을 생각한다. 이곳에서 25세의 나는 미래의 삶을 눈앞에 그렸었다. 이제 50세가 되어 꿈꾸었던 삶을 다시 찾아온 것이다.

난 꿈꾼 삶을 살았던가? 과연 내 삶을 살았을까? 내가 꿈꾼 삶과 실제로 영위한 삶 중에서 어떤 것이 더 중요할까, 또 어떤 것을 더 잘 기억할까? 내 것이라 여겼던 것을 삶이 하나씩 앗아가고, 패를 돌리려고 내 카드를 하나씩 엎어놓는 지금, 난 벌써 삶이 다하기도 전에 이 두 개의 삶을 잊어가는 건 아닐까?

라부야디스La Bouilladisse, 2001년 6월

엑상프로방스 근처 우리가 묵는 집 주위의 라벤더 숲은 바람이 들판 위로 불 때마다 이리저리 너울댄다. 내일이 프로방스에서의 마지막 날이라 햇볕에 널어 말리려고 빨래를 다 빨아놓은 참이다. 이 셔츠를 맨해튼에 가서야 입을 거라는 걸 안다. 접힌 주름에서 햇빛과 라벤더 향을 맡으며 프로방스에서 보낸 이 찬란한 날을 떠올리리라는 것도 잘 안다.

아침 10시, 빨래로 가득 찬 광주리를 옆에 놓고 마당에 서 있다. 아내는 아직 모르지만, 빨래를 내가 널 작정이다. 아내를 깜짝 놀래줄 생각이다. 커피도 이미 다 끓여놓았다.

그래서 지금 난 이곳에서 수건 하나하나, 사내아이들의 속옷과 몇 개인지 모를 티셔츠와 루시용Roussillon에서 묻혀 온, 영영 지워지지 않기를 내심 바라는 붉은 흙탕물이 튄 양말을 널고 있다. 냄새가 좋다. 셔츠를 반 인치만큼씩만 떼어서 빨랫줄에 너는 게 좋다. 빨래를 모두 널 수 있게 빨래집게를 아껴 쓰면서 잘 관리해야 한다. 내가 넌 빨래를 보고 아내가 뭐라 흠을 잡을 게 분명하다. 그 생각을 하자 기분이 좋아진다. 모든 것을 너무도 단순하고 편안하게 만드는 이 일이, 이 지루한 속도가 좋다. 영영 끝나지 않았으면 좋겠다. 사람들이 왜 그렇게 오랫동안 빨래를 너는지 이젠 알겠다. 항아리 속 빨래집게에서 풍기는 바짝 마른 나무 냄새가 좋다. 항아리 냄새도 좋다. 큰 수건들에서 자갈과 내 발등 위로 떨어지는 물방울 소리가 듣기 좋다. 맨발로 서 있는 게 좋고, 쫙 펴서 너는 데 만년이 걸릴 것 같지만, 양 끝에 하나씩, 어림잡아 중간에 또 하나, 도합 빨래집개 세 개로 침대보를 너는 일이 좋다. 다른 셔츠를 집어 들기 전에 주위를 둘러보고는 근처 라벤더 줄기를 손가락으로 훑는다. 라벤더를 만지는 게 얼마나 쉬운가. 그렇게 오랫동안 수선을 떨었던 걸 생각하면. 그런데 지금 내 손에 라벤더가 놓여 있다. 금덩이를 받으면 선뜻 낯선 이에게 건네는 잉카인 손에 금덩이가 놓인 것처럼. 이곳에선 더 이상 바랄 게 없다. 쿼드 쿠피오 메쿰 에스트Quod cupio mecum est. 오비디우스의 『변신이야기』에서 나르키소스가 샘물에 비친 자기 모습을 보면서 하는 말. 구하는 게 이미 내게 있구나.

어제 세낭크 수도원에 다녀왔다. 라벤더 들판에 서 있는 아들들 사진을 찍었다. 멀리서 보니 라벤더 색이 너무 짙은 탓에 마치 초록색 바다에 멍이 든 것처럼 보인다. 가까이 다가가자 그제야 여느 웃자란 떨기나무 같다. 벌을 건드리지 않고 라벤더 꽃을 손으로 쓰다듬는 법을 아들들에게 알려주었다. 우리는 시토 수도회 수사들과 염료 생산, 영혼과 향유, 향 추출물, 성 베르나르 드 클레르보Saint Bernard de Clairvaux. 시토회를 창립한 12세기의 수도자와 이 작은 수도원에서 전 세계로 뻗어나가 지금도 존재하는 중세 시대의 교역로에 대해 이야기를 나누었다. 라벤더를 향한 내 사랑은 바로 이곳, 이 들판에 핀 라벤더 꽃에서 채취한 향으로 시작했을지 모른다. 그것이 애초에 끝나는 곳도 이곳일지 모른다. 그러나 모든 건 다시 시작할 수 있다. 나의 아버지도, 어머니도, 손목에 향수를 뿌린 그 젊은 여자도, 노흐 아인말 부인도, 그녀의 작은 아들도, 나의 작은 아들도, 어린 시절 나도, 눈 오는 날 저녁 산책도, 유리병 속의 지니도, 사랑으로도 우정으로도 들어낼 수 없는 우리 내부의 로제타석도, 우리가 매일 생각하는 삶도, 살지 않은 삶도, 반쯤 산 삶도, 아직 시간이 있을 때 사는 법을 터득하길 바라는 삶도, 할 수만 있다면 다시 쓰고 싶은 삶도, 아직 쓰지 않았음을 알고 있지만 평생 쓰지 않을 삶도, 우리보다 남들이 더 잘 살기를 바라는 삶도. 세상과 하나되면서 다만 무엇이라도 찾으려 하고, 찾아낸 것이 라벤더 줄기라 하더라도 결코 그것을 놓치지 않으려 하는 마음, 이처럼 소박한 것에서 자아낸 실 한 가닥에 이 모든 것이 엮여 있는지도 모를 일이다.

친밀감

    마침내 클레리아가^{Via Clelia}를 찾아갔다. 40여 년 전 처음 왔을 때에도, 15년 후 두 번째 왔을 때에도, 그로부터 3년 후에 왔을 때에도 그냥 그곳을 지나쳤다. 어떻게든 그곳을 피하고 싶은 마음도 마음이지만, 밤늦게 온 터라 제대로 보이는 것도 없었고 택시 기사에게 오른쪽으로 차를 돌려 내가 옛집을 보는 동안 잠시 차를 세워 달라고 부탁할 수도 없었다. 번잡한 노동자 구역인 아피아누오바가^{Via Appia Nuova}에선 클레리아가가 얼핏 보일 뿐이었다. 세 번째 방문 이후론 아예 시도도 하지 않았다. 로마에 가도 도심을 벗어나지 않았다.

    하지만 재작년 여름엔 아내, 아들들과 함께 지하철을 타고 늘 머릿속에 그려온 대로 클레리아가에서 북쪽으로 두 블록 떨어진 푸리오카밀로^{Furio Camillo}역에 내렸다. 두 블록 떨어진 곳에선 상황에 적응하고 생각을 정리하고 기억의 수문을 하나씩 열 시간이 충분할 것이었다. 굳이 어떤 노력이나 주의를 기울일 필요없이, 의식 따위는 더더욱 필요없이. 그러면서도 이

하층민 거리와 나 사이에 어떤 장벽이 필요하다면 장벽을 세울 시간 정도는 충분할 것이었다. 40년도 더 전에 우리 가족이 난민으로 이탈리아에 첫발을 내디뎠을 때 이 거리가 우리에게 베풀어준 그 지저분하고 성마른 환영을 난 평생 잊은 적이 없다.

정확하게 아피아누오바가와 교차하는 지점에서 클레리아가로 들어선 다음, 시간을 갖고 주변 거리—이네아가, 카밀라가, 유리알로가, 투르노가처럼 대부분 베르길리우스 작품에서 이름을 따온 거리들은 이 별 볼 일 없는 동네에 로마제국의 웅장함이라는 얼토당토않은 메아리를 남긴다—를 둘러볼 생각이었다. 길을 따라 걸으며 작은 이정표, 가령 인쇄소(여전히 있다)나 식료품점을 겸한 간이 피자집, 모퉁이 술집 두어 군데, 배관공 가게(없어졌다), 길 건너 이발소(역시 없어졌다), 담배 가게, 추레한 옷차림의 늙은 여자 둘이 살짝 열어놓은 문 틈새로 차마 고개를 들고 안을 들여다보지 못한 비좁은 매춘가, 매일 오후 비쩍 마른 거리의 가수가 폐를 긁는 듯한 정체불명의 아리아를 큰 소리로 부르고 비가가 끝나는 순간 동전이 비 오듯 인도 위로 쏟아지던 곳을 살펴볼 참이었다.

거리의 가수가 서 있던 곳 바로 위가 우리 집이었다.

미국 비자가 발급되길 기다리며 그곳에서 부모님과 보낸 3년의 시간 동안 훤히 꿰고 있던 거리의 이곳저곳을 손가락으로 가리키며 아내와 아들들을 데리고 클레리아가를 걸었다.

그러면서 그때 그곳의 사람들이 지금 이 세상 사람이 아니기를, 설령 지금껏 살아 있다 하더라도 나를 알아보지 못하기를 내심 바랐다. 설명하고 싶지도, 질문에 대답하고 싶지도 않았고, 누구를 껴안거나 만지거나 가까이 다가가고 싶은 생각은 추호도 없었다. 언제나 난 클레리아가가, 그곳의 선한 사람들이, 그들과 함께 살았다는 사실이, 그렇게 느끼는 지금의 내가, 그리고 아들들에게 말했듯이 노동자 동네인 아피아누오바 한복판이 아닌 부유한 아피아안티카Appia Antica "근처"에 산다고 사립학교 친구들을 믿게끔 만든 사실이 수치스러웠다. 수치심은 결코 사라지지 않았다. 거리의 모퉁이마다 새겨진 채 수치심은 사라지지 않는 법이다. 수치심은 나 자신도 확신하지 못하는 내가 되기를 꺼리는 마음이라 할 수 있는데, 현재의 나보다 내밀한, 나에 관한 가장 내밀한 것일 수 있다. 마치 우리보다 먼저 이곳에 온 까닭에 이름조차 붙일 수 없는 생명체로 가득 찬 가라앉은 도시와 암초가 우리의 정체성 너머에 묻혀 있는 것처럼. 클레리아가 끝까지 걸어가는 동안, 내가 진정으로 원한 것은 이 순간을 과거지사로 묻는 것—클레리아가는 이제 끝이야, 하고 말할 것이다—이었다. 어떤 기억이 섬광처럼 떠올라 이 방문을 끝냈으면 좋겠다는 생각을 내내 하면서.

이 모든 것이 끝나길 바라는 마음과 어떤 느낌이 찾아오길 바라는 마음 사이를 오가는 동안 나는 아들들과 우스갯소리를 주고받았다. 이 쓰레기장 같은 곳에서 3년을 살았다고 상상해 보라. 무더운 여름날의 그 악취란. 이쪽 모퉁이에서 죽은 개를 본 적도 있다. 개는 차에 치여 양쪽 귀에서 피를 흘리고 있었다. 오후만 되면 젊은 집시 여자가 전차 정거장 앞 인도에 시커먼 무릎을 날염 치마 위로 보란 듯이—수치심이라곤 없이 야만적이고 태연하게—드러내놓고 책상다리를 틀고 앉아 구걸을 했다. 일요일 오후에 클레리아가는 시체 안치소처럼 고요했다. 여름의 열기는 견딜 수 없을 만큼 뜨거웠다. 가을에 85번 버스를 타고 학교에서 집으로 돌아오면 엄마 심부름을 가곤 했는데, 상점이 문을 닫을까 싶어 나는 늘 아파트에서 쏜살같이 뛰어나갔고, 황혼빛에 물든 거리에서 여점원들이 퇴근하는 모습을 보면서는 조이스의 「애러비Araby」를 떠올렸다. 길 아래 작은 슈퍼마켓에서 일하는 여자아이, 작은 지역 백화점의 여직원들, 월말에 돈이 떨어지면 언제나 외상을 내주던 정육점 여자아이.

매일 비타민 B_{12} 주사를 맞으러 오는 여자아이가 있었다. 제2차 세계대전에 간호사로 자원했던 엄마는 주사를 놓을 수 있다는 사실에 그렇게 기뻐할 수가 없었다. 할 일이 생겼기 때문이다. 주사를 맞은 뒤 여자애는 나와 함께 부엌에 앉아 저녁때까지 이야기를 나누었다. 그러고 나서 여자애는 계단을 내려가 사라졌다. 지나. 집주인의 딸. 지나에게 연정을 느낀 적은 한 번도 없었는데, 소심함과 미숙함으로 가장한 채 나의 무관심을 숨기는 편이 나았다. 물론 소심하고 미숙한 모습은 조금도 꾸며낸 게 아니었지만, 나는 뭔가 감추고 속이는 데가 있다고, 그 이면엔 허락만 떨어지면 짓궂은 장난을 칠 의도가 숨어 있다는 걸 보여주려고 일부러 과장되게 행동했다. 저 밑에 신음하는 수줍음이 있다는 걸 감추려고 더더욱 열정적이고도 부끄러운 시선을 가장했다.

슈퍼마켓 여자아이는 그 반대였다. 여자애의 눈길을 붙잡을 수가 없어서 나는 오늘 뚫어지게 쳐다보다가도 내일이면 언제 그랬냐는 듯이 까맣게 잊어버리는 남자의 오만함을 매번 가장할 수밖에 없었다.

수줍은 내가 싫었다. 그 사실을 숨기고 싶었지만 그걸 마땅히 숨길 만한 게 없었다. 수줍음을 숨기다 보니 얼굴은 더 빨개지고 행동거지는 더 허둥댔다. 내 눈과 내 키와 내 억양이 싫었다. 처음 보는 사람이든 슈퍼마켓 여자애든 누군가에게 말을 걸려면 일단 나에 관한 모든 것을 닫아건 다음, 내가 뱉을 말의 무게를 재고 단어를 계획하고 외국인 티가 날까 싶어 궁여지책으로 로마 사투리를 흉내 내야 했고, 이탈리아어 문법이 행여 틀릴까 봐 말하는 도중에 모든 문장을 뒤집다 보니 오히려 더 끔찍한 실수를 저지르곤 했다. 작가들이 글을 쓰는 도중에 문장의 흐름을 바꾸고는 원래 문장의 흔적을 지우는 걸 깜박해 하나 이상의 목소리를 내는 것과 같았다. 난 모든 사람에게—내가 바라는 게 아무것도 없는 사람들에게도, 내가 요청만 하면 기꺼이 반길 만한 걸 내어주는 사람들에게도—숨겼다. 생각도, 두려움도, 내 모습도, 나 자신조차 확신하지 못하는 내 모습까지도 숨겼다.

내가 기억하기로 수요일 저녁은 클레리아가 끝에 있는 슈퍼마켓으로 공병을 갖다 주는 따위의 심부름을 가는 날이었다. 주로 진열대에 물건을 올려놓는 일을 하는 여자애는 뒤편 판매대로 와서는, 공병을 내놓는 나를 거들었다. 가방에서 공병을 빠르게 비우는 여자애의 모습을 지켜볼 때마다 나는 기대했던 것보다 시간이 빨리 지나가는 듯해서 조바심이 나곤 했다. 나를 쳐다보는 여자애의 얼굴에서 미소가 사라지는 걸 보면 여자애는 내 시선으로 불쾌한 듯 보였다. 여자애의 시선은 무례하지 않으려고 애쓰는 사람의 어둡고 성마른 시선이었다. 다른 사람에겐 환한 미소와 야한 농담을 던졌지만, 내겐 오로지 쏘아보는 시선이었다.

아침 10시에 푸리오카밀로역에 도착했다. 7월 말 아침 10시면 주로 2층 내 방에서 책을 읽었다. 때론 너무 더워지기 전에 바닷가로 가곤 했다. 하지만 7월 셋째 주가 지나면 돈은 바닥났고 우린 집에서 라디오를 들으며 이따금 평일 저녁에 보러 가는 영화표 값을 아꼈다. 더럽고 을씨년스러운, 3차 재개봉관인 길모퉁이의 영화관은 일요일보다 평일 저녁 영화표가 쌌다. 영화관은 두 군데 있었다. 하나는 없어졌고, 다른 하나는 새로 단장한 채 무치오스케볼라가^{Via Muzio Scevola}에 서 있다. 거리 이름은 엉뚱한 사람을 죽인 걸 알고는 오른손을 뜨거운 불속에 집어넣은 로마제국 초기의 장군 무치오 스케볼라에서 따온 것이다. 어느 날 밤 그 극장에 앉아 있는데 한 남자가 내 손목에 팔을 얹었다. 내가 남자에게 왜 그러느냐고 묻자 남자는 곧 다른 자리로 갔다. 아들들에게 설명한 것처럼 그때는 영화관 화장실을 피하는 법을 배우는 시기이기도 했다.

한 블록을 더 가자 클레리아가에 도착한 지 5분도 채 지나지 않아 방문은 끝이 났다. 어딘가로 돌아갈 때면 늘 이렇다. 시간이 지나 건물들이 줄어들거나, 그곳을 둘러보는 시간이 5분 이내로 줄어드는 것이다. 길 한쪽 끝에서 다른 쪽 끝으로 걸었다. 왔던 길을 되짚어가는 것 말고는 할 게 없었다. 이제 뭘 할지 내가 말해주길 기다리는 아내와 아들들을 보면서 방문이 끝난 사실에 그들이 안도하고 있음을 알 수 있었다. 되돌아가는 길에 우리 집이 있던 건물 앞에 잠시 멈춰 섰다. 그 순간을 온전히 누리는 한편 서둘렀다거나 일을 망쳤다거나 하고 싶지 않아서, 또 마치 난데없이 몇 년 만에 나타나 "나 기억나?"라고 묻는 사람처럼 그때껏 드러나지 않은 뭔가가 와락 달려들어 나를 큰 소리로 부르면서 잡아채기를 여전히 바랐기 때문이다. 하지만 아무 일도 일어나지 않았다. 그런 순간이면 으레 그렇듯이 나는 경험에 무감각했다.

그 일을 글로 쓰다 보면—그날 늦게 그랬듯이 사후에—종국에는 무감각에서 깨어날 것이다. 방문 당시에는 그곳에 없던 것, 혹은 그곳에 있었으나 보이지 않다가 시간과 종이의 도움을 받아 선별되는 것, 글쓰기는 기어코 이런 것들을 다시 끄집어내는 터라, 글로 표현한 그날의 경험에는 내가 내심 클레리아가에서 발견하기를 바랐던 과거의 울림이 부여될 것이다. 글쓰기로 인해 나는 그곳에 살았던 때보다 클레리아가에 더 바짝 다가갈지도 모른다. 글은 무엇을 바꾸거나 과장하려 하지 않는다. 단지 이야기를 발굴하고 재배열하고 묶을 따름이며, 평범한 삶이 기꺼이 고개를 주억거리며 나아가는 평온 속에서 회상할 따름이다. 삶은 사물을 보지만 글은 형상을 본다. 사물은 잊히지만 형상은 우리와 함께한다. 무감각의 경험도 종이에 옮겨지면 미혹에서 벗어난, 체념한 아름다움, 곧 원래의 지루한 이야기와 달리 친밀한 동시에 들뜬 듯한 슬픈 운율을 띠게 된다. 무감각에 대해 글을 쓰다 보면 어느새 무감각이 꽤나 근사한 것이 된다. 평면을 뒤집고 그 그림자를 파다 보면 꿈을 꾸게 되는 법이다.

내가 그날 늦게 그랬듯이, 글쓰기는 우리를 자극하고 삶에 대한 무감각에서 깨어나게 하기 위해서 단어를 추려내는가? 아니면 글쓰기는 대리만족을 제공해 우리를 경험에 무감각하게 만드는가?

로마에서 3년을 살았지만 이 거리를 손으로 만져본 적은 한 번도 없다. 전차 정거장 앞 골판지에 앉은 집시 여자를 3년간 보았지만 마치 봉한 듯 탁하고 무뚝뚝한 그녀의 시선에 내가 조금의 흔적도 남기지 않은 것처럼, 어떤 것에도 손을 대지 않고, 무심코 이 도시를 스치듯 지나간 것은 지극히 나다운 행동이다. 학교 친구들에게 집시 여자를 이야기할 때면 나는 흥분과 동요를 감추려고 그녀를 더러운 여자라고 불렀다.

난 실망했던가? 떨리는 과거의 유산을 단 하나도 발견하지 못했다는 것은 마치 범죄인 양 느껴졌다. 무감각하다는 것은, 이 거리를 싫어한 기억까지 사라졌다는 의미일까? 우리의 일부는 과거를 잊은 나머지 그곳으로 돌아가더라도 아무것도 느끼지 못하는 것일까?

아니면 난 안도했던가? 시간의 로맨스는 완전히 실패로 돌아갔다. 파낼 과거는 없었다. 애초부터 그런 건 없었다. 그곳에 아예 살지 않는 편이 나을 뻔했다.

자기 그림자를 밟으려고 애쓰는 사람, 혹은 10대 시절 책에 밑줄을 긋지 않고 읽다가 수십 년이 지난 지금 젊은 시절 책 읽던 모습을 영영 되찾을 수 없는 사람의 심정이었다.

하지만 서쪽에서 로마로 돌아온 그때, 그림자였던 것은 이 거리도, 내가 이곳에서 읽었던 책도, 과거의 나도 아닌, 바로 나 자신이었는지도 모른다.

얼마간 길가에 서서 내가 살았던 집의 좁다랗고 둥그런 발코니를 올려다보고 있으려니, 이탈리아인들이 길가에서 큰 소리로 위층의 친구를 불러내듯이 나를 창가로 불러내고 싶은 충동이 일었다. 하지만 나는 나를 불러내지 않았다. 대신 그 옛날 내가 창문 너머에서 무엇을 하고 있었을지 가만히 그려보았다. 7월 중순이라 해변도 친구들도 없다. 나는 방에 들어박혀 책을 읽는다. 나와 클레리아가 사이에 상상의 장막을 치기 위해 필사적으로 책에 매달리면서, 언제나처럼 굳게 내린 덧문 너머 바깥세상으로부터 나 자신을 유폐한다.

클레리아가만 아니라면.

클레리아가에 면한 방에서 나는 바깥세상과 전혀 조응하지 않는 세상을 만들어냈다. 나의 책, 나의 도시, 그리고 나. 그저 소설이 거리거리에 작품의 분위기를 투영하고 건물들 위로 상상의 장막―빗물처럼 클레리아가를 씻어내고, 이 힘들고 따분하고 하루 벌어 하루 먹고 사는 하층민 구역에 아른거리는 주문을 걸어줄 장막―을 치는 걸 지켜보기만 하면 되었다. 초저녁 텅 빈 거리가 물기로 반짝이는 비 오는 날에는 위층 내 방에 박혀 있어야 했지만, 나는 D. H. 로런스의 "작게 웅웅거리는 빛나는 도시"에 홀로 가 있었다. 내 방에 비할 바가 아니었다. 스러지는 겨울 햇살은 도스토옙스키의 백야 속 상트페테르부르크의 외딴 강둑으로 나를 곧장 데리고 갔다. 한 블록 아래 시장에서 왁자하게 외치는 소리가 마치 싸움 소리처럼 들리는 햇살 좋은 아침에는 비 온 뒤 말끔하게 씻긴 보들레르의 까탈스러운 파리에 가 있었다. 보들레르의 파리가 메아리로 울려 퍼지자, 로마를 떠난 뒤에야 사랑하게 된 투박한 로마 사투리가 갑자기 세속적이고 거친 프랑스적 성질을 띠는가 싶더니 견딜 수 있는 정도가 아니라 활기차고 진실하게 들리기까지 했다. 이른 아침 창문을 열면 비틀스의 "푸르른 교외의 하늘" 아래 "반구형 지붕과 극장, 교회가…… 무연의 대기 속에 찬란히 빛나는" 워즈워스의 영국이 눈앞에 펼쳐졌다.

람페두사의 『표범』을 마침내 다 읽고 나자, 늙어가는 시칠리아의 귀족들—그들 중 누구도 속해 있지 않고 가늠할 수조차 없는, 이 험악한 새 세상에서 길을 잃고 헤매는—이 도처에 보이기 시작했고, 그 순간 나는 혼자가 아님을 알았다. 시칠리아인들이 남긴 것이라곤 거친 오만함과, 방이 수없이 많지만 곧 무너질 듯한 발코니에서 노르만족의 시칠리아 침공이라는 지난 역사를 내려다보는 오래되고 낡은 왕궁뿐이었다. 클레리아가를 걷다가 눈에 띄는 작은 공원에 들어가면, 그곳이 호엔슈타우펜 왕조 프리드리히 2세의 버려진 사냥터였음을 앙상한 나무와 불에 그슬린 풀밭이 알려주었다.

클레리아가만 아니라면.

그렇다면 지금 클레리아가가 죽은 것처럼 느껴진들 무슨 문제란 말인가? 그곳은 단 한 번도 살아 있었던 적이 없었다. 발을 내딛은 첫날부터 그곳이 싫었고, 그로 인해 로마까지 싫어질 뻔했다.

그럼에도 마치 예전에 거리들에서 나 자신의 이미지를 빌려왔다고 날 벌주기라도 하듯 클레리아가는 그것들 모두를 내게 돌려주었다. 조금의 더함도 없이. 자, 여기 보들레르의 노점상이 있으니 어서 가지고 가. 라스콜니코프도스토옙스키의 소설 『죄와 벌』의 주인공의 모자도 있으니 **어서 써 봐**. 저쪽 아카키니콜라이 고골의 단편 「외투」의 주인공의 외투도 **네 거야**. 연기가 자욱한 오블로모프이반 곤차로프의 소설 『오블로모프』의 주인공의 창문 너머로 아피아누오바가를 내려다보면 람페두사의 쇠잔해가는 저택이 보일 거고, 더 멀리엔 로런스의 마을이 보일 거야. 이제 모두 다 네 거야. 예전에 나는 세상을 온통 책으로 줄지어 세웠었다. 그런데 지금은 마치 사용하지 않은 연장과 매지 않은 넥타이와 빌리지 말았어야 할 돈과 읽을 생각이 없는 책을 돌려주듯, 도시가 그것들을 내게 하나씩 돌려주고 있다. 어느 날 한밤중에 클레리아가를 온통 뒤덮어 책 바깥에선 결코 볼 수 없는 빛줄기를 던져준 조이스의 「죽은 자들」의 눈이 "클레리아가엔 눈이 오지 않아, 몰랐어?"라는 퉁명스러운 비문碑文과 함께 내게 되돌아왔다. 드퀸시의 런던, 브라우닝의 피렌체, 카뮈의 오랑, 휘트먼의 뉴욕이 오랜 세월 흰 곰팡이 슨 채 공탁되어 날 기다리고 있었다. "진실이란 게 사실 그렇게 멋지지 않지, 안 그래?" 이곳저곳에 아이러니를 묻히고 거리가 물었다.

상상의 장막, 곧 이곳에서 보낸 3년의 그림자가 내게 남은 전부였다. 아내, 아들들과 함께 클레리아가를 끝에서 끝까지 되짚어 오면서 난 깨달았다. 여기서 추릴 수 있는 것은 어떻게든 살기 위해 거리 위로 흩뿌려 놓았던 거짓말, 허구뿐이란 것을. 그때나 지금이나 꿈꾸고 가장하기.

가장 진실하고 내밀한 기억이 그렇듯이, 가장 진실하고 내밀한 순간은 바로 이런 상상 속의 빈약한 이야기로 만들어진다는 생각이 그날 밤 늦게 떠올랐다. 허구들.

클레리아가는 내 거짓말의 거리다. 질겅질겅 씹어댄 껌처럼 어떤 거짓말은 매일 밟고 밟아서 돌이킬 수도, 지울 수도 없다. 이쪽 모퉁이와 저쪽 가게, 인쇄소를 쳐다본들, 보이는 건 스탕달과 네르발, 플로베르뿐이다. 그 아래엔 아무것도 없다. 미국 비자가 나오길 기다린 3년의 기억뿐.

그때 우리에겐 텔레비전도, 돈도, 혼을 빼놓을 쇼핑도, 친구도, 거의 친척도, 일주일 용돈을 놓고 가족회의를 할 필요도 없었다. 엄마에게서 받은 용돈으로는 일주일에 문고판 책 한 권을 사면 끝이었다. 3년 동안 그렇게 했다. 토요일에 85번 버스를 타고 온종일 로마의 수많은 외서 서점에 파묻혀 지내다가 책을 사는 것이 내게는 클레리아가에서 도망치는 길이었다. 도시엔 눈길을 주지 않은 채 책방에서 책방으로 걷는 것이 내게는 로마에서 살고 로마를 알아가는 길이었다. 로마인이나 로마를 보러 온 관광객에게 일상의 로마가 그러하듯이, 고독한 책벌레인 내게도 로마는 현실의 공간이었다. 책방과, 쓰레기 더미의 황토색 벽으로 둘러쳐진, 책방들 사이로 어지럽게 난 좁은 자갈길은 내 세계의 중심이었다. 한가운데에 오벨리스크와 박물관, 교회 같은 아름다운 건물이 있는 광장은 다른 이들의 공간이었다.

　토요일 아침에 산실베스트로San Silvestro에서 내려 책방이 우연히 눈에 띄면 어찌나 기쁘던지 내심 길을 잃기를 바라며 시내를 돌아다녔다. 이 오래된 도시가 점점 좋아졌다. 캄포마르지오, 캄포데피오리, 로톤다광장. 보이는 것과 달리 안은 대궐 같은 낡은 건물들에서 풍기는 부드러운 풍요로움이 좋았다. 토요일 아침과 정오, 평일 저녁의 건물들이 좋았다. 바부이노가Via Del Babuino는 나의 포부르생제르맹이었고, 프라티나가Via Frattina는 나의 넵스키 대로였다. 20세기 초의 유산인 가스등이 마법 같은 황혼빛 속에서 깜박거릴 때면 순식간에 넋을 잃는 듯한, 인파가 넘치는 어둑한 거리.

　17세기 건물에서 느닷없이 튀어나오는 사람들도 좋았다. 사랑과 영화와 빠른 차에 몸을 싣고, 85번 버스는 전혀 알지 못하는 곳으로 가는, 번쩍번쩍 사치스럽고 꿈같은 삶을 사는 사람들. 책방이 문을 닫고 거리에 차량이 뜸해지면서 한적해진 뒤에도 얼마간 주위를 서성이는 게 좋았다. 황홀한 이곳의 좁은 자갈길과 곳곳의 불빛은 내 발걸음이 어디로 향하고 싶어 하는지 나보다 앞서 아는 것처럼 보였다. 책방에 보러 온 책들과 클레리아가 이외에 무엇인가가 집으로 향하는 내 발길을 붙잡고 있다고, 또 책이라는, 부모님과 나 자신에게 근사한 알리바이가 될 만한 목적이 있는데도 지금 이 오래된 도시 로마에 남아 서성이는 건 분명 다른 까닭이 있다고 생각했다. 난 이 오래된 로마를 사랑하게 되었다. 내가 사랑하게 된 이 로마엔 로마보다 내가 더 많았기 때문에 로마는 그 자체보다 내 안에서 더 크게 보였고, 그런 까닭에 난 나의 사랑이 진짜인지, 아니면 내 앞에 놓인 이 오래된 최초의 길에 투영된 내 갈망의 산물인지 확신하지 못했다.

내가 만들어낸 이 이상한 그림자 로마가 모든 사람의 것이기도 하다는 사실을 깨닫는 데에는 수십 년이 걸릴 터였다. 누가 생각이나 했겠는가……. 부끄럽고 외로운 사춘기 시절의 로마를 누구에게도 보여주지 않았지만, 내게 필요한 건 오직 하나의 그림을 공유하는 것이었다. 노소를 막론하고 누구나 다 아는 것……. 에머슨Ralph Waldo Emerson. 19세기 미국의 시인이자 사상가. "네 가슴속 깊이 진실한 것이 모든 이에게도 진실하다고 믿는 것, 그것이 비범함이다. 너의 가슴속 확신을 말하라. 그러면 그것은 보편성을 띠게 될 것이다."

내가 본 건 로마 자체가 아니라, 마침내 그곳을 사랑하게 만든, 이 고도古都에 내가 끼워 넣은 필터였고, 저녁 늦게 책방에서 나와, 거리에 존재하리라 나 자신도 확신하지 못하는 희미한 미소와 우정을 찾아 나의 넵스키 대로를 서성일 때마다 내가 갈구하던 장막이었다. 이젠 그 장막을 그때 읽었던 수많은 책에서 걷어내는 건 불가능하다. 오래오래 공명하는 장막 덕분에 나는 로마를 잃은 지 한참 지난 지금도 로마를 내 것이라

여긴다. 내가 로마에 갈 때마다 찾으러 다닌 건 로마가 아니라 그 장막일지도 모르겠다. 우리는 세상을 그 자체로 보지도 읽지도 사랑하지도 못하며, 세상의 흔적을 그 자체로 알지도 못한다. 눈앞에 놓인 것 이외의 다른 것을 볼 때 중요한 것은 무엇을 보는지 아는 것이다. 우리가 보는 건 장막이다. 그것은 생명 없는 물체에 본질을 불어넣고, 타인과 함께 나누고 싶은 것이다. 손을 내민 우리의 몸에 결국 와닿는 것은 세상 자체가 아니라, 우리가 세상에 투영한 찬란한 빛이다. 편지가 아닌 봉투이고, 선물이 아닌 포장지이다.

모든 사물은 그 자신의 장막, 곧 "벗겨진 살갗"을 발산한다고 루크레티우스Lucretius, 고대 로마의 시인이자 철학자는 말한다. 이런 징후는 주변의 사물과 존재에서 뻗어 나와 궁극적으로 우리의 감각에 와닿는다. 그 반대도 성립한다. 우리 안의 것을 장막으로 발산해 주변의 모든 것에 투영한다. 그렇게 우린 세상을 인식하고 결국 사랑하게 된다. 우리의 알라바이이자 가장 내밀한 삶의 보고인 이 장막이, 이 허구가 없다면, 우리는 그 무엇과 연결될 수도, 접촉할 수도 없다.

로마를 알고 사랑하는 법을 배운 것처럼 나는 책을 읽고 사랑하는 법을 배웠다. 그 방법이란, 도처에 비밀 통로가 있음을 직감하고, 읽는 모든 것이 책 자체보다 내 안에서 더 크게 느껴졌으므로 책 속에서 실제보다 더 많은 나를 발견하는 것이었다. 까다로운 여행자도 로마에서 길을 찾는 나를 보고 깜짝 놀랄 테지만, 그만큼 책을 읽는 내 방식도 정도와는 거리가 멀었다.

나는 친밀한 뭔가를 구했고, 첫 골목에서, 시의 첫 연에서, 낯선 이의 첫 시선에서 그것을 찾는 방법을 터득했다. 위대한 도시처럼 위대한 책은 다른 곳에선 찾을 수 없는, 오직 우리 안에 있는 그 무엇인가를, 그러나 우리의 시선이 닿는 모든 곳에 투영되는 그 무엇인가를 찾게끔 도와준다. 위대한 예술가는 이미 우리 것이라고 알고 있는 것을 주는 자들이다. 그것과 조금이라도 유사한 걸 보지도 느끼지도 겪지도 못했다고 신경 쓸 필요 없다. 예술가는 우리를 변화시킨다. 우리의 과거를 훔치고 개조해서 사춘기 때 듣던 노래처럼 우리가 원할 때마다 젊은 시절의 사진을 보여준다. 물론 젊었을 때 모습 그대로는 아니지만. 예술가는 우리의 내밀한 소망 장막wishfilm을 우리에게 돌려준다.

갑자기 타인이 품어온 통찰이 온갖 난관을 뚫고 우리의 것이 된다. 작가가 바라는 것, 그가 가장하는 것을 우리는 안다. 심지어 그 이유도 안다. 훌륭한 작가일수록 자신의 발자취를 깨끗하게 지운다. 그런가 하면 훌륭한 작가일수록 자신이 숨기고자 한 부분을 우리가 직감하고 되찾기를 원한다. 직감만 적중한다면, 쉼표 하나에, 문장 하나에 실린 작가의 영혼의 흔적을 읽어낼 수 있고, 그 한 문장에서 필생의 작품인 그 책 전부를 파악할 수 있다.

직감만 적중한다면. 파스칼. "일 포 더비네 메 비앵 더비네 Il faut deviner, mais bien deviner." 추측하되, 제대로 추측하라.

내가 좋아한 작가들의 작품을 읽으며 찾아낸 것은, 그들을 오독하지 않았고, 보고 싶은 대로 보지 않았으며, 명확한 의미뿐만 아니라, 그들 자신도 생각만큼 분명히 알지 못하거나 혹은 모르는 척하는 까닭에 공공연히 밝히지 않고 질문을 받으면 부정할지도 모르는 숨은 의미까지 파악했다고 생각할 권리였다. 말해지지 않은 그것이 없다면 작품 자체가 성립되지 않을 것이므로, 증거는 없어도 본질적인 무엇인가를 직감했던 것이다.

그때만 해도 자아와 사물, 또는 자아와 타자가 이렇게 친밀하게 결합할 때 모든 비평의 본질이자 특성인 통찰과 직감이 태동한다는 걸 몰랐다. 드러나지 않은 것 속으로 **슬쩍 들어가** 그것을 직감하고자 하는 욕구를 나는 모든 것—책과 장소, 사람들—에 투영했다. 겉으로 드러난 모든 것을 불신했기 때문에, 혹은 나 자신이 너무도 내향적인 탓에 남들 역시 나만큼이나 내향적이고 자신을 숨긴다고 여기고 싶었기 때문일 것이다. 아니면 그저 염탐하는 걸 좋아했기 때문일지도 모르겠다. 통찰은 어루만지는 것이다. 그러나 물어볼 필요도 없고 위험도 따르지 않는다. 정탐하는 행위는 나를 둘러싼 로마의 일상에 가닿기 위한 나만의 방식이었는지도 모른다. 에마누엘레 테사우로Emanuele Tesauro. 17세기 이탈리아의 저술가의 말을 빌리자면, "내 생각이 타인의 마음에서 꽃피우는 걸 보길 좋아하듯, 타인도 우리의 내밀한 생각을 염탐하는 걸 똑같이 좋아한다." 나는 암호였다. 하지만 다른 사람들도 나처럼 암호였다. 결국 내가 책과 장소와 사람들 안을 들여다보고자 했던 것은, 어디를 바라보건 언제나 나 자신과 나의 흔적을 찾았고, 더 낫게는, 나와 유사해질 수 있는 사람으로 가득 찬 세상을 추구했기 때문이다. 또한 나와 유사해지고 내가 되고 내가 좋아하는 걸 좋아한다는 건, 내가 그들에게 하고자 하듯 그들이 내게 다가오고 마음을 열고 연대하려는 완곡한 길인 까닭이다. 내 이미지 속의 세상. 내 이름과 내가 지나간 길의 흔적을 간직한 거리를 나는 사랑했다. 그리고 모든 사람의 영혼이 벌거벗고 **해부된** 소설을 원했다. 나의 속성과 똑같은, 사람과 사물의 표면 밑 내밀한 속성보다 나의 흥미를 끄는 것은 없었기 때문이다. 겉으로 드러나면 누구나 결국 나와 같아질 것이다. 그들은 날 이해했고, 나도 그들을 이해했으며, 우린 더 이상 남남이 아니었다. 나도 숨겼고 그들도 숨겼다. 그들과 내가 비슷할수록 나는 있는 그대로의 나를 받아들이고 좋아하는 법을 배울 수 있을 것이었다. 나의 직감, 나의 통찰은 나와 세상 사이에 놓인 극복할 수 없는 간극을 메우기 위한 내밀한 방법에 다름 아니었다.

결국 나의 고독과 불만, 클레리아가에 새겨진 수치심, 상상

속 19세기의 거품 안으로 숨고 싶은 소망은 책을 읽으며 생긴 것이 아니었다. 내가 오비디우스의 책에서 본 것이 집시 여자의 거무스름한 무릎을 향한 지독한 갈망과 무관하지 않듯이, 내 불만은 책들 속에서 내가 본 것의 일부였고, 그 책들을 읽는 데에 필수적인 것이었다. 하지만 아주 이상하고도 내밀한 방식으로 필수적이었다. 집시 여자를 내 방으로 데리고 와 옷을 벗길 수만 있다면 무엇이든지 할 수 있을 것 같다고 해서 비블리스그리스신화에서 밀레토스의 딸로, 쌍둥이 오빠를 사랑하다가 샘이 된다와 살마키스그리스신화에서 물의 요정으로, 아프로디테의 아들인 헤르마프로디토스를 사랑해 그와 한 몸이 된다의 정욕을 이해한 것이 아니듯, 나 역시 가난하고 내성적이라고 해서 도스토옙스키의 인물에 공감한 것은 아니었다. 내가 좋아하는 작가들이 내게 요구한 것은 그들의 책을 친밀하게 읽으라는 것이었다. 그것은 타인의 작품에 대한 나 자신의 맥박을 읽으라는 것이 아니라 작가의 맥박을 마치 내 것인 양 읽으라는 초대였다. 그것은 책에 관한 나의 가장 깊고 내밀한 생각을 신뢰함으로써 작가의 생각에 다가가고, 더 나아가 예측한다고 전제하기 때문에 가정할 수 있는 최대치라 하겠다. 그것은 남들이 내게 읽으라고 한 것을 읽는 것이 아니라 내가 모든 사물에 드리운 장막을 통해 내 눈에 보이는 것을 보라는 초대였다. 하지만 내가 무엇을 보았는지 아는 몇 안 되는 사람들이 그들 역시 나처럼 세상을 본다고 동의하게끔 보아야 한다. 내 통찰이 자기중심적이고 개별적일

수록 나와 같은 생각을 한다고 말하는 사람이 많아졌다.

내가 프랑스 심리소설에 열광하는 것은 어쩌면 이런 연유에서일 것이다. 프랑스 심리소설에 나오는 인물들은 한결같이 친밀감을 추구하되, 모두 가장하고 남들도 가장한다는 사실을 안다. 작가들이 지어내는 이야기와 그들이 독자 앞에서 가볍게 흔들어 보이는 모든 위대한 생각 이외에, 심리소설에서 흥분의 순간은 작가들이 억제라는 무정형의 지형, 일명 정신세계에 구멍을 내면서 다음처럼 쓸 때 찾아온다. **그녀가 자신을 사랑한다는 걸 가능한 모든 방법을 동원해 보여주는 걸 보면서 그는 그녀가 자신을 거절할 결심을 했다는 걸 알았다. 혹은, 그녀가 자신과 단둘이 있을 때마다 얼굴을 붉히는 걸 보면서 그녀의 미래의 남편은 그녀가 사랑이니 열정이니 욕망이니 하는 감정을 전혀 느끼지 않는다는 걸 알았다. 조신함을 과장하다 보니 얼굴을 붉힌 것인데, 그녀는 짐짓 소녀처럼 수줍어하며 그것을 사랑이라고 기꺼이 오해했다. 그렇게 얼굴의 홍조를 감추려다 되레 홍조를 드러내 보인 것이다. 스페인 여행에 함께 가지 않겠다는 그들 친구의 말에 아내가 기뻐하는 모습을 보면서 남편은 아내가 용기만 있다면 자신을 배신하고 그 친구에게 갔을 거라는 걸 알았다. 혹은, 그녀가 사랑하고 싶지 않은 남자를 쫓아 보내려는 듯 이맛살을 찌푸리는 걸 보면서 남자는 궁금한 모든 것을 알았다. 단둘이 남게 되었을 때 여자가 갑작스레 무례한 행동을 보인다는 것은 징조가 좋다는 뜻이었다. 여자는 남자가 기대했던 것보다 남자를**

더 많이 사랑하고 있었던 것이다.

그러던 어느 여름날 저녁, 문장 하나가 불쑥 튀어나와 내 인생을 통째로 바꿔 놓는다.

> Je crus que si quelque chose pouvait rallumer les senti-
> ments que vous aviez eus pour moi, c'était de vous faire
> voir que les miens étaient changés; mais de vous le faire
> voir en feignant de vous le cacher, et comme si je n'eusse
> pas eu la force de vous l'avouer.
>
> 나를 향한 당신의 마음에 다시 불을 지필 방법이 있다면, 아마 그것은 내 마음도 변했다는 걸 당신에게 보여주는 것일 거예요. 다만 내 마음을 감추고 싶은 척 행동해야겠지요. 차마 당신 앞에서 인정할 용기가 없다는 듯이 말이에요.

이 문장은 나 자신이었다. 『클레브 공작부인』에 나오는 이 문장을 읽고 또 읽었다. 자신을 버렸던 남자를 되찾은 여자의 편지는 그때 밤낮으로 몸부림치던 나만큼이나 친밀한 동시에 가장으로 가득 차 있었다. 여자가 남자의 마음에 다시 불을 지폈다면, 그것은 무관심을 가장해서가 아니라—남자는 여자의 이런 속임수를 훤히 꿰뚫어 보았을 것이다—자신의 뜻에 반하게 마음속에서 점차 커지는 무관심을 숨기고 싶은 척 행동했기 때문이다. 여자의 편지에는 속임수도 많지만 그만큼 통찰도 날카로워서, 겹겹으로 싸인 라파예트의 산문을 항해하려면 내 삶이 이 문장이었고, 이 문장을 라파예트보다 더 내 것으로 여길 용기만 있으면 된다는 사실을 처음 깨달았다.

우연스럽게도—이게 우연이 아니라면 무엇이 우연이란 말인가?—내가 이 문장과 조우한 것은 85번 버스를 타고 집으로 가던 어느 수요일 저녁이었다. 나의 『클레브 공작부인』을 들고 집으로 걸어가는데, 슈퍼마켓 여자애가 하늘색 튜닉 차림으로 가게 앞길을 쓸고 있었다. 여자애는 지나가는 나를 보더니 평소처럼 사나운 시선을 던졌다. 나는 고개를 돌렸다. 15분쯤 지나 공병을 들고 가자, 여자애는 평소처럼 가방에서 병을 꺼내 유리 선반 위에 줄지어 올려놓고 동전을 잔돈 쟁반에 떨어뜨렸다. 그러더니 상반신을 내 앞으로 쑥 내밀고 팔꿈치를 서로 맞댄 채로 오른손을 뻗어 맨살이 드러난 내 팔뚝 위아래를 집게손가락으로 어루만지기 시작했다. 조용히, 부드럽게, 천천히. 팔을 빼고 싶은 충동과 싸우는 동안 숨이 멎는 것 같았다. 마법에 걸린 듯하면서도 무언가 부정한 느낌이 가슴을 쓸고 지나갔다. 형제자매의 동정 어린 손길일 수도, "동전 잊지 말고 가렴"이나 "간지러움을 타는지 볼까", "너 귀엽구나, 네가 마음에 들어, 긴장 풀어!" 혹은 그저 "잘 지내, 행복해"라는 뜻일 수도 있다. 잠시 뒤 여자애는 처음으로, 아마 평소보다 덜 바빴기 때문일 테지만, 어쨌건 내게 미소를 지어 보였다. 여자애가 하는 소리를 듣는 둥 마는 둥 하면서 나도 수줍은 얼굴로 미소를 지었다. 겨우 네 문장을 주고받았을 뿐이다.

내가 원한 건 미소와 우정이었다. 그것을 이제 얻은 것이다. 누군가 모르는 사람이 나를, 내 불안과 욕망과 속생각까지 꿰뚫어 본 것이다. 그녀가 알고 있다는 걸 내가 알고 있음을 그녀는 안 것이다. 타인과 내가 같은 언어로 말하는 게 가능할까?

몇 주가 지나고 나서야 가게 앞을 다시 지나갈 용기가 생겼다. 긴장한 티를 내지 않고 살짝 다른 데에 정신이 팔린 듯 보이려고 애쓰면서, 또 필요하다면 농담 두어 마디 정도는 던질 수 있다는 듯 짐짓 여유를 부리면서, 그럼에도 여자애가 다시 날 무섭게 노려보면 물러날 안전한 방도도 찾으려고 애쓰면서 가게 쪽으로 걸어가는데—이 모든 생각이 머릿속에서 휘몰아치는 가운데—내 이름을 기억하고선 나를 부르는 여자애의 목소리가 들렸다. 난 그녀의 이름을 까맣게 잊었건만.

난 실수를 만회하려고 노력했다. 얼굴은 후끈 달아오르고, 숨은 가빠오고, 얼굴은 더욱 달아오르고. 클레리아가에서 순진한 남자애로 손꼽히는 내가 어떻게 여자 이름을 잊는 비열한 놈이 되었는지, 마음은 온통 여자애에게 가 있는데 행동은 정반대로 해서 이토록 끔찍한 고통을 받는지, 기막힌 일이었다. 난 여자애가 내 말을 믿지 않기를 바라면서 얼마 전에 새로 발견한 속임수를 활용해, 사과를 과장되게 하고, 또 그렇게 과장되게 사과하는 모습을 보여주기로 마음먹었다. "언제 영화 보러 갈래?" 여자애가 물었다. 난 숨도 제대로 쉬지 못한 채 수줍게 고개를 끄덕여 보였다. 시간이 꽤 지나서야 "언제"가 바로 그날 저녁을 의미한다는 걸 깨달았다. 어둡고 텅 빈 평일 저녁 영화관 가장 뒷줄. "안 돼." 거절의 뜻이었지만, 추상적으로 들리기를 바라면서 내가 대답했다. 여자애는 조금도 당황하는 기색이 없었다. "그럼, 가고 싶을 때 말해."

그 주 토요일 저녁에 시내 서점에서 돌아오는 길이었다. 여자애가 남자친구와 함께 길 건너 버스 정류장에 서 있는 게 보였다. 시내로 가는 모양이었다. 손을 잡고 있지 않았지만 연인 사이란 게 분명했다. 남자애가 더 나이가 들어 보였다. 형상들. 여자애는 깨끗하게 감은 머리에 화려한 파티복 차림이었다. 내가 어찌 놀라지 않을 수 있겠는가? 분노가 몸을 타고 관자놀이까지 올라오는 게 느껴졌다. 모든 게 싫었다. 거리도, 여자애도, 나도.

나는 슈퍼마켓에 가는 걸 차일피일 미뤘다. 비자 나올 날이 멀지 않은 터라, 가게에 발길을 끊기 한참 전부터 나의 일부는 이미 그곳을 잊었다. 곧 뉴욕에 가 있을 것이고, 그곳에서 아직 태어나지 않은 또 다른 나는 이 모든 걸 깡그리 잊을 것이다. 그해 겨울, 뉴욕에 눈이 내릴 즈음에는 이 거리 이 모퉁이를 떠올리는 일이 두 번 다시 없을 것이다.

또 다른 내가 클레리아가 아래에 갇힌 그림자 나를 다시 만날 수만 있다면 무엇이든지 할 수 있으리라고는 그 당시엔 전혀 생각지 못했다.

그래서 난 가족과 옛 동네를 방문했을 때 슈퍼마켓을 찾아갔다. 그곳을 찾지 못하기를 바라는 한편으로 그 일을 마지막 순간까지 미뤘다. 클레리아가 끝까지 걸어가면서 보니 가게는 없어진 뒤였다. 그곳이 어디에 있었는지 잊었는지도 모르겠다. 하지만 다시 한 번 살펴보고 길 건너까지 재차 훑어본 뒤에는—마치 가게가 다른 곳으로 옮겼거나 길 건너에 있기라도 하듯이—의심의 여지가 없었다. 그곳은 사라졌다. 저녁에 공병을 가지고 가서 여자애와 눈이 마주칠 때면 나를 사로잡았던 전율과 두려움, 심장의 요동을 다시 느끼고 싶었을 뿐이었다. 가게로 걸어 들어가 나 자신을 다시 보고 싶었는지도 모른다. 내 방식대로 원을 마저 그리고 셈을 치르고 마지막 말을 하는 것. 가게에 들어가 유리 선반에 몸을 기대고 잠시 기다리면서 무슨 일이 일어나는지, 누가 나타나는지, 의례적으로 하는 일이 달라졌는지, 내가 같은 거리에서 같은 심부름을 하는 같은 사람인지 확인하려고 했을 것이다.

내 실망감을 덜고 아들들을 웃게 할 양으로 나는 그 작은 슈퍼마켓에서 일어났던 일을 아들들에게 들려주었다. 몸과 몸을 맞댄 채 아빠의 팔뚝을 손가락으로 어루만지던—이보다 명백한 유혹의 몸짓이 있을까?—여자, 할머니의 앞치마에 몸을 숨긴 뒤 언제나처럼 책 속으로 파고 들어가 그 후 몇 날 며칠—
몇 년이라고 말했어야 했다—아니 몇십 년, 혹은 평생 동안
거리를 배회하면서도 여자를 다시 볼 엄두를 내지 못한 아빠.
"여자를 사랑했어요?" 아들 중 하나가 마침내 물었다. 그건 아
닌 거 같은데. 사랑과는 무관해. "그래서 다시는 여자를 못 만
났어요?" 다른 아들이 물었다. 응, 다시는 못 봤지.

　그러나 난 아들들에게 진실을, 진실 전부를 말하지 않았다.
아예 거짓말을 하는 편이 나았다. 그들이 알까? 아들들이 제
대로 된 질문을 하기를 바라면서 내가 지운 발자국을 그들이
찾아낼까? 아들들이 질문을 제대로 한다는 건 그들 스스로 이
미 답을 유추했다는 것이고, 답을 유추한 뒤에는 내 맥박을 마
치 자신들의 것인 양 읽을 것임을 나는 알았다.

　글쓰기는—그날 늦게 내가 했듯이—진실과 거짓이 자리를
바꾸는 단층선을 파내고자 한다. 아니면 오히려 그 단층선을
더 깊게 파묻고자 하는가?

　그곳을 떠나기에 앞서 클레리아가를 마지막으로 한 번 더
바라보았다. 수없이 탔던 버스, 로마를 걷던 일, 책들, 얼굴들,
비자를 기다리는 동안 이 도시를 사랑하게 된 나머지 때론 비
자가 나오지 않길 바라던 일, 비타민 주사, 부엌 식탁에서 주
고받던 대화, 한 번씩 왈칵 눈물을 쏟을 것처럼 보였던 지나,
어느 겨울밤 「죽은 자들」을 다 읽고 나서, 서쪽으로 가겠어, 이
도시를 떠나 눈송이가 "사납게 출렁이는 어두운 샤논강"으로

"부드럽게" 내리는 세상을 좇을 거야, 하는 생각과 함께 절박한 외침처럼 쏘아 올린 꿈. 이 모든 것은 장막에 지나지 않고, 로마를 향한 내 사랑—그것은, 로마에 불행하게 머물던 중 조이스가 절반의 실재와 절반의 기억으로 존재하는 그의 더블린을 떠올리며 써내려간 이야기에서 태동한, 가상의 삶을 향한 나의 사랑에 불과할지도 모른다—의 아우라일 뿐. 빗줄기가 등불 불빛 아래 비스듬히 떨어지는 가운데 내 방 창문을 응시하던 그 추운 밤들, 누군가의 몸과 너무 가까운 나머지 그 상태로는 한시도 살 수 없을 것 같았던 그날 저녁, 이 믿기지 않는 세 블록 사이에서 삶이 시작되었거나 혹은 방향을 틀었다는 느낌. 이 모든 것은 장막이다. 가장 오래 지속되는 최선의 나일지도 모르지만, 그래도 여전히 장막이다. 내가 이곳에서 마주친 것은 절반의 진실뿐이다. 절반의 진실인 로마, 절반의 진실인 클레리아가, 학교가 끝나고 심부름을 가던 10대 소년과 그의 책들, 집시 여자, 슈퍼마켓 여자애, 심지어 이 귀환 여행조차 절반의 진실들, 선뜻 귀환 여행이 내키지 않아 몇 년째 미뤘다면, 그것은 이곳을 아무리 싫어하는 것 같았어도 실제론 떠나지 않았었기를 바라는 마음 때문이라는 망연한 생각을 은폐하는 어지러운 절반의 진실들.

이 망연함이 무엇인지 나는 알았을까? 난 그것을 나의 허구와 장막 탓으로, 다른 곳, 다른 방식을 좇으면서 지금 이 순간을 회피하고 싶은 충동 탓으로 돌렸다. 그런데 이런 망연함에는 더 애를 먹이는 구석이 있었다. 푸리오카밀로역에 가까워지면서 클레리아가가 보이지 않게 되자, 어떤 생각이 처음에는 희미했지만 역사 안으로 들어갈 때에는 미처 예상치 못한 격렬함으로 나를 강타했다. 클레리아가에는 내가 그때 읽었던 책들이 어지럽게 널려 있을 뿐만 아니라, 대서양 너머 뉴욕에 대해 품었던 서늘한 예감이 40년이 지난 지금도 변하지 않고 그대로 놓여 있었다. 조만간 로마를 버리고 가야 할 곳, 한 번도 본 적이 없지만 나를 두려움에 떨게 한 곳, 사랑하기는커녕 가늠조차 할 수 없을 것 같은 곳. 뉴욕은 로마에서 머물던 3년 내내 나를 집요하게 괴롭혔다. 다시 한 번 도시를 사랑하는 법을 배워야 할 것이고—그래야 하지 않겠는가?—전혀 다른 곳에 새 책을 놓는 법을 배우고, 이곳을 사랑하지 않는 법을 배우고, 잊는 법을 배우고, 돌아보지 않는 법을 배우고, 새로운 습관을 배우고, 새로운 숙어를 배우고, 새로운 나를 배워야 할 것이다. 이런 자각과 함께 불안한 예감이 엄습했던 순간이 지금도 기억에 생생하다. 카밀라가의 중고 책방에서 다 해진 오래된 『미스 론리하트』를 우연히 발견했는데, 책이 참 싫었다. 그러면서 이런 책을 읽고 좋아하는 사람들이 사는 나라로 간다는 생각을 하니 견딜 수가 없었다. 로마에서 살고 싶었던 적이 한 번도 없었지만, 그럼에도 이곳에, 이 거리에, 이 사람들과 이들의 언어로 비명을 지르면서 살고, 슈퍼마켓 여자애와 이들의 더러운 영화관에 가고, 이들 모두가 내게 그랬듯이 통명스럽되 마음 따듯한 사람으로 살 수 있다면 무슨 짓이든 하겠다는 생각이 그때 비로소 든 것이다.

책방에서 나오자 미처 손을 쓰기도 전에 기이한 질문이 머릿속에 버글버글 일었다. 나 없는 로마는 어떻게 될까? 내가 이곳을 떠나면 로마는 어떻게 될까? 나 없이도, 보들레르와 로런스, 람페두사, 조이스 없이도 잘 굴러갈까? 그곳에 더 이상 살지 않게 되었을 때 삶이 어떻게 될지 자문해 보는 건 나쁘지 않은 일이다.

나는 죽었다가 살아난 뒤 자신이 얼마나 죽음을 순진하게 상상했는지 그 흔적을 도처에서 발견하는 사람의 심정이었다. 얼마간은 아예 미국에 가지 않았던 것처럼, 로마를 떠났던 그 긴 시간이 없었던 것처럼 느껴졌다. 그런가 하면 다시 살아나긴 했지만 죽음을 전혀 기억하지 못하는 사람 같기도 했다. 지금 있는 곳이 이곳인지 저곳인지 분간할 수 없었다. 아무것도 알 수 없었다. 말이 묶이고, 그날 저녁 깨달았듯이 글쓰기가 무용한 무지의 세상은 칠흑처럼 캄캄한 지옥 한복판이다. 난 아무것도 해결하지 못했고, 여기서 할 일은 시작도 못 했으며, 어쩌면 영영 시작하지 못할지도, 혹은 그런 일 자체가 애초에 없었을지도 모른다.

로마를 떠나기 전부터 난 이미 귀환 여행을 준비했던 모양이다. 그때 그것은 영구 귀환이었다. "미국에서 일이 잘 풀렸던 적이 없잖아." 이렇게 말하는 나 자신을 상상하곤 했다. 로마로 돌아온다고 문제될 일도, 놀랄 일도 없었다. 미국에서의 실패를 예행연습함으로써 로마로 돌아오는 일을 더 쉽고 피할 수 없는 임박한 일로 만들었던 것이다. 그러자 미국행이 상상의 일로, 거의 불필요한 변덕으로, 영영 일어나지 않을 것이고 결코 일어날 수도 없으며, 만일 일어난다 하더라도 비현실적일 만큼 먼 미래에 일어나는 일로 여겨졌고, 이런저런 궁리를 짜내서 미국행이 일어나지 않을 거라고 믿게 된 뒤에는 미래가 별로 두렵지 않았다.

지금 나는 한 번도 떠난 적이 없는 곳으로 돌아왔다.

수정하겠다. 지금 나는 다시는 돌아오지 않을 곳으로 돌아왔다. 어느 날 다시 와야 한다면, 85번 버스를 타고 혼자 올 것이다. 그리고 가족과 함께 이곳에 왔다는 사실을 분명히 기억할 것이다. 나는 아내와 아들들에게 같이 와서 기쁘다고 말했다. 이곳에 와서 좋다고, 또 올 수 있어서 좋다고, 혼자 오지 않아서 좋다고 말했다. 하지만 말할 때 확신은 없었다. 내가 진실을 말할 때면 확신 없이 말한다는 사실을 이미 알지 않았더라면, 진심이 아니라고 생각했을 것이다. 남들은 그리도 쉽게 아는 것을, 이 얼마나 에워가는 것인가. 에워가는 사랑, 에워가는 친밀감, 에워가는 진실. 적어도 이 점에 관해서는 난 언제나 한결같았다.

나의 모네 순간

　내게 사랑 이야기는 벽걸이 달력에 그려진 클로드 모네의 집 그림으로 시작한다. 집은 절반도 보이지 않고 지붕은 잘려 나갔다. 보이는 거라곤 아치 모양의 발코니와 밑동만 언뜻 내비치는 위층 발코니뿐이다. 집 바깥에는 관목과 양치잎이 무성하고, 날씬한 나무 몇 그루—야자나무들 속에 용설란 한 그루가 눈에 도드라진다—와 그 너머 넓은 황톳길을 따라 저택 네 채와 얼룩처럼 구름이 풀어진 하늘이 보인다. 저 멀리 산줄기엔 아마도 눈일 것이 희끗희끗 덮여 있다. 가까이에 해변이 있음을 본능이 알려준다.

　집에 대해서도 그림에 대해서도 아무것도 알고 싶지 않다. 배경을 추측하고 그곳이 프랑스나 이탈리아, 혹은 다른 곳일 수도 있겠다고 상상하는 게 마냥 좋다. 집 뒤쪽에 드넓은 바다가 있을 거라는 내 추측이 옳았다고 생각하고 싶다. 그림을 응시하면서, 7월 초 광장과 도로는 텅 비어 있고 모두들 태양을 피해 몸을 숨긴, 나른하게 퍼진 오래된 바닷가 마을을 상상한다.

결국 난 슬쩍 눈길을 돌려 달력 아랫부분에서 〈보르디게라의 저택들Villas in Bordighera〉이라는 제목을 확인하고 만다. 처음 듣는 지명이다. 어디에 있는 곳일까? 코모호수 근처일까? 모로코에 있을까? 코르푸일까? 아니면 소아시아일까? 알고 싶지 않다. 그림에 대해 조금이라도 알게 되면 주문이 깨질 것만 같다. 하지만 난 참지 못하고 곧 이것저것을 찾아본 뒤 보르디게라가 모나코가 내다보이는 이탈리아의 '석양의 해안Riviera di Ponente. 리비에라의 중심인 제노바에서 프랑스 국경까지 서쪽으로 뻗은 지역'에 있다는 사실을 알게 된다. 좀 더 찾아보자 저택의 건축가가 파리 오페라극장을 지은 것으로 유명한 샤를 가르니에Charles Garnier라는 사실도 나온다. 마침내 그림을 그린 연도가 1884년이라는 사실도. 모네가 서른 점 넘게 루앙 대성당을 그린 때로부터 몇 년 앞선 시기였다.

집의 신비를 조금씩 풀고 있다는 걸 난 안다. 인터넷 검색을 통해 보르디게라의 정원과 야자나무 그림이 여러 점이고, 그 집 그림도 한 점 더 있다는 걸 알게 된다. 달력 속 그림을 모네가 모사한 것인데, 그해 늦게 친구인 베르트 모리조Berthe Morisot. 19세기 프랑스 인상주의 화가에게 선물로 줄 양으로 보르디게라가 아닌 지베르니Giverny에서 그린 것이다. 이 두 번째 그림 〈로마의 길Strada Romana〉엔 황톳길과 뒤편의 저택들이 똑같이 나오는데, 한 가지 차이가 있다. 가르니에가 지은 그 큰 집이 아예 없는 것이다. 모네는 집이 "있는 지금"과 "없는 지금"의 장면을 포착하려고 하면서, 원래 그림에서 집을 돋보이게 할 요량으로 집을 빼는 유희를 벌였는지 모른다. 혹은 모네는 집에도 길에도 관심이 없었는지 모른다. 그가 염두에 둔 것은, 한낮 지중해에 드리운 고요와, 그림을 제 마음대로 그리는 게 아니라고 그 자신도 확신하지 못한다는 사실뿐이었다. 그것은 모네가 그림을 그려야 하는 이유이기도 했다. 그것이 그곳에 있다면 모네는 그것을 포착했다. 만일 그곳에 없다면, 지금쯤은 있지 않을까. 모네가 포착하려고 했던 것은, 형태와 색깔의 배열, 무늬, 리듬, 원근, 그의 표현을 빌리자면 즉시성, 곧 그림으로 그리려고 하는 순간 바뀐다고 그가 수시로 투덜거린 빛의 변화였는지 모른다. 아침과 한낮의 인상이 다른 까닭이다.

모네는 빛을 찾아 보르디게라로 갔다. 2주 정도 머무르려던 계획은 1884년 겨울 힘겨웠던 3개월로 이어졌다. 그 전해에도 화가 르누아르와 함께 잠시 그곳에 체류했던 적이 있다. 이번엔 혼자 와서 보르디게라의 바다 풍경과 무성한 수풀을 그릴 작정이었다. 그때 그가 쓴 편지는 보르디게라를 그리려고 분투했던 모습으로 가득하다. 편지엔 영국인 마을에 관한 이야기도 빼곡한데, 가을부터 초봄을 그곳에서 나려고 몰려드는 영국인들은 레몬과 올리브유로 유명한 이 농어촌을 행복한 극소수의 특권층을 위한 세기 전환기의 마법 속 마을로 변모시켰다. 그들은 베네치아 리도Lido에 지어질 호텔들의 전신이라

할 웅장하고 화려한 호텔은 물론이고 사설 도서관에 영국성공회 교회, 이탈리아 최초의 테니스장까지 지었다. 모네는 보르디게라에서 표류하는 기분이었다. 지베르니의 집과, 애인이었다가 후에 아내가 되는 알리스 오슈데Alice Hoschedé를 그리워했고, 아들딸들을 그리워했다.

그에게 보르디게라는 세 가지를 약속하는 땅이었다. 그곳엔 이국적이기로 유럽에서 손꼽히는 식물원이 있는 프란체스코 모레노의 저택이 있고, 황홀한 바다 전망이 있으며, 양파 모양의 홈이 파인 둥근 지붕을 인 채 멀리서도 눈에 띄게 우뚝 솟은 종탑이 있었다. 모네가 이 셋 중에 다른 둘을 불러내지 않고 하나를 다루는 건 불가능했다. 우거진 수풀, 바다 풍경, 종탑. 그는 거듭 이것들로 돌아왔고, 마치 사진사가 시큰둥한 자세로 가족사진을 찍는 가족에게 하듯, 위치를 바꾸면서 따로, 또는 같이 이 세 가지를 그렸다.

그가 늘 불평을 했다면, 그것은 주제를 화폭에 담는 게 불가능에 가깝거나 혹은 그가 편지에서 즐겨 말했듯이 색깔이 끔찍이도 어려웠기 때문일 것이다. 모네는 색깔에 매혹되고 자극받은 동시에 좌절했다. 그것은 또한 모네가 주제와 색깔보다는 분위기와 무형의 것, 그리고 그의 표현을 빌려 보르디게라의 "요정 같은" 느낌에 더 주목했기 때문이다. "주제는 내게 부차적인 거야." 그는 어느 편지에선가 썼다. "내가 재현하고 싶은 건 주제와 나 사이에 놓인 거야." 보이는 것과 보이지 않는 것 사이, 지금 이곳과 외견상 다른 곳으로 보이는 곳 사이에 놓인 것을 모네는 좇는다. 지구와 빛과 물은, 무한하고 무의미한 것들의 무질서한 집합체이다. 반면 예술은 발견과 디자인, 혼돈과의 추론을 다룬다.

결국 모네가 가장 좋아한 것은 그리는 의식이었는지 모른다. 보르디게라를 보고 그곳을 그리는 생각을 했던 첫 순간을 기리고, 마침내 이젤과 붓을 들고 왔던 두 번째 순간을 기리고, 비록 그것을 자신에게서 끌어내리려면 마을이 필요했겠지만, 그가 사랑한 것은 마을보다는 그의 내부에 더 많이 있었던 까닭에, 마을보다는 마을을 그리는 걸 더 좋아한다는 걸 깨달았던 세 번째 순간을 기리면서 그가 포착하고자 했던 것은 보르디게라뿐 아니라 보르디게라를 그리는 의식이었을 것이다.

벽걸이 달력에 그려진 모네의 그림을 본 지 몇 년이 지난 어느 날, 나는 그 집을 그린 모네의 세 번째 그림을 뉴욕의 윌덴스타인Wildenstein 화랑 전시회에서 우연히 접하게 되었다. 집 뒤쪽은 똑같이 없고 똑같은 수풀에 똑같은 하늘, 살짝 엿보이는 해변에 대한 암시도 똑같지만, 앞선 두 그림에는 없는 3층이 보인다. 발코니를 받치는 작은 기둥들도 보인다. 다른 점이 하나 더 있다. 뒤편에 눈 덮인 산 대신, 이탈리아의 오래된 도시가 으레 그렇듯이 보르고 마리노borgo marino. 이탈리아어로 '바닷가 큰 마을'이라는 뜻보다 먼저 형성된 언덕 꼭대기의 보르디게라알타—도시에서 가장 오래된 구역인 치타 알타^{città alta}—가 어렴풋이 보이는 것이다. 이런 도치는 모네의 작품에서 전형적으로 찾아볼 수 있는 특징이다. 그는 한 장면을 반대편에서 보기를 즐겼다.

저 집으로 가고 싶다. 저 집을 소유하고 싶다. 나는 상상의 얼굴들로 그 집을 채우기 시작한다. 이야기가 절로 써지고 해변은 그 어느 때보다 강렬하게 나를 부른다. 벽에 탈출로를 그리면서 도망치는 만화 주인공처럼 저 집으로 들어가는 길을 찾아내 저 집을 소유한 뒤 따라오는 지루한 일상이 벌써 눈앞에 선히 떠오른다.

그러던 어느 날 이윽고 보르디게라로 가서 그 집을 내 눈으로 볼 수 있는 기회가 생기게 된다. 코모호수 근처에서 강연할 일이 생겼는데, 뉴욕에서 밀라노로 곧장 가지 않고 니스에서 비행기를 내려 이탈리아까지 기차를 타고 가기로 한다. 공항에서 니스 기차역까지 버스로 가는 데 20분, 기차표를 사는 데 15분, 운이 좋다면 이탈리아행 기차가 출발하는 데 또 15분이 걸릴 터였다. 그로부터 한 시간이 채 안 돼서 보르디게라에 도착하게 된다. 기차가 멈춘다. 플랫폼에서 사람들 목소리가 들린다. 문이 열리고 기차에서 내린다. 예상했던 그대로다. 예술과 현실이 이토록 좋은 동반자가 될 수 있다는 사실을 나의 일부는 받아들이고 싶어 하지 않는다.

택시를 탈 마음이 들지 않는다. 대신 이곳을 배회하면서 호텔까지 걸어갈 생각이다. 한때는 레지나엘레나가Via Regina Elena로 불렸지만 지금은 코르소이탈리아Corso Italia라는 이름의 야자수 늘어선 거리가 작은 기차역에서 마을 한복판으로 곧장 이어진다. 내가 늘 예상한 대로 이른 오후에 도착했다. 마을은 조용하고 햇빛은 눈부시며 청록색 바다는 더없이 잔잔하다. 나의 모네 순간이다.

어떤 이들이 마티스가 본 것을 보러 니스에 가고, 반 고흐의 눈으로 세상을 보러 아를과 생레미에 가듯, 나는 보르디게라가 아닌 모네를 보러 보르디게라에 왔다. 존재하지 않는다는 걸 이미 알고 있는 어떤 것을 보러 이곳에 온 것이다. 예술가는 우리에게 더 잘 보는 법을 가르쳐주지 않기 때문이다. 그들은 보이는 것 이외에 다른 것을 보는 법을 가르쳐준다. 모네의 눈으로 보르디게라를 보고 싶다. 눈앞에 펼쳐진 것과, 그곳에 존재하지 않지만 그가 보았고 잊힌 풍경의 유령처럼 그의 그림을 떠도는 것을 모두 보고 싶다. 어쩌면 모네는 보르디게라보다 자기 안에 더 많이 깃든 어떤 것, 마치 그것이 우리 모두에게 있는 것처럼 그 영향을 우리도 느끼는 어떤 것을 그리려고 했는지 모른다. 예술에서 우리는 보는 대신 인식한다. 모네는 그 전이 아니라 그것을 포착한 순간 자신이 보았던 것을 더 잘 보기 위해 보르디게라가 필요했다. 오랫동안 갈구했지만 한 번도 보지 못했다는 걸 우리 자신도 알고 있는 어떤 것을 인식하기 위해 우리에겐 모네가 필요하다.

첫 행선지는 로마나가Via Romana의 집이고, 두 번째 행선지는
종탑, 세 번째는 모레노정원이라고 마음속으로 되뇐다. 다행
히 호텔도 로마나가에 있다.

걸어가는 동안 내 눈으로 보면서도 믿을 수가 없다. 사방이
나무고 풀이다. 향은 강렬하고, 공기는 순수하고 깨끗하며 열
대의 냄새가 난다. 앞쪽 우측으로 만다린 나무가 서 있다. 화
분에 심은 레몬 나무가 가짜 같은 느낌이 든다. 울타리 너머
로 손을 뻗어 만져본다. 진짜다. 19세기 후반의 저택 한 채가
커다란 야자나무들에 둘러싸인 채 코르소이탈리아가와 로마
나가가 만나는 지점 위 언덕에 서 있다. 저기에 방을 얻었어
야 했다. 나중에 알고 보니 빅토리아 양식의 화려하고 웅장한
호텔이었던 곳이 지금은 응급실 출입구가 되었다. 이처럼 강
등된 게 왠지 신경에 거슬린다. 하지만 복구 작업은 흠잡을 데
없고, 건물 정면에는 지나간 시대의 울림이 남아 있다.

인터넷으로 예약한 호텔에 애써 만족하려고 한다. 호텔 접
수처로 걸어 올라가는 동안 나를 맞이하는 적막까지 좋다. 지
은 지 얼마 안 되는 작은 벽돌집들이 호텔 앞을 어지럽게 가로
막고 있지만, 먼 바다가 내다보이는 발코니 전망도 괜찮고 방
도 마음에 들어서 다행이다. 깨끗한 옷을 꺼내고 샤워를 한 다
음 손에 사진기를 들고 아래층으로 내려가 모레노정원이 어디
에 있는지 직원에게 묻는다. 접수처 직원이 어리둥절한 표정

을 지으며 그런 곳은 처음 듣는다고 답한다. 뒤편의 사무실로 들어가더니 호텔 사장으로 보이는 여자를 대동하고 나온다. 여자도 그런 정원은 처음 들어본다고 말한다.

그다음으로 모네의 그림에 나오는 집이 어디에 있는지 물어보지만 진실의 정체엔 조금도 다가가지 못한다. 그런 집도 들어본 적이 없다는 답변이 돌아온다. 로마나가에 있는 집이라고 내가 설명한다. 또다시 그 둘은 서로 난처한 시선을 교환한다. 그들이 아는 한, 근처에 모네가 그린 집은 없다.

모네의 보르디게라는 사라졌다. 그와 함께 바닷가 집도 사라졌을 가능성이 높다. 로마나가에서 행인을 붙들고 마을의 종탑이 어느 쪽에 있느냐고 묻는다. 종탑이라고요? 그런 건 없어요. 가슴이 쿵 내려앉는다. 몇 분 후 나이 지긋한 신사가 보이기에 같은 질문을 한다. 신사는 고개를 가로저으며 미안한 듯 말한다. 여기서 나고 자랐지만 종탑은 금시초문이에요. 고대 그리스 도시의 흔적이 온데간데없이 사라진 줄도 모르고 알렉산드리아 주민들에게 옛날 등대가 어디에 있는지 물어보는 카프카적인 여행자가 된 기분이다.

그렇게 걸어가는데 문득 흥미로운 게 시야에 들어온다. 큰 건물인데, 으레 보이는 으리으리하고 화려한 호텔 가운데 하나이다. 저기 사람들은 종탑과 빌라모레노와 모네의 집에 대해 알 거라는 확신이 든다.

하지만 토마스 만이라는 글자로 도배를 하다시피 한 커다란 호텔 건물은 문이 잠겨 있을 뿐 아니라 온통 난장판이다. 정원은 황폐했다. 부서진 건물에 벽은 벗겨지고 창문은 깨져 있다. 창문은 휑하니 뚫려 있거나 나무틀이 축 내려앉은 것이 금방이라도 떨어질 태세다. 풍상에 시달린 낡은 덧문이 달린 창문도 위태롭게 쇠락의 징후를 보인다. 발코니는 곧 무너질 것처럼 보이고, 오래된 난간엔 가느다랗고 얇은 녹이 마치 정교한 세공인 양 슬어있어서 새끼손가락으로 살짝 문지르기만 해도 부서질 것 같다. 어떤 종류의 들새와 들고양이가 저 안에서 뛰놀지 궁금하다. 스위스 사람이 짓고 소유한, 한때 호화 호텔이었던 이 커다란 건물의 이름은 꽤나 그럴싸하게 빌라앙스트 'angst'는 독일어로 '고뇌'라는 뜻이다.

순간 과거의 혼령이 눈앞에 펼쳐진 이 모든 것을 유혹하듯 어루만지는 것 같다. 그러자 불현듯 이곳이 폐허로 보이지 않는다. 폐허는 이미 죽어서 쇠락을 멈춘 곳이다. 그런데 이곳은 지금도 여전히 무너지고 있고, 그렇게 금세 허물어질 듯한 외관으로 매순간 비통과 수치의 망령과 싸우면서도 몇 년은 더 있어야 완전한 소멸에 접어들 것으로 보인다. 모네의 집에도 같은 일이 일어났다면 아예 보고 싶지 않다.

건물에서 걸어 나온다. 이 만남의 의미가 무엇인지 명확히 알 수는 없지만, 호텔 앙스트라는 단어가 불길하게 맴돈다. 예술의 원천을 찾아온 이곳에서 발견한 것이라곤 영락零落뿐이다. 문득 내가 보는 것 하나하나가 돌이킬 수 없는 쇠락의 기운을 뗀다. 이제 더는 모네의 것이 아닌 장막을 통해 나는 보르디게라를 응시한다. 그것은 이제 나의 장막이고 나의 거울이며 나의 암호이다. 어쩌면 내내 나의 이야기일지도 모른다. 조상의 땅을 처음 방문한 사람의 심정이다. 그는 잃어버린 선조의 영혼이 자리에서 일어나 옛집으로 인도하리라고 생각할 만큼 어리석지 않다. 그러면서도 여전히 무엇과 연결되기를 갈망한다. 하지만 잔해와 유령의 길과 사자의 세계로 들어가는 닫힌 문을 발견할 뿐이다.

로마나가에서 기차역까지 길을 되짚어간다. 기차역 근처, 에바 페론이 사랑한 까닭에 룽고마레아르젠티나Lungomare Argentina로 불리는 긴 해안도로에 레스토랑 몇 개가 흩어져 있는 걸 본 터였다. 그런데 그 길을 따라—거의 알아챌 새도 없이—그것이, 내가 찾아다닌 종탑이 있었다. 에나멜을 칠한 로코코식의 둥근 지붕이 얼룩덜룩 번쩍이는 것이 모네의 그림에 나오는 그대로다. 다름 아닌 샤를 가르니에가 지은 성모마리아 수태성당Chiesa dell'Immacolata Concezione이다. 마을에서 가장 높은 건축물이지 싶다. 종탑이 어디 있는지 그렇게 연신 물었건만 어떻게 아무도 모를 수가 있단 말인가? 20여 분 전에 잎이 무성한 난쟁이 야자수가 서 있는, 모네가 그린 모레노정원과 비슷한 공원을 우연히 발견했을 때도 그랬듯이, 모네의 그림처럼 보이게끔 사진을 찍고 또 찍었다. 노부인 하나가 가던 길을 멈추고 내가 하는 모양을 지켜보더니 마을의 역사적 중심지인 치타 알타를 가보라고 이른다. 여기서 멀지 않다고, 좌측으로 계속 가면 보일 거라고 덧붙인다.

반시간이 지나 치타 알타를 포기할까 하는데, 문득 뭔가가 시야에 잡힌다. 작은 언덕 마을이 보이고, 해안가 수태 성당에서 본 것과 거의 똑같은 둥글납작한 지붕을 인 또 다른 첨탑이 마을 위로 솟아 있다. 운이 이렇게 좋다니 믿을 수 없다. 보르디게라엔 첨탑이 하나가 아니라 두 개 있었던 것이다. 모네의 그림 속 첨탑은 정박지 옆 가르니에의 성당 첨탑이 아니라 존재조차 몰랐던 이 첨탑일지도 모른다. 바닷가 마을은 해적선이 오는지 살펴야 하므로 늘 첨탑이 필요했다. 보르디게라도 예외가 아니었다. 오래된 건물이 늘어선 가파른 포장도로가 눈앞에 펼쳐진다. 역사적 중심지 방문은 잠시 미루고 이 작은 마을의 꼭대기까지 올라가기로 마음먹는다. 그런데 이 역시 잠시 지체하고서 깨달은 사실이지만, 이곳이 내가 찾아온 치타 알타가 아닐까 하는 생각이 들었다. 이번 여행은 뒤늦은 미지의 놀라움과 우연한 걸음으로 가득 찬 것처럼 보인다.

보르디게라알타는 오각형 모양의 중세 요새 도시로, 언뜻 보기에 에둘러가는 것 같은 좁은 골목길이 나 있고, 건물을 지지할 요량으로 골목 한쪽 끝에서 다른 쪽 끝으로 아치가 연결된 곳이 많은 터라, 어떤 길은 꼭 아치형 지붕이 있는 건축물처럼 보인다. 창문마다 빨래가 걸려 있어서 밑에서는 거의 하늘이 보이지 않을 정도다. 마을이 유난히 깨끗하다. 배수로는 돌로 덮여 있고, 점토 타일로 포장한 길은 야단스럽지 않고 고상하다. 좁은 드리타가Via Dritta를 따라 여러 개의 창문에서 텔레비전 뉴스 소리가 들릴 뿐, 집들이 이렇게 다닥다닥 붙어 있는데도 모든 것이 고요하다. 광장 주위를 도는데, 산타마리아 마달레나Santa Maria Maddalena성당의 시계탑이 다시 내려다보인다. 그런데 놀랍게도, 중앙 광장 뒤편의 또 다른 광장이라 해도 무방할 만큼 넓은 뜰에 들어서자 또 다른 첨탑이 시야에 들어온다. 그러고 나서 우체국. 성당. 이발소. 빵집. 작은 고급 레스토랑과 술집, 곧 에노테카enoteca, 이 모든 것이 오래됐지만 화려한 마을에 방해되지 않게 무심코 툭 던지듯 놓여 있다. 남자아이 몇이 칼체토calcetto, 그러니까 픽업 축구를 하고 있다. 다른 아이들은 모두 입에 담배를 문 채 벽에 몸을 비스듬히 기대고서 잡담을 나누고 있다. 역시 담배를 피우는 여자아이 하나가 스쿠터에 앉아 있다. 1년 내내 노동자들이 이 작은 언덕에서 바글대며 사는 동네인지, 아니면 우아한 중세 도시처럼 쇠락의 분위기가 나도록 마을 전체를 새로 꾸민 곳인지, 가늠할 수가 없다. 어느 쪽이건 여름에도 겨울에도 이곳에서 영영 살 수 있을 것 같다.

예기치 않은 언덕길을 올라가는데 또 한 번 의도했던 것보다 훨씬 더 근사한 게 눈에 뜨인다. 하느님이 겸허한 손길로 간섭하시어 무작위의 극치라 할 사건들을 배치하고 계시는 것 같았다. 보르디게라를 정처 없이 소요하는 내 뒤에 어떤 계획이 있다는 생각이 근사했다. 선견지명도 없이, 답도 없이, 믿음을 나침반 삼아 우연이 이끄는 대로 여행하기, 여행은 모름지기 이래야 한다는 생각도 근사했다.

미로처럼 얽힌 좁은 길을 한참 걷다가 이윽고 드넓은 청록색 바다 쪽으로 탁 트인 평지에 이른다. 바로 발밑이 정박지이다. 룽고마레아르젠티나로 곧장 내려가 보르디게라알타를 벗어날 생각이다. 6개월 후 보르디게라로 다시 올 계획을 이미 세운 뒤라서 고풍스러운 2성 호텔로 보이는 곳 앞에 멈춰 선다. 호텔 안으로 걸어 들어가 접수처 직원에게 2인용 객실 가격을 물어본다. 그러고 나서 마치 다음 질문이 앞선 질문에 뒤따라오기라도 하듯, 모레노정원에 대해 아는 게 있는지 묻는다. 또다시 같은 답변을 듣는다. 그런 건 없어요. "하지만 모네가……" 내가 말을 받으려고 하는데 "100년도 전에 모레노의 땅은 여러 조각으로 쪼개졌어요"라고 그늘에 앉아 호텔 주인과 이야기를 나누던 살집 좋은 사내가 끼어든다. 사내의 설명에 따르면, 마르세유 출신인 프란체스코 모레노는 아버지 뒤를 이어 이탈리아 주재 프랑스 영사로 재직하면서 보르디게라의 땅이란 땅은 거의 다 소유했고 올리브와 레몬 무역 사업도 벌였다. 전 세계에서 온갖 종류의 식물을 수입했는데, 모네가 어떻게 해서든 정원에 들어가려고 했던 것이 그 때문이다. 하지만 그의 저택은 로마나가를 건설하는 과정에서 허물어졌다.

모레노는 주변에서 가장 부유한 지주였지만 도시 계획 입안자들과 대립했던 것 같지는 않다. 모네가 이곳을 방문하고 1년 후인 1885년에 모레노는 추측컨대 몹시 상심한 상태로 죽음을 맞이했다. 모레노 부인과 가족은 땅을 팔고 기증할 수 있는 것은 기증한 뒤 마르세유로 돌아갔다. 그 후로 다시는 돌아오지 않았다. 모레노 가문이 소유한 저택이나 땅의 흔적은 거의 찾아볼 수 없다. 따라서 모레노 가문의 흔적도 없다. 무슨 이유에서인지 모두 한결같이 그들에 대한 이야기를 꺼린다. 누구도 앙스트 씨에 관한 이야기를 꺼내지 않는 것처럼.

내가 물론 틀릴 수는 있지만 모네의 집, 혹은 그 집처럼 보이는 하얀 집을 마침내 발견한 것은 호텔에서 나와 바닷가 산탐펠리오Sant'Ampelio성당으로 이어지는 가파른 내리막길로 접어들었을 때였다. 흥분의 기운이 온몸을 휘감으면서 내가 혼자 힘으로—실은 우연이 이끄는 대로—그 집을 찾아냈음을 알린다. 하지만 내가 틀렸을 수도 있다. 환하게 빛나는 흰 건물이다. 모네의 집은 그렇게 희지도, 작은 탑이 있지도 않다. 하지만 내가 그림에서 본 것은 윗부분이 잘려나간 모습이라는 생각이 문득 뇌리를 스친다. 비탈길을 내려가 곧장 그 집으로 향한다. 의심의 여지가 없다. 같은 발코니, 같은 바닥, 같은 난간. 개나 심보 고약한 관리인이 나오지 않을까, 혹은 최악의 경우 내가 틀리지 않았을까 하는 익숙한 불안을 마음에 품고 집 쪽으로 걸어간다.

마음을 다잡고 철문 옆의 초인종을 누른다. "누구세요?" 여자가 묻는다. 뉴욕에서 온 여행자인데, 집을 꼭 보고 싶다고 설명한다. "아텐다attenda, 잠시만요." 여자가 말을 끊는다. 간청하는 말투를 지어낼 새도 없이 인터폰 버저가 울리더니 전자 걸쇠가 딸깍 풀리는 소리가 들린다. 발을 문 안으로 내딛는다. 집 안으로 들어가는 유리문이 열리고 수녀 한 분이 밖으로 나온다.

내가 풀어놓을 이야기를 수천 번은 들은 모양이다. "집을 둘러보고 싶으세요?" 수녀의 질문에 나는 당황하고 만다. 그럴 수 있을까요? 목소리에 진실한 양해의 뜻이 묻어나도록 애쓰면서 내가 대답한다. 그녀는 따라오라고 하면서 나를 안으로 이끈다. 그러고는 사무실과 거실, 노부인 셋이 어둠 속에 앉아 뉴스를 보고 있는, 그녀의 표현을 빌리자면 텔레비전 방을 보여준다. 수녀원인가요? 아니면 요양원인가요? 난 감히 묻지 못한다. 그녀는 오늘의 식단이 커다란 푸른색 글씨로 쓰여 있는 식료품 창고로 안내한다. 사진을 찍고 싶은 충동을 참기가 힘들다. 사진기를 만지작거리는 날 보면서 그녀가 살짝 웃어 보이고는 식당을 보여준다. 이렇게 고요하고 햇빛이 잘 드는 식당은 처음이다. 서른 명은 족히 앉을 것 같은 식탁 여러 개가 놓여 있다. 내가 아는 한 가장 행복한 서른 명이지 않을까 싶다. 100년은 된 듯한 그림에 프랑스식 창 기둥에 단단히 묶인 무거운 커튼까지 식당은 제 나이에 걸맞게 어디 하나 흠

잡을 데 없이 복원되어 있다. 집을 관리하는 데 수억이 들어 갈 것 같다.

위층도 보고 싶으세요? 수녀가 묻는다. 그래도 될까요? 그녀는 무릎이 좋지 않아 계단을 오르내리는 게 힘들다고 미안한 듯 말하고는 원하면 위층에 올라가서 방을 둘러보라고, 작은 탑 꼭대기 층으로 연결되는 문을 꼭 열어보라고 이른다. 그러고 나서 전망이 숨막히게 아름답다고 덧붙인다. 나는 그녀와 모네에 대해 이야기한다. 모네가 이 집에 들어온 적은 없을 테지만, 집 밖에선 오랜 시간을 보냈을 거라고 그녀는 설명한다.

조심조심 계단을 올라가면서 반짝이는 나무 계단이 어찌나 깔끔한지 새삼 놀란다. 층마다 천장 돌림띠에까지 새로 벽지를 바른 벽을 감탄의 눈으로 바라본다. 난간은 매끄럽게 닦여 있고 흰색 에나멜을 칠한 문은 반짝거린다. 이곳 사람들은 그 얼마나 영원무궁한 평화 속에서 사는가. 꼭대기층에 올라가면 이제껏 있는 줄도 몰랐지만 영원히 잊지 못할 전망을 보게 되리란 걸 난 안다. 그런데 불과 조금 전만 해도 모네의 집이 허물어졌다고, 혹은 그렇지 않더라도 집 안에 들어갈 수 없으리라고 확신했다니. 나무 문을 연다. 마침내 베란다로 나가 뉴욕 화랑에 전시된 모네의 그림에서 보았던 것과 똑같은 난간 기둥을 응시한다. 주위가 온통…… 바다고, 세상이고, 무한이다. 나선 모양의 철제 계단이 탑 꼭대기로 연결된다. 참을 수가 없다. 집을 찾아냈고 집을 보았고 지금 집 안에 있다. 이곳은 뜀박질이, 탐색이, 우연한 발견이, 모든 것이 멈춘 곳이다. 100년 전의 발코니와 한 세기 전의 집을 상상해 본다. 할 말을 잃는다.

1층으로 내려오니 수녀가 필리핀 가사도우미와 부엌에 있다. 수녀와 함께 이국적인 정원을 거닌다. 수녀가 저 멀리 아득한 곳을 손가락으로 가리킨다. "여기서 몬테카를로 꼭대기가 보이는 날도 있어요. 오늘은 날이 그렇게 맑지 않아요. 비가 오겠어요." 하늘에 드리운 구름을 가리키며 그녀가 말한다.

여기가 혹시 박물관인가요? 내가 이윽고 묻는다. 아니요, 그녀가 답한다. 요셉회 수녀님들이 운영하는 호텔이에요. 누구나 묵을 수 있나요? 미심쩍어 하면서 내가 묻는다. 그럼요, 누구나 가능해요.

그녀가 사무실로 나를 데리고 가더니 안내책자와 가격표를 내보인다. "하루에 35유로예요." 호텔 이름이 뭐냐고 내가 묻는다. 그녀가 어이가 없다는 듯 나를 쳐다본다. "빌라가르니에!" 어떻게 다른 이름으로 부를 수 있겠느냐는 듯이 그녀가 답한다. 가르니에가 지었고 그가 죽음을 맞이했고 사랑하는 아들도 죽음을 맞이한 곳이었다. 가르니에 부인은 모레노 부인과 달리 보르디게라를 떠나지 않았다.

미국에서 보르디게라로 먼 길을 떠나면서도 집의 현재 이름을 찾아보지 않은 건 지극히 나답다. 아무 미술 서적이나 들춰

봤으면 빌라가르니에라는 이름을 찾아냈을 것이다. 기차역에서 집 이름을 대면서 물어봤더라면 누구나 곧장 집이 있는 쪽을 손가락으로 가리켜 보였을 것이다. 몇 시간 동안 마을을 도는 수고도 덜었을 것이고. 하지만 그랬다면 율리시스『오디세이』의 주인공 오디세우스의 라틴어 이름. 율리시스와 오디세우스를 혼용한 원문 표기를 그대로 따랐다와 달리, 이타카섬으로 곧장 가느라 키르케도 칼립소도 만나지 못했을 것이고, 나우시카와 마주치는 일도 세이렌의 매혹적인 노랫가락을 듣는 일도 없었을 것이고, 한없이 길을 헤매다가 적소에 도착하는 그 갑작스럽고 당황스러운 순간을 경험하지도 못했을 것이다. 빌라앙스트와 첨탑들을 발견하고 모레노 가문의 슬픈 가족사를 접한 것은, 또 어느 날 뉴욕의 화랑에 걸어 들어가 마치 내 집처럼 느껴진, 설령 집이 아니더라도 집에 대한 생각—그것만으로도 충분히 근사하다—이 되어버린 모네의 다른 집 그림을 우연히 발견한 것은 얼마나 큰 행운인가. 반년 후 빌라가르니에로 다시 오겠다고 수녀에게 말한다.

그런데 수녀에게는 나를 깜짝 놀랠 만한 게 또 하나 있었다.

모네를 보러 이렇게 먼 길을 왔으니 로마나가에 있는 학교도 가볼 것을 그녀가 권한다. 그곳 역시 수녀들이 운영하는데, 야자수가 모레노의 옛날 땅에서 자라는 까닭에 빌라팔미지Villa Palmizi로 불린다고 했다. 완벽하게 복구된 학교 일부에서 오래된 영주 저택의 흔적을 엿볼 수 있을 거라고 했다.

작별 인사를 나누고 빌라팔미지로 향한다. 얼른 가서 그곳의 수녀들과 얘기를 나누고 싶다. 5분쯤 걸린다. 하나의 발견이 돌연 또 다른 발견을 부른 것 같다. 문을 두드리자 수녀 한 분이 문을 연다. 내가 온 연유를 설명한다. 그녀는 모네니 빌라가르니에니 내가 늘어놓는 이야기를 가만히 듣더니 기다리라고 말한다. 다른 수녀가 나타나 첫 번째 수녀를 대신한다. 곧이어 또 다른 수녀. 네, 여기가 모레노 저택의 일부예요. 최근에 복구 작업을 마친 집의 한쪽 끝을 가리키면서 세 번째 수녀가 말한다. 그러고는 위층으로 안내하겠다고 덧붙인다.

올라갈 계단이 더 많다. 학생 대부분은 집에 가고 없다. 부모가 늦게 데리러 오는 아이들 몇 명만 교실에 남아 있다. 뉴욕도 그렇다고 내가 말한다. 층계참을 하나 더 올라가자 커다란 세탁실이 나온다. 수녀 한 분은 다림질을 하고 있고 다른 한 분은 수건을 개고 있다. 어서 오세요, 어서, 마치 부끄러워하지 말라는 듯 안내하는 수녀가 손짓을 한다. 그녀가 문을 열고 함께 옥상 테라스로 나간다. 또 한 번 더할 나위 없이 장엄한 풍광에 넋을 놓는다. "모네는 모레노 씨의 손님으로 이곳에 그림을 그리러 자주 왔어요." 나는 미술 서적에서 본 장면을 곧장 떠올리고 사진을 찍기 시작한다. 잠시 후 수녀가 고쳐 말한다. "실은 저쪽 위에서 그림을 그렸어요." 그러고 나서 내가 미처 보지 못한, 지붕 바로 위로 나 있는 다른 층을 가리킨다. "퀘스토 에 로블로 디 모네Questo è l'oblò di Monet." "저게 모네의 창이에요." 좁은 계단을 올라가 저 창문으로 모네가 내다보았던 것을 나도 보고 싶다. "유럽에서 제일 큰 소나무예요." 그녀가 거목을 가리키며 말한다. 모네가 이곳에 앉아 있을 때에도 나무는 저 자리에 서 있었을 것이다. 1861년에 소설 『닥터 안토니오Doctor Antonio』를 출간하며 보르디게라를 영국에서 인기 있는 명소로 만드는 데 큰 공을 세운 지오반니 루피니Giovanni Ruffini의 말이 뇌리를 맴돈다. "연회색 올리브에서 진녹색 잎사귀의 사이프러스까지." 그것이 시작된 곳은 바로 여기다.

모네의 창 이야기는 사실이 아닐 가능성이 높지만, 그림 속 집을 보러 보르디게라로 와야 했듯이, 이 기다란 창문을 통해 모네가 보았을 것을 나도 보아야 한다. 모네의 창문으로 마을을 내려다보려고 이곳에 올라온 지금, 어떤 최후의 기운이 감돈다. 같은 종탑, 같은 바다, 똑같이 흔들리는 야자수, 지금 이 모든 것이 100년도 더 전에 모네에게 했듯이 나를 되쏘아본다.

함께 공존하기 힘든 감정의 소용돌이에 빠진다. 포기하려는 찰나 너무나 많은 것을 목도한 데에 대해 무한한 감사를 느끼는 한편, 운도 따르지 않고 여행 정보에 미리 신경을 썼더라면, 무엇 하나 발견한 것이 없을 것이고, 또 운이 이렇게 큰 역할을 했으니 오늘 얻은 것이 곧 사라지고 말 것이라는 생각에 불안한 실망감이 밀려온다. 나의 일부는 이 모든 것을 이해하길 갈망하지만, 모네의 방에 서 있던 그 찰나적인 통찰의 순간에 내가 깨달은 것은, 운―그리스인들이 티케Tyche라고 부르는 것—이 매번 의미와 정신을 이긴다면, 예술—그리스인들이 테크네^{Techne}라고 부르는 것—은 운으로 남을 것에 어조와 운율과 의미를 부여하려는 시도에 다름 아니라는 것이다.

내가 하고 싶은 것은, 또 내가 할 수 있는 것은 오직 내 발자취를 되짚어 올라가 여행을 반복하는 것이다. 어느 날 벽걸이 달력에 그려진 집 그림을 우연히 보고, 화랑에서 같은 집 그림을 발견하고, 기차를 타고 와 아무것도 모른 채 아무것도 보지 못하고, 오래된 치타 알타가 코앞인데도 그 존재를 모르고, 종탑이 "있는" 마을과 "없는" 마을을 보고, 바다가 있는 마을과 없는 마을을 보고, 빌라앙스트가 있는 마을과 없는 마을을 보고, 모레노 저택의 잘려나간 윗부분을 보고, 언제나, 언제나 가르니에의 집을 제일 마지막으로 발견하는 것. 이 순간을 되돌리고 싶다. 이 순간을 되찾고 싶다.

모네의 작은 방을 나서면서 내가 찾고자 했던 것을 찾았다고 그 어느 때보다 확신한다. 집과 마을, 해안가는 물론 세상을 보는 모네의 눈, 세상에 대한 모네의 힘, 세상에 베푼 모네의 선물도.

지연하기

트라시메누스 호반 전투와 칸나이 전투─고대사에서 가장 치열한 전투─에서 로마 군대가 연이어 대패를 하자, 로마의 집정관을 거쳐 독재관이 된 퀸투스 파비우스 막시무스 베르코수스 장군은 한니발의 우수한 병력과 맞설 수 있는 기막힌 전략을 생각해냈다. 카르타고 군과 맞서는 대신, 교전을 지연하는 내내 적군을 괴롭혀 적군의 전력 소모를 꾀하는 것이다. 이 전략은 성공을 거두었고, 그 덕에 스키피오는 보다 대담한 전략을 구사하면서 카르타고를 침공해 제2차 포에니전쟁을 승리로 이끌 수 있었다. 이 전략으로 파비우스는 꾸물거리는 사람이라는 뜻의 쿤크타토르cunctator라는 별명을 얻었다. 영어 단어 컨크테이션cunctation은 이 말에서 유래한다. 오늘날까지 파비우스 막시무스는 많은 교과서에 템퍼라이저temporizer, 곧 지연자─컨크테이터cunctator의 보다 일상적인 번역어─로 기술된다. 지연자는 곧, 적이 기운이 빠지기를 기다리면서 시간을 벌고, 좀 더 현대적이고 평범한 단어를 사용하자면, 시간을 끄는 사람을 뜻한다. 그것은 또한 내가 어린 시절 낚시를 배우면서 제일 먼저 터득한 사실이기도 하다. 먹이로 하여금 안전하다고 느끼게 해서 다가오게 한 다음, 살살 풀어주며 유인하다가…… 이때다 싶으면 있는 힘껏 낚아채는 것. 이 전략의 희생자가 오히려 그것으로 말미암아 허둥지둥했다는 것은 아이러니하다. 한니발 안테 포르타스Hannibal ante portas. 한니발은 로마 성문 앞에 멈춰 서서는 승리의 순간을…… 다음 기회로 미룬다.

"시간을 끄는"것도 열세에 몰린 사람이 우세한 상대와 싸울 때 사용하는 엄연한 전략이다. 지연 전략은 약자에겐 결코 쓰지 않는 전략이다. 약자는 그냥 때리면 되지만, 거인은 스스로 지치게 만들어야 한다. 절체절명의 위기에 놓인 지연자는 "때가 오길 기다리고" "시간을 견디고" "시간을 끌고" "시간을 벌고" "시간을 보낸다." 지연한다 함은, 고난의 시기를 지나 좋은 때가 올 때까지 꼭 필요한 것만을 한다는 뜻이다. 지연한다 함은, 시간의 연속성에서 벗어나 시간을 유예하고 시간의 발생을 막으면서 신기원적인 공간을 연다는 뜻이다. 시간의 보조개를 찾아내 그 속으로 들어가 몸을 숨긴 다음 실시간—혹은 사람들이 실시간으로 부르는 것—이 지나가도록 내버려둔다. 현대식 시계를 차고 많은 이들이 그렇게 하듯, 두 개 혹은 그 이상의 시간대에서 움직이는 것이다.

지연자는 미룬다. 그는 현재를 포기한다. 시간 속 다른 곳으로 이동한다. 현재에서 미래로, 과거에서 현재로, 현재에서 과거로 이동하며, 가령 내가 『위조 서류False Papers』에 수록한 산문 「중개 매매Arbitrage」에 썼듯이, "현재를 과거의 한 순간으로 미래에서 경험함으로써 현재를 확정한다."

나는 동사 '지연하다'를 두 가지 의미로 사용하는데, 그 둘은 17세기를 연구하는 학자로서, 그리고 우리 시대의 회고록 작가로서 내 삶과 불가분하게 연결된다. 세 번째 의미는 이 둘의 직접적인 추정이다.

우선 홀로코스트 생존자의 자식에 대해 이야기하듯, 나 역시 지연자의 자식인 까닭에 그 단어를 곧장 받아들였다. 나는 이집트에서 유대인으로 태어났고, 우리 가족은 무언가 일이 심상찮게 돌아간다는 불길한 징조를 느끼면서도 적이 지쳐 떨어지기를 기다렸다. 절대 경솔하게 행동하지 말 것이며, 얻을지 확신하지 못하는 것을 위하여 현재 가진 것을 위태롭게 하지 말 것이며, 무엇보다 남의 눈에 띄지 말 것이다. 태생적 지연자들에겐 주문과도 같은 것이다. 이것은 기질적으로든 실질적으로든 행동보다는 추측을 선호하는 사람들이 전형적으로 보이는 두려움을 반영한다. 이것은 주머니쥐의 술책이다. 죽은 척 가만히 있으면 위험 물체가 그걸 감지하고는 멀리 가버린다. 궁극적으로 이것이 말하고자 하는 바는 다음과 같다. 적보다 내가 먼저 매일 조금씩 나 자신을 죽여 나간다면, 적이 무엇 때문에 나를 죽이려고 하겠는가? 내가 내 시계를 멈춰버리면 역사도 역사의 시계를 멈추지 않겠는가? 난파선으로 보이길 원하는 잠수함처럼 나는 기름띠를 뒤에 남겨 놓는다. 희생이 따르겠지만, 내가 남들 보라고 뒤에 흘린 것이 치명적인 것이 아니라는 걸 누구나 안다. 그것은 벗어 놓은 허물이고 껍질이며, 죽은 조직이고 오징어 먹물이며 유인용 미끼새이다. 하지만 시간은 겨울잠─갑각류의 경우라면 여름잠─에 들어갔다. 살아 있는 조직과 살아 있는 시간은 다른 곳에서 움직인다.

내가 스페인에서 종교재판이 한창이던 시절에 지연자였던 마라노Marrano. 중세 스페인에서 박해를 피해 기독교로 개종한 유대인의 후손이라는 사실은 그 단어의 두 번째 의미를 환기한다. 이번엔 더욱이 니코데미즘Nicodemism. 16세기 반종교개혁 기간 동안 가톨릭교회에 순응하면서 내적 신앙을 지킬 수 있다고 믿은 신교도들의 교의을 다룬 카를로 긴츠부르그Carlo Ginzburg의 책에서 그 단어를 발견했다. 원래는 반종교개혁과 신중함의 기술을 다룬 수많은 안내서에 관심이 있던 터라 니코데미즘을 찾아보던 참이었는데, 기독교인들에게도 그들 나름의 변형된 마라노주의Marranism가 있다는 사실을 알고는 꽤나 기뻤다. 긴츠부르그 교수가 인용한 책 가운데 영국에서 출간된 책이 있는데, 옥스퍼드 영어사전에도 1555년의 인용으로 그 책 제목이 실려 있다. "지연자(곧, 시간의 관찰자 혹은 시간과 함께 변하는 자)." 이것은 지연의 또 다른 의미를 내포한다. 지연한다 함은, 무언가가 끝나기를 기다리는 것뿐만 아니라 타협하고 협상하며 입장을 밝히기를 미루는 것이다. 지연한다 함은, 또한 주저하고 적응하고 순응하고 피하고 둘러대고 얼버무리고 영합하는 것이다. 행동하기 싫거나 행동할 수 없을 때, 또는 어떻게 행동할지 모를 때나 자신의 의지에 반해 마지못해 행동할(혹은 말할) 때 취하는 행동이 지연이다. 그러다 보면 회피하고 남을 기만하게 된다. 또한 영합한다. 영합하는 자는 기회주의자이다. 17세기 조지 새빌George Savile 의 명저『기회주의자의 특성Character of a Trimmer』이 떠오르는 지점이다. 기회주의자는 지연한다. 그는 표리부동하며 배신한다. 그는 두 명의 주군을 모신다. 그는 시간이 지나면서 영합한다. 그 동사 자체에 기만이라는 뜻이 새겨져 있다. 이탈리아의 토르콰토 아체토Torquato Accetto부터 스페인의 발타사르 그라시안Baltasar Gracián, 영국의 대니얼 다이크Daniel Dyke에(그의 책은 라로슈푸코 공작Duc of La Rochefoucauld 무리 안에서 널리 읽혔다) 이르기까지 16세기와 17세기의 도덕주의자들에게 주지의 사실이었듯이, 지연자는 본질적으로 위선자이고 기회주의자이다. 기회주의자나 음모가, 모호한 화법의 소유자와 마찬가지로 지연자는 폭풍우가 몰아치는 와중에도 자신의 감정, 생각, 종교, 정체성을 드러내지 않는다. 그는 더 이상 나아갈 곳이 없으면 굴복하거나 변절한다.

"지연"의 두 의미 사이에서 밀접한 유사성을 찾고, 피상적으로나마 그것들을 내 삶에 대어 보는 데 엄청난 상상력이 필요한 것은 아니다. 이집트에서 우리 가족은 유대인들이 역사를 통틀어 언제나 그러했듯이 폭풍 전야임을 감지하고는 그 모든 게 지나가기를 기다렸다. 그러면서도 한편 스페인의 마라노들처럼 시간을 이길 양으로 기독교로 개종하기로 결정했다. 어떤 가족은 회당에 발길을 끊기도 했다. 그곳을 떠날 수 없어서, 혹은 떠나기 싫어서 그들 역시 무릎을 꿇었다.

마라노주의는 지연하기라고 말하고 싶다. 이 자리에서 밝히고자 하는 것이 그 둘 사이의 불가피한 관계가 아니라, "시간의 마라노주의"라 부를 만한 것인 까닭이다. 마라노는 한마디로 말해 두 개의 신앙을 동시에 믿는 사람이다. 하나는 비밀스럽게, 다른 하나는 공개적으로. 이와 유사하게 망명자도 늘 한곳에 머무르되 다른 곳에 존재하는 사람이다. 풍자를 즐기는 자는 말하는 바와 의도가 다른 사람이다. 위선자는 믿는 바와 행동이 다른 사람이다. 중개인은 한 시장에서 구입한 상품을 다른 시장에 내다 파는 사람이다. 지연자는 두 개의 시간대에 존재하지만, 바로 그런 까닭에 어느 시간대에도 존재하지 않는다. 시간 밖으로 나온 셈이다. 지연자는 타인처럼, 타인과 함께, 혹은 타인보다 낫게 살아갈지 모르지만, 스페인 교회에 나가던 마라노들이나 매일 아침 등굣길에 반유대주의가 아닐까 두려워하면서도 이집트 국기에 경례하던 나처럼, 시간에 속하지 않은 채로 시간이 지나가도록 내버려둔다. 시간은 지연자를 건드리지—또는 다치게 하지—못한다. 그는 유보된 채 살아간다.

　그렇다면 지연하기는 진지한 역사학자에게, 혹은 중동 유대인들의 운명에 관심이 있는 사람에게도 역사적 필요와 흥미를 담보하는 것일지 모르지만, 내가 추구하고자 하는 것은 그것이 아니다. 내가 들여다보고 싶은 것은 역사적 지연자가 아니라, 표현이 신통찮다는 것을 알지만 어쨌건 심리적 지연자이다. 그는 현재를 미루고 부인하고 해산하는 자이다. 그리고 시간에(원한다면 삶에) 비스듬히 에두르며 다가가는 탓에 현재의 지위가 일시적이고 미약해져서, 종국엔 현재가―현재란 걸 상상할 수 있다면―더 이상 존재하지 않게 되고, 더 정확히 표현하면 중요하지 않게 된다. 현재는 이용할 수 없는 것이다. 지연자는 현재와 함께 살아가지 못한다. 현재에서 자신을 빼내고 현재를 격하시키는 대가로 그가 얻는 것은, 고통, 슬픔, 위험, 상실로부터 안전하다는 환상의 약속이다. 현재의 모습이 원하는 바가 아니라서, 어쩌면 현재를 어찌해야 할지 몰라서, 혹은 현재와 다른 걸 원하고 현재보다 더 나은 걸 추구하느라 그는 현재를 포기한다. 실은 그는 자신의 삶을 바꾸고 재정비하고 재구성하기를 원하는 것이며, 그럼으로써 자신이 가장 두려워하는 것을 막는 것이다.

　이것은 몇 날 며칠, 몇 달, 아니 몇 년 동안 코르크로 두른 방에 박힌 채 홀로 삶을 재창조하는 사람이 하는 바이다. 그렇게 함으로써 그는 시간을 단념하고 시간을 초월하며 시간을 초탈한다. 짐작건대 그런 사람, 그런 작가는 평생 동안 현재를 막아왔을 것이기 때문에 그런 삶을 다시 서술하는 것은, 내용을 아무리 바꾸더라도, 지연 행위에 해당할 뿐만 아니라—작가는 글을 쓰느라 너무 바빠서 방을 떠날 새도 없을 것이다—그 자체로 심리적 지연자의 이야기가 된다. 프루스트의 소설은 더 나은 시간을 고대하는 것 이외에는 아무것도 하지 않은 시간을 되돌아보는 사내의 이야기다. 달리 표현하자면, 책상에 앉아 글을 쓰고…… 그러므로 되돌아보는 것 말고는 고대하는 것이 없던 시간을 되돌아보는 사내의 이야기다.

지연 행위가 깊게 새겨진 삶에 의미를 부여하는 것은 고통과 슬픔, 상실을 직면하는 능력이 아니라 오히려 **고통과 슬픔, 상실을 에두르는 길을 만들어내는 능력**이다. 삶을 의미 있게 만드는 것은 삶 자체가 아니라 바로 그런 능력이다. 이것은 분명 책에나 나올 법한 근심이고 해결책이다. 그렇지만 일종의 에움길을 거쳐 지연자가 시간과 경험에 접근하려면, 현재, 곧 프루스트가 티라니 뒤 파티큘리에tyrannie du particulier로 부른 것, 매일매일 반복되는 이 순간의 엄격하고 기본적인 사실들의 폭정에서 삶을 제거하는 길밖에 없다. 지연자와 삶 사이에 가로놓인 것은 현재에 대한 두려움이 아니라 현재 그 자체다. 프루스트를 또다시 언급할 수 있지만, 시인 레오파르디Giacomo Leopardi가 보다 선명하게 떠오른다. 레오파르디가 느낀 진정한 행복의 순간은 "살았던" 삶 속에 있지 않았다. 레오파르디의 삶은 그가 보기에 줄어들지 않는 슬픔의 연속이었으므로 삶 속에서 행복은 그에게 단 한 번도 주어지지 않았다. 시인 레오파르디가 기쁨의 유일한 원천을 발견한 것은 그 슬픔을 기억하고 그 슬픔으로 되돌아가는 정교한 길을 만들 때뿐이었다.

이런 점에서 지연하기는 적대적으로 인식되는 세상에서 살아남기 위한 물리적 혹은 심리적 전략일 뿐만 아니라 의식의 한 형태로 볼 수 있다. 의식이라 할 때, 지연자가 어떤 좋고 나쁜 양심을 가졌는지, 또는 현재의 모습을 어떻게 유지하면서 동시에 지연하는지, 그리고 속담에 이르듯이 "어떻게 그곳에 온전히 있지 않을" 수 있는지, 이런 것을 뜻하는 것이 아니다. 오히려 이런 질문을—이제 앞서 언급한 세 번째 "의미"에 대해서도 이야기할 때가 된 것 같다—던지고 싶다. **지연하기는 미학적 움직임인가? 지연의 미학을 말할 수 있는가?** 지연자는 양심적인 위선자이거나 양심 없는 진실한 자일 수 있다. 그의 얼굴과 그가 쓴 가면은 같지 않고, 혹은 그의 얼굴은 자기 자신이나 타인이 보는 유일한 가면일 수 있다. 어떤 경우건 지연자는 본래의 자신, 또는 다른 사람이 생각하는 그의 모습과 조화를 이루지 못하고 타인의 의식으로 살아간다. 그의 "시간대"는 다른 사람과 다르기 때문에 그는 자기 자신일 수 없다.

지연자에 관한 모든 게 변한다. 그의 소유물을 간단히 앗아갈 수 있듯, 그가 제집이라 말하는 것도 어느 날 더 이상 그의 것이 아닐 수 있다. 그가 사랑하는 이들은 그가 생각하는 것과 다른 사람들이고, 시간이 지나도 변치 않는 맹세란 보기 드물다. 더 나아가 이렇게 표현할 수도 있다. 지연자는 가장 가까운 사람들도 언젠가는 잃을 수밖에 없다고 여긴다. 언제든 닥칠 수 있는 충격을 줄이기 위해, 그는 그들이 여전히 주변에 있는데도 그들을 잃었을 때를 예행연습하면서 마음을 추스린다. 할머니를 보는 동시에 곧 마주치게 될 죽은 노파를 본다. 정부情婦를 보는 동시에 "달콤한 부정이 사라진" 순간을 본다. 삶 자체는 필요로 하지 않는 거리를 두고 있는 셈이다. 이미 오래 전에 사랑이 식은 사람에게 질투를 느끼는 것처럼 그는 살아 있는 자를 애도한다. 어느 날 잃을까 두려워 아직 잃지 않은 것을, 또는 아예 소유도 하지 않은 것을 아쉬워한다.

물론 지금 난 프루스트를 떠올리고 있다. 하지만 이것은 프루스트의 아이러니이기도 하다. 마르셀은 누군가를 잃는 일을 예측할 수 있기를 언제나 바란다. 그러면 그가 보기에 고통이 덜할 것이기 때문이다. 이처럼 그는 원하는 바를 이룰 때에도 그 내용을 명확히 따라갈 수 있기를 언제나 바란다. 이때도 그럼으로써 기쁨을 극대화할 것으로 내다봤기 때문이다. 그러나 이것들은 통제 불능의 강렬한 현재를 통제하고, 현재를 예행연습하고 현재를 "대본으로 옮기기" 위한 전략에 지나지 않는다. 준비 없이 불시에 당하면, 프루스트의 주인공은 완전한 무능력 상태에 빠지거나 헤어날 수 없는 충격을 받는다. 알베르틴이 마르셀에게 기꺼이 자신을 내맡기려고 하자, 마르셀은 오히려 다음으로 기회를 미루려고 한다. 마르셀은 할머니의 죽음 이후 모호한 슬픔 같은 것을 극복했다고 생각하지만, 신발끈을 묶으려고 허리를 숙이는 순간 느닷없이 너무도 강렬한 감정에 휩싸여 울음을 터뜨리고 만다.

프루스트의 세계 속 모든 것은 이와 같은 분출을 막는 데 일조한다. 지연시키는 그의 익살은, 경험을 분산시키고, 경험을 이용할 수 없게 만들고, 실세계에서 경험을 좌절시키는 것을 목표로 한다. 경험이 이른바 문학의 시간 필터를 먼저 통과하지 않았다면 말이다. 그는 평생을 그 필터를 만드는 데 보낸다. 그가 쓴 문장을 봐도 알 수 있다. 그의 문장들은 원형적으로 단 하나, 곧 지연하기를 위해 쓰인 것들이다. 그것들은 그물을 넓게 던져 결코 서두르지 않고 기다리면서 살살 찌르고 놀리고 달래고 유혹하면서 낚는다. 마치 저쪽 끝 미지의 한 지점—그곳에 이르는 순간 프루스트의 문장에서 전형적으로 드러나듯 "회상의 불빛"이 작품 전체에 비칠 것이다—에서 훨씬 큰 무엇인가가—작가는 그것의 특성이나 개요를 여전히 외면하고 있는데, 섣불리 손을 뻗어 그것을 방해하거나 놓칠 생각이 없다—그를 기다리고 있다는 듯이.

비록 프루스트가 이 시간대에서 저 시간대로 조바심치며 기민하게 옮겨 다니지만, 주인공 마르셀은 **시간에** 전혀 준비가 되어 있지 않다. 운명을 회피한 오이디푸스처럼 마르셀이 빈틈없이 자신을 방어하고 잔인한 세상과의 접촉을 아무리 미룬다 하더라도 어떤 교묘한 장치에 의해 결국 세상으로 미끄러져 되돌아올 수밖에 없음을 프루스트가 스스로에게 상기하듯, 마르셀은 예상치 못한 일에 매번 놀란다. 프루스트는 서툴게 행동한다든지 불시의 일격을 당한다든지 하는 것─프루스트적 미끄러짐이라고 부르자─을 진정한 예술의 한 형태, 영광의 순간으로 만들었다. 마르셀이 현재를 만나고 그 자신도 잘 아는 것처럼 삶 자체를 만나 기쁨과 위험과 슬픔을 맛보는 것은 오직 저도 모르게 미끄러질 때뿐이기 때문이다. 하지만 마르셀이 절실히 원하는 게 하나 있으니, 그것은 기쁨에 동반하는 위험과 슬픔에서 기쁨을 걸러내는 방법을 터득하는 것이다. 그는 더 많이 불신하는 법과 거리를 두는 법, 그리고 무언가를 원하는 이 순간 절대 서두르지 않고 과도하게 열광하지 않는 법도 배워야 한다. 그가 깨쳐야 하는 교훈은 꽤나 간단하다. 그는 이것을 예술의 한 형태로 만들기까지 했다. 곧, **그 무엇**은 **그 무엇처럼 보이는 것**으로 치환되어야 하고, **그 무엇처럼 보이는 것**은 **그 무엇이 아닌 다른 것**이 되어야 하며, **그 무엇이 아닌 다른 것**은 **과거의 그 무엇**이 되어야 한다. 이리하여 실제의 현실과 대면해서가 아니라, '불완전하고 조건적인 앞선 과거'로 명명하고 싶은 상급법원 앞에서 만물은 의미를 획득하게 된다. **과거의 그 무엇과 그랬을지 모를 그 무엇**은 **지금의 그 무엇**보다 훨씬 더 큰 의미를 띤다. 프루스트가 모든 경험을 맡기고 싶어 하는 곳도, 라 브레 비la vraie vie. 프랑스어로 '진정한 삶'이

라는 뜻가 펼쳐지는 곳도 바로 여기다. 그는 기억과 소망이라는
필터를 통해 현재의 경험을 기록하고 가공하고 이해한다. 지
연자에게 경험은 경험의 기억, 혹은 결국 같은 말이겠지만, 비
실현 경험의 기억으로 다가오지 않으면 무의미한 것이다. 그
것은 경험이라 할 수조차 없다. 프루스트가 생각하기에, 더 큰
그림을 보려면, 현재가 미끄러져 사라지고 한참 지난 뒤 회상
하는 길밖에 없다. 너무 늦고서야 우리는 지복의 순간에 얼마
나 가까웠는가 …… 그리고 절망케 할 만큼 크나큰 슬픔에 빠
졌던 일이 얼마나 부질없는가를 깨닫게 된다. 에밀리 디킨슨
의 시 한 편을 소개한다.

> 천국이 그리 지척에 있지만 않았어도—
> 내 문이 선택된 것 같지만 않았어도—
> 그 생각이 이리도 머릿속에 맴돌지 않을 텐데—
> 그리 가까울 줄 미처 기대도 못했네—
>
> 내가 보리라 생각지도 못했던—
> 은총이 떠나는 소릴 듣자니—
> 두 겹의 상실로 더욱 괴롭다—
> 그것이 떠났다—내게서 영영—

프루스트는 경험을 과거로 던져 과거에 있는 채로 미래에서

그것을 다시 '**회고-미래적으로**'—앞서 썼던 동사를 다시 쓰자면—낚아챈다. 이로써 그의 문장에는 분명한 거리와 폭이 생긴다. 그 폭 속에서 과거와 미래, 암시되는 현재는 동시에 존재한다.

어떤 이들이 반직관적으로 사랑에 이르듯이 지연하기는 먼 길을 돌아 현재로 오는 것이다. 어떤 이는 내일 오늘로 돌아오는 조건으로 오늘을 붙잡는다. 또 어떤 이는 삶이 던지는 것에 손을 뻗는다. 물론 그것을 거의 잃을 만큼 가까이 다가간다면 말이다. 어떤 이들은 과거의 애가를 짓는다. 그들이 진정으로 사랑한 것은 잃어버린 과거나, 애도하면서 사랑하는 법을 배운 대상이 아니라, 사랑—어쩌면 결코 존재하지 않았을지 모르는 그 사랑은, 그러나 일종의 '불완전하고 조건적인 앞선 과거'로 가는 길을 만드는 능력의 후예라 하겠다—을 말할 수 있는 능력이란 걸 잘 알기 때문이다. 그들은 글쓰기가 도움이 된다고 말하는 것 같다. 글쓰기가 우릴 그곳으로 데려다줄 것이다. 사방을 코르크로 바른 방에 박혀 삶을 재창조하는 것이 삶이고 현재이다.

의구심이 들 때에는 현재를 붙잡고 있는 힘이 얼마나 미약한지 말하는 것만으로도 기분이 좋아질 수 있다. 지연의 진정한 미학이 바로 여기에 있다. 현재를 사는 방법도 모르고, 영영 그 방법을 깨치지 못할지도 모르며, 또는 우리가 삶을 사는 데 적합하지도 않고 준비도 되어 있지 않다 하더라도 이런 무능력을 꼭 벌충할 필요는 없다는 것을 인정하고 보여주는 것. 그러나 이런 무능력의 자각을 벌충의 증거로 삼을 때 여태껏 알지 못한 대리 만족을 발견하기도 한다. '불완전하고 조건적인 앞선 과거'에 내포된 모든 가능성 사이의 단절을 가지고 노는 것은 비정상적 움직임인 데다 매번 역효과를 초래할 뿐이지만, 한편으론 우리에게 우리의 삶을…… 소설이라는 형태로 되돌려주기도 한다.

실로, 우리가 삶에서 우리의 위치를 파악하기 위해 손에 들고 있는 것은, 이런 단절과 틈, 작은 시냅스—이것을 시간과 우리 사이에, 현재 모습과 소망했던 모습 사이에 놓인 폭이라고 한 번 더 불러보겠다—뿐이다. 시간은 경험의 단위로서가 아니라 희망과 예상된 후회의 증가로 측정된다.

내가 스스로를 형편없는 여행 작가로 생각하는 한 가지 이유는, 어딘가에 도착한 순간 어떤 글도 쓸 수 없기 때문이다. (우리가 흔히 이야기하듯) 경험이 "삭기"를 기다려야 해서가 아니라, 이런저런 장소가 그 존재를 잃어 이용할 수 없게 되거나 다신 그곳을 못 볼지 모른다고 느껴야 하기 때문이다. 그곳에 온 목적이기도 한, 뉴욕에 돌아가는 대로 송고하기로 한 글을 쓰려면 나는 길을 걸으면서 그 길에 더 이상 존재하지 않는 사람처럼 굴어야 한다. 글을 쓰려면 기억하는 척해야 한다. 상실의 바깥에서 글을 쓰는 건 나를 당혹케 한다.

나는 『이집트를 떠나며Out of Egypt』의 한 대목에서 귀가 안 들리는 어머니의 비명을 묘사하며 마치 그게 타이어가 급정거할 때 내는 소리 같다고 말한 적이 있다. 아주 큰 타이어. 버스 타이어.

　(아버지가) 어느 날 깨닫게 되듯이, 이것은 귀가 안 들리는 사람이 고통을 느낀다든지 싸운다든지 악을 쓴다든지 말문이 막혀 이런 새된 비명 이외엔 아무 소리도 내지 못한다든지 할 때 내지르는 울부짖음이었다. 그것은 아버지가 결혼해 함께 사는 여자의 목소리가 아니라, 흡사 조용한 비치데이인 일요일에 수십 대의 버스가 한꺼번에 급정거하면서 내는 소리 같았다.

여기서 잠시 비명 자체보다는 그와 대조되는 "조용한 비치데이인 일요일"이라는 대목에 주목하고 싶다. 번역이 불가능한 데다 원체 존재하지도 사리에 닿지도 않는 말인 까닭에 번역가들이 이 말을 옳게 번역할 수는 없는 노릇이다. "조용한 비치데이인 일요일"이라니 대체 그게 무엇이란 말인가?

그러면서도 한편 조용한 비치데이인 일요일이 지금 내게 조금이라도 의미가 있다면, 그리고 알렉산드리아 시민 여럿이 『이집트를 떠나며』를 읽고 내게 보낸 편지에서 말했듯이, 바닷가에 인파가 몰리기 이전의 일요일 어느 조용한 순간이라는 게 늦봄이나 초여름—아직 7월처럼 인파로 북새통을 이루진 않지만 몇 주 후 도래할 마법의 순간을 조용히 약속하는 여름 바닷가—알렉산드리아의 본질을 포착한다면, 만일 이 모든 게 지금 내게 다만 얼마라도 의미가 있다면, 그것은 알렉산드리아와 관계가 있다기보다는 지금 이 순간 미국에서의 삶에 내가 이집트를 부여했기 때문이다. 조용한 비치데이인 일요일이라는 인상은 이집트가 아니라 내가 아버지와 리버사이드드라이브Riverside Drive를 산책하다가 98번가 옆 풀밭 언덕에서 일광욕을 즐기는 스무 살 안팎의 젊은이들을 보고 아버지를 돌아보며 "비치데이인가 봐요, 안 그래요?"라고 말한, 뉴욕에 온 첫 해 어느 날 아침 미국에서 태동한 까닭이다.

나는 『이집트를 떠나며』의 20쪽 가량을 일요일 이른 아침 해변을 묘사하는 데 할애했다. 그러고 나서 수년이 흐른 뒤 케임브리지에서 대학원 친구와 그런 해변의 아침을 자주 떠올리곤 했다는 이야기로 그 대목을 마무리 지었다. 그 기억은, 그러나 뉴욕에서 태어나 케임브리지로 넘어간 뒤 다시 뉴욕으로 돌아왔고, 나는 또 수년이 흐른 뒤 뉴욕에서 『이집트를 떠나며』를 집필했다. 그럼으로써 마침내 도시들의 앙타스망entasse-ment. 프랑스어로 '축적'이라는 뜻과 중첩이 상상 속 알렉산드리아로 발송된 것이다.

이집트는 그곳을 떠나고 한참 후 내 삶을 "되던진" 격자이고 매트릭스이며 동공洞空이다. 나의 현재는 이집트로 **되던져지지**

않으면 무의미하다. 이집트에 관한 나의 모든 인상은 이집트 바깥의 흩어진 내 삶을, 내가 이집트라고 명명하기로 마음먹은 이야기 가닥 속으로 **되던져** 한데 엮은 것에 지나지 않는다. 미국이 아닌 이집트를 보면서 나는 미국을 본다. 현재가 과거처럼 보이고 과거가 될 경우에만 현재를 본다. 『이집트를 떠나며』를 출간하고 이집트를 방문했을 때 내가 생각할 수 있는 것은, 혹은 계속 생각하려고 애썼던 것은 오직 뉴욕뿐이었다. 어렸을 적에는 머나먼 미래로 어렴풋이 보이더니, 내가 그 속에 존재하지 않을 경우에만 나의 현재가 되는 곳! 그러나 이집트, 내가 그토록 오랜 시간 꿈꿔왔던 그 이집트는 단 한 번도 내 앞에 있었던 적이 없다.

아름답거나 감동적인 어떤 것, 또는 지금 이 순간 원하는 어떤 것을 보았을 때 난 그것을 이집트로 되던져 그곳에 잘 어울리는지, 그것이 잃어버린 숱한 조각 가운데 하나여서 그곳으로 다시 가져가야 하는지, 혹은 그곳에서 기원한 것처럼 보이게끔 만들어야 하는지 확인하고 싶은 충동을 느낀다. 마치 무언가 내게 의미가 있으려면 이집트에 기원을 두고 있어야 한다는 듯이, 또 이집트를 조각조각 짜맞추고 뉴욕에서의 이 산발적인 인상으로 상상의 이집트를 재건하고 복원하는 것이 끝없이 이어지는 복구 사업—사업의 목적은, 현재와의 접촉을 일절 금해서 눈에 띄는 모든 게 이런저런 방식으로 이집트에 부합하고 이집트의 계수를 가질 수 있도록, 그렇지 않으면 하등의 의미가 없도록 만드는 것이다―이기라도 하듯이. 이집트와 유사성이 없는 것은 아무 인상도 남기지 않고 서사를 가지지도 않는다. 상상의 과거와 호응하지 않고 현재 속에서 일어나는 것도 마찬가지로 아무 인상을 남기지 않는다. 그런 것은 존재를 멈춘다. 하등 중요하지 않다. 내게는 존재하지 않는 뉴욕이 끝없이 펼쳐져 있다. 거기에는 이집트도 과거도 없고, 그래서 아무 의미도 없다. 이집트적이라는 기분이 든다 하더라도, 그 주위에 이집트적 허구를 주조하지 않는 한, 그것들은 내게 죽은 것이나 다름없다. 내가 그것들에게 죽은 사람이나 마찬가지인 것처럼.

이집트는 나의 촉매이다. 고고학자들이 덴두르 신전을 수많은 조각으로 분해해…… 다른 곳으로 옮겨 재조립하는 것처럼, 나는 삶을 이집트의 단위로 쪼갠다.

황홀한 일요일 아침의 알렉산드리아 해변 같은 장면을 내가 상상한 것은, 그날 아침 아버지와 리버사이드드라이브를 거닐면서 느꼈던 외로움과 소외감을 어떻게든 줄이려는 의도 때문이었을 것이다.

풀밭 언덕에 앉은 그들이, 아마도 집이 공원 근처일 터라 전쟁 전에 지어진 건물들 가운데 어딘가에 있을 제집에서 연신 아이스티를 가지고 오고, 자신이 누구인지, 앞으로 어떤 모습으로 살아갈지 너무도 잘 알고 있고 현재에 너무도 확고하게 자리 잡은 것 같은 그들이, 나는 너무도 부러웠다. 내가 서 있는 자리에서 들려 올라가 그들 속으로 들어가기를, 나의 시간 계획에서 벗어나 그들과 함께할 수 있기를 간절히 소망했다. 그러는 대신 나는 풀밭 언덕에 앉은 그들을 들어 올려 상상의 이집트로 함께 들어가서는 그들을 내 친구로 만들어 나의 10대 시절 바닷가에서 그들과 함께 차가운 레모네이드를 마시고 모래 언덕을 거닐었으며, 핵심으로 들어가야 할 때이므로, 심지어 그들 가운데 하나로 하여금 나를 돌아보게 한 다음, 내가 그날 아침 아버지에게 했듯이, "완벽한 비치데이 아침이야, 안 그래?"라고 말하게 했다.

결국 내가 『이집트를 떠나며』를 쓰면서 기억한 것은, 해변에서 보낸 우리 삶이 아니라, 해변에서 보낸 우리 삶 가운데 그날 내가 만들어낸 허구였다.

『이집트를 떠나며』에서 내게 가장 중요한 부분은 이집트에서 일어난 일이 아니라, 외롭고 서투르고 부족한 화자가 이집트의 흔적을 찾아 유럽과 미국을 돌아다닌 일이다. 그는 이집트를 갈망하되, 이집트에서 즐거운 한때를 보낸 사람들이 때로 이집트를 그리워하듯 그렇게 갈망하지는 않는다. 그런 사람들은 과거를 갈구하는 법이 거의 없다. 그들은 지나간 일을 추억한다는 생각을 조롱한다. 그들은 언제나 삶에, 지금 이곳에 닻을 내리고 있으며, 이제 다른 곳에 왔으니, 그곳에서 그들은 삶을 규정하고 인생을 건다. 반면에 『이집트를 떠나며』의 화자는 흔들거리는 불안정한 발판 위에 서 있다. 그가 사랑하는 것은 이집트도, 기억도 아니다. 그는 단지 기억하는 걸 사랑할 따름이다. 현재가 오래 가지 않을 것임을 기억이 분명히 해주기 때문이다. 기억하기란 고개를 돌리는 행위이고, 기억할 게 하나도 없어도 현재를 직시할 필요가 없음을 정당화할 목적으로 기민하게 움직여 기억—대기 중인 대리 기억—을 창조해내는 행위에 다름 아니다.

로런스 더럴Lawrence Durrell이 말했듯이 알렉산드리아는 기억의 수도임에 틀림없다. 그러나 기억이 그곳을 만들지 않았다면 알렉산드리아는 존재하지 않았을 것이다.

불확실한 어느 유대인에 대한 생각

1921년에 찍은 사진 속 남자는 65세에 머리가 벗어졌고 잘 다듬은 흰 수염 같은 게 언뜻 있고, 왼손이 왼쪽 허리보다 살짝 아래편의 엉덩이께를 짚은 터라 재킷은 옆으로 젖혀졌으며, 다소 위협적일 만큼 당당한 풍모에 단호하고 부러 안정적인 자세를 취한 듯하지만 어딘가 불안해 보인다. 아버지의 가족 앨범 속 나이 든 남자들이 모두 그렇듯 살짝 위로 치켜든 손에는 시가릴로cigarillo, 작은 시가로 보이는 게 들려 있다. 여느 시가릴로보단 약간 두껍지만 시가만큼 커 보이진 않는다. 끝에 담뱃재가 매달려 있는 듯하다. (미켈란젤로의 모세상이 어떻게 해서 석판을 들게 되었는지에 관한 유명한 재건적 해석을 흉내 내자면) 사진사가 제때 알려주지 않은 탓에 사진 속 인물이 잠시 쉬는 시간인 줄 알고 급히 한 모금 빨아들인 다음 죄 지은 시가릴로를 미처 치우지 못해, 사진에 나오지 말아야 할 것이 되레 중심을 차지한 꼴이다.

한편으론 그것이 작은 펜일 수도 있겠다는 생각이 든다. 하지만 손을 저렇게 편안하게 바깥쪽으로 향하게 한 채 검지와 중지로 펜을 쥐는 사람은 없다. 역시 펜은 아니다. 게다가 인물이 서 있는 데다 뒤쪽에 책상이 보이지도 않는데 펜을 쥐고 있을 이유가 있겠는가? 시가릴로임에 틀림없다.

자세히 들여다보니 인물의 느긋한 자세에 의도된 구석이 있는 것 같다. 한 손은 엉덩이를 짚고 다른 한 손은 보란 듯이 시가릴로를 들고 있는 것이, 뒤늦게 생각이 났다든지 수줍다든지 하는 게 아니라 무언가 선언하는 것 같은 인상을 풍긴다. 담뱃재 자체가 꽤 많은 것을 말해준다. 처음과 달리 재가 떨어질 것 같지는 않다. 실은 연필깎이로 깎은 것처럼 끝이 뾰족한 까닭에, 저 시절엔 볼펜이 존재하지도 않았을 텐데 펜, 그중에서도 볼펜이라고 생각한 것이다. 그런데 더 기이한 일은 시가릴로에서 연기가 올라오지 않는다는 것인데, 그것은 암실에서 연기 지우는 작업을 했거나 애초에 담배에 불을 붙이지 않았다는 뜻이다.

결국 이것은 사진 속 시가릴로가 의도된 것임을 뜻한다.

시가릴로를 저렇게 보란 듯이 들고 저 신사—자세를 보건대 신사임에 틀림없다—는 무엇을 하려는 것일까? 그냥 시가릴로에 불과할까, 아니면 시가릴로나 펜 이상의 것일까, 혹은 반항과 위협, 안전, 분노는 물론 힘을 나타내는, 모든 상징의 원原 상징은 아닐까? 저 사내는 자신이 누구인지 아는 자이다. 나이가 들었지만 그는 강하고 그것을 증명해 보일 수 있다. 담뱃재가 떨어지지 않는 저 시가릴로를 보라.

사내가 좀 더 젊었을 적인 1905년경에 찍은 사진도 거의 같은 것을 시사한다. 머리—머리숱이 훨씬 많다—는 단정하게 빗고 수염은 희끗희끗하지만 무성하다. 의자에 앉은 인물 뒤에는, 고통으로 나체의 몸을 뒤튼 미켈란젤로의 죽어가는 노예상 복제품이 서 있다. 사내는 정면을 응시한 채 어깨를 살짝 숙이고 있는데, 이전 사진만큼 자신만만하지 않고 거의 짓눌린 듯 불편해 보인다. 과로했는지 피곤하고 지쳐 보인다. 왼손에 내내 담배를 태운 듯 시가가 들려 있다. 뒤편에 죽어가는 노예의 적나라한 나신을 거의—'**거의**'란 단어를 강조한다—되받듯, 허벅지에서 1, 2센티미터 올라온 지점에 꽁초가 들려 있다.

지금 나는 상징성을 과하게 해석하는 것일지도 모른다. 서둘러 말하건대, 표면상으로 프로이트적 상징으로 가득 찬 이 두 사진 속 인물이 프로이트 자신이 아니라면, 내가 쓴 단어를 하나하나 정중히 거둬들이겠다. 어떻게 프로이트의 시가릴로를 보면서 프로이트적 사고를 떠올리지 않을 수 있겠는가?

그러나 여기 또 다른 상징이 있다. 사진들을 다시 들여다보자니, 1922년 서 있는 나이 든 사내와 1905년 의자에 앉은 젊은 사내 사이에 뭔가 중요한 일이 있었다는 생각이 든다. 그것은 물론 성공이다.

후에 찍은 사진 속 인물은 명망가이다. 재력가이기도 하다.

그의 자세는 사진을 찍는 모든 남자가 취하는 자세다. 침착과 연륜, 자신감, 여유, 안전, 약간의 오만을 드러내는 자세이지만, 의심할 여지없이 그는 세상을 아는 사람, 많은 곳을 다니면서 많은 걸 보고 겪고 추구한 사람이다. 그는 단지 명망가인 것만이 아니라, 명성을 만들었으며 프랑스인들이 말하듯 도달한 사람이다. 아리비스트arriviste는 도달하기를 갈망하는 자이지만, 파르브니parvenu는 이미 도달한 자이다. 시가나 시가릴로 같은 담배를 들고 자세를 취하는 것은, 시가가 안정감을 암시하기도 하지만—마치 시가를 든 사람이 그렇지 않은 사람보다 더 중요한 사람이기라도 하듯—인물을 사진에, 더 나아가 세상에 속하게 해주는 도구이자 연장, 삽입물로 기능하기 때문이다. 흡연은 성공을 넌지시 말하지 않고 부르짖는다. 흡연은 성공을 가둬 놓는다. 담배를 태우는 성공한 유대인은 그가 상당한 명성을 쌓았다는 산 증거이다.

오늘날 더 광범위하게 사용되고 신유대교적 악몽을 떠올리게 하는 다른 단어로 그를 표현해 보겠다. 그는 동화한 자이다. '동화하다assimilate'는 직간접 목적어 없이 비유대인 주류 사회에 휩쓸리고 흡수되고 통합되는 것을 뜻하는 낯선 동사이다. 하지만 이 동사는 어원과 밀접하게 연관된 또 다른 뜻, 곧 무엇과 유사해지고 가장한다는 뜻을 가지고 있다.

이렇게 성공을 가장하려고 자세를 취한다는 것은 참 아이러니하다. 자세를 잡지 않은 것으로 보이려고, 다시 말해 이미 사회적 지위가 상당해서 자세를 잡을 필요가 없는 것처럼 보이려고 담배를 들고 사진을 찍은 것이다. 담배를 들고 자세를 취한 것은, 담배를 들고 자세를 취하지 않았음을 보여주기 위함이다. 그는 이미 그곳에 속했으므로 소속감을 걱정할 필요가 없다. 이탈리아인들은 이런 태도를 스프레차투라sprezzatura, 이탈리아에서 발원한 르네상스의 핵심 기조를 설명하는 단어로, 힘든 일을 무심한 듯 쉽고 세련되게 하는 방식을 일컫는다라고 불렀을지 모른다. 여기에 파이프 담배가 더해지면 그 복잡성이 마그리트René Magritte, 벨기에의 초현실주의 화가의 그림에 맞먹게 된다. 유대인이 담배를 들고 자세를 취하는 것은 두 가지를 상징하기 위함이다. 하나는 그가 사회적으로도 직업적으로도 성공했다는 것이고, 또 하나는 그가 동화에 성공했다는 것이다.

담배를 들고 사진을 찍은 유대인은 프로이트 말고도 많다.

살집 좋은 몸피에 최고의 재단사가 뽑은 옷으로 한껏 멋을 낸, 자기만족에 빠진 젊은 신사의 사진이 있다. 한 손은 허벅지에 올려놓고 다른 손엔 프로이트처럼 시가릴로를 든 채 앉아 있다. 살짝 치켜 올린 얼굴엔 자부심이 엿보이고, 세련된 미소에선 광채가 이는 듯하다. 이 신사의 이름은 아르투어 슈나벨Artur Schnabel, 20세기 초반 오스트리아의 피아니스트이다.

손에 파이프 담배를 들고 거리를 걸어가는 사진도 있다. 사내는 어울리지 않게 챙 넓은 모자를 쓰고 있다. 남의 이목을 의식한 듯 더없이 어색해 보인다. 동네 길을 당당하게 걷는 체하지만, 파이프 담배를 들고 가는 모양새가 마치 실험실로 소변 샘플을 들고 가는 듯 조심스럽다. 사내의 이름은 알베르트 아인슈타인이다.

담배를 든 손으로 턱을 괸 채 정면조차 응시하지 않는 사진도 있다. 세상에서 가장 저명한 지식인처럼 보이지만, 실은 20세기 가장 알려지지 않은 지식인 1인에 뽑힐, 나치를 피하다 죽은 발터 벤야민이다.

당시 대담한 지식인으로 손꼽힌 젊은 여자의 사진도 있다. 겁먹은 듯 소심한 표정의 여자는 담배의 힘을 빌려 사진을 찍으면서도 (뉴욕의 택시기사들이 담배 든 손을 창문 밖으로 내밀듯이) 담배를 거의 사진 밖으로 내밀듯이 위태롭게 들고 있다. 한편 담배에 필사적으로 매달린 것이, 자신이 그저 평범한 대학생이 아니라는 분위기를 담배가 자아내길 바라는 듯하다. 여자의 이름은 한나 아렌트이다.

마지막으로, 20세기 이탈리아에서 가장 위대한 소설가의 사진도 있다. 프로이트의 책을 번역해 그를 이탈리아에 최초로 소개한, 필명이 꽤나 흥미로운 작가 이탈로 스베보Italo Svevo이다. 그는 강박적인 흡연이 현대문학의 엄연한 소재가 될 수 있음을 보여준 걸로도 유명하다. 그가 가히 프로이트적이라 할 만한 자세로 다리를 꼰 채 담배 든 손을 허벅지에 올려놓고 의자에 앉아 있다.

프로이트와 슈나벨, 아인슈타인, 벤야민, 아렌트, 스베보—

그들은 몰랐단 말인가?

흡연이 암 이외에 어떤 힘도, 어떤 평온함도, 어떤 자신감도 주지 않는다는 걸 그들은 몰랐단 말인가?

하지만 이건 내가 묻고 싶은 질문이 아니다. 이것은 내가 진짜 질문을 숨길 때 쓰는 수법이다. 마치 나도 숨기는 게 있어서 그걸 드러내기 전에 독자를 오도할 필요가 있는 것처럼, 혹은 프로이트적 상징주의라는 위장술을 동원해 또 다른 불온한 질문, 곧 프로이트나 아인슈타인의 것이 아닌, 지극히 내 개인적인 걱정과 불안을 반영하는 질문을 슬쩍 끼워 넣는 것처럼 말이다.

그들은 자신이 유대인이라는 사실을 몰랐단 말인가?

바꿔 말해 보자. 유럽 사람 모두가 그런 자세를 취해도 그 사실은 결코 사라지지 않음을, 그들은 결코 통과하지 못할 것임을, 그들 스스로 통과할 거라고 멋대로 단정하기 때문에 반유대주의자들이 그들에게 그토록 치를 떤다는 사실을 그들은 몰랐단 말인가? 비록 남들은 시가를 들고 자세를 취하는 게 아니란 걸 보이려고 시가를 들고 자세를 취한다 해도, 그것이 유대인이 되는 순간, 그 자세는 이중의 자세가 되고, 그럼으로써 일종의 사칭 행각으로 비쳐 모든 반유대주의자들에게 내재된 살인 본능을 불러일으킨다는 사실을 그들은 몰랐단 말인가?

독일인과 오스트리아인, 프랑스인, 영국인이 이렇게 시가를 든 자세에서 위협을 느낀 것은, 유대인이 그 자세를 독일과 오스트리아, 프랑스, 영국의 주류 사회로 편입시켰기 때문만이 아니다. 그런 유대인이 진정으로 위협적인 것은, 그들이 범유럽 문화에 접근한 최초의 사람들이기 때문이다. 더 정확히는 범유럽 문화에 다가간 정도가 아니라 그것을 창조했기 때문이다.

유대인이 범세계적인 유럽 문명에 매료된 것은, 그것이 한 국가의 특정 장소와는 비교도 안 되게 넓은 문을 열어주었을 뿐만 아니라, 제 나라 말을 온전히 쓰지 못하는 상황에서 어떤 것보다 제 나라 말처럼 느껴졌기 때문이었다. 그들이 몇 세대 전만 해도 꿈도 꾸지 못했던 유럽 문명에 가까이 다가갈 수 있었던 것은 순전히 기독교 같은 이교도 문화 덕분이었으므로, 그것을 향한 그들의 사랑은 거역할 수 없는 것이었다. 더욱이 유대인도 기독교 세계의 중심에 다가갈 수 있다는 걸, 더 나아가 기독교인들보다 오히려 그것을 더 잘 이해할 수 있다는 걸 깨닫게 해준 것도 그런 문화들이었다. 미완으로 남은 벤야민의 박사 논문 주제는 종교개혁 이후의 극문학이었다. 벤야민은 16, 17세기의 베네치아 수사이자 오늘날 가장 명징한 트리엔트공의회 역사가로 통하는 파올로 사르피Paolo Sarpi의 천재성을 알아본 몇 안 되는 현대 사상가였다. 한나 아렌트는 기독교도이자 실존주의 철학자인 카를 야스퍼스의 지도 아래 성 아우구스티누스에 관한 박사 논문을 썼다. 백과사전적 지식을 자랑하는 프로이트는 고대 그리스와 로마 시대에 매료되었다. 이탈리아와 슈바벤에 뿌리를 둔 에토레 슈미츠Ettore Schimitz는 자신의 뿌리를 반영할 양으로 필명을 이탈로 스베보로 바꿨지만, 의도했건 아니건 간에 유대인 뿌리를 반영하는 세 번째 이름을 짓는 것은 깜박 잊고 말았다.

목록은 끝없이 이어진다. 범세계적인 유대인이 보기에, 전통적인 유대교나 유대교의 전통적인 보상은 이처럼 심오하고 아찔할 만큼 풍요로운 유럽 문화의 장점이나 보상에 필적할 만한 것이 아니었다. 다시 말해, 베를린, 빈, 파리, 로마, 밀라노, 트리에스테, 런던과 도저히 경쟁이 되지 않았다.

나의 종조부들이 시가 같은 담배를 손에 들고 자세를 취했던 도시는 이런 유럽 문화의 중심지와는 멀리 떨어져 있다. 그럼에도 알렉산드리아 세계에 한 가지 소원이 있다면—75년 동안이나 지속된 소원이었다—그것은 베를린, 빈, 파리, 로마, 밀라노, 런던처럼 되는 것이었고, 그것도 일시에 베를린과 빈, 파리, 로마, 밀라노, 런던이 되는 것이었다. 모르는 사람이 없으니 진부한 말은 반복하지 않겠다. 알렉산드리아는 세계의 모든 종교와 국적이 모여든 도시였고, 모든 종교가 타 종교와 서로 완벽한 조화를 이루며 상생하는 도시였다. 물론 완벽한 조화라는 말은 과장일 수 있지만, 부부가 완벽한 조화 속에서 산다는 말처럼 익살스러운 표현이다. 이런 세계주의는 두 가지 방식으로 존재할 수 있다. 하나는 뉴욕의 방식이고, 또 하나는 알렉산드리아의 방식인데, 달리 말해 각각 민주주의와 제국의 방식이다.

뉴욕에는 상호 인내와 평등한 기회를 규정하는 사회적 가치와 믿음의 체계가 있다. 규정한다는 것이 실행한다는 뜻은 아니지만, 적어도 책에 그렇게 쓰여 있고 또 수많은 이들이 각고의 노력을 기울인 끝에, 그런 가치를 빼앗으려는 자가 있으면 맞서 싸울 것이라는 믿음이 존재한다.

알렉산드리아에는 그런 공유된 가치나 믿음 같은 것이 없었다. 알렉산드리아는 두어 개의 제국, 곧 오스만 제국과 프랑스 제국, 영국 제국의 산물이었다. 제국은 저마다 중심 도시, 즉 널리 흩어진 제국민들이 특사와 이주민을 보내는 중추 도시를 만들어낸다. 그곳에선 정체성을 잃지 않으려고, 혹은 업무를 볼 때 필요 이상으로 상대를 존중하지 않으려고 다양성을 적극 활용한다. 우리가 다양성을 포용하는 까닭은, 다양성이 정체성을 승인하기 때문이다. 그곳에선 모든 이의 언어를 배운다. 그러다 우세 언어에 모국어를 잃지 않는다면, 종국엔 그 자체의 정체성을 부여하는 공통어를 사용하게 된다.

어릴 적 주변에서 본 사람들은 대부분 이민자의 후손이거나 식민주의 사회—이를테면 이탈리아, 시리아, 레바논, 프랑스—하층민의 후손이었다. 그중 많은 이들은 고대 그리스 식민지의 거주민들처럼—식민지의 식민지의 식민지는 아테네나 테베, 코린트 같은 근간 사회와 연결되어 있다고 주장했다—모국이나 고향과 지속적으로 연락을 주고받았다.

한편, 결이 다른 사람들이 있었는데 내 기억으로는 세 부류였던 것 같다. 제1차 아르메니아 대학살 이후 알렉산드리아에 정착한 아르메니아인들과, 이전에도 왔지만 터키 대탈출과 스미르나 대화재 이후 알렉산드리아로 대거 유입된 소아시아의 그리스인들과, 1000년 동안 이미 이집트에서 살아온 수많은 유대인들에 더해 새로운 터전을 찾아 타 지역—우리 가족의 경우는 터키—에서 넘어온 유대인들이 그들이다. 아르메니아인과 그리스인, 유대인 들은 수적으로 우세할 뿐만 아니라 필사적이었기 때문에, 곧 그들에겐 돌아갈 나라가 없었기 때문에 프랑스인들이나 이탈리아인들보다 더 잘 적응했다.

알렉산드리아라는 임시 오아시스에서 그들은, 장부상 이익을 진짜 돈으로 여기는 것처럼, 국적이나 다름없는 종이 시민권을 손에 넣고 특유의 역동성을 만들어냈다. 타지에 사는 이민자들이 모두 그러하듯이 영원히 그곳에서 살게 될 줄은 몰랐지만, 그들은 이 이상적인 범汎폴리스에서 번성했다. 알렉산드리아와 동일시하는 대신, 그들은 하나의 문화를 갖는다는 게 무슨 의미인지 이해할 틈도 없이 유럽 문화와 동일시하는 데 매달렸다.

알렉산드리아의 유대인들은 서구화하면 할수록 독일과 프랑스와 이탈리아에 산재한 유대인들을 그만큼 날카롭게 인식했다. 알렉산드리아의 유대인들도 마찬가지로 유대인이라는 정체성을 버렸는데, 그것은 가상에 가까운 국가 정체성을 통해서가 아니라 그 못지않게 가상에 가까운 범유럽적 정체성을 통해서였다. 기본적으로 유대인에 불과하다는 사실을 보지 않으려고 다른 모든 문화를 상상하듯이, 우리는 우리가 사는 도시를 보지 않으려고 세상의 다른 모든 도시를 상상했다. 모든 걸 고려하면, 우리에게서 결코 앗아갈 수 없는 한 가지가 있다면 그것은 바로 우리의 유대인다움이라는 걸 너무도 잘 알기 때문에—그리고 두렵기 때문에—우리 가운데 일부는 이 모든 별난 움직임을 견뎌낼 수 있었다. 그렇다면 유대인다움은 중심에 단단히 고정된 것일까, 아니면 제자리에서 벗어나 빙글빙글 돌며 영영 궤도 밖으로 나가려는 것일까?

이집트의 유대인 대부분은 유대교를 믿고 유대인이라는 사실을 자랑스러워하지만, 나는 언제나 둘로 갈라져 있었다. 유대인이라서 뿌듯했지만, 다른 한편으론 유대인이라서 그만큼 쉽게 굴욕감을 맛보았다. 기독교도가 되고 싶었지만, 유대인 말고는 다른 존재가 되고 싶은 마음은 없었다. 나는 잠정적이고 불확실한 유대인이다. 유대교가 강 건너편에 있다면, 유대교도들이 동화를 추구하는 내 모습—독신으로 살겠다고 결심한 구혼자의 성실함으로 나는 동화를 추구한다—을 그냥 보아 넘길 수 있다면, 난 유대교를 사랑하는 유대인이다. 온통 유대인이어서 마침내 내가 경계를 풀 수 있는 세상에 살기를 갈구하는 유대인이다. 그런가 하면 비유대인과의 관계에서 나 자신을 정의하는 데 너무나 많은 시간을 허비한 나머지 그런 세상이 와도 어떻게 살아가야 할지는커녕 내가 누구인지도 모를 유대인이다.

내가 꿈꿨던 범유럽이 진정으로 존재하는지, 아니면 결국 유대인의 발명이고 공상에 불과한지 난 지금도 모른다. 그러나 그것은 유럽의 기독교 문학과 이교도 문학을 향한 나의 외곬 사랑을 설명해줄지도 모른다. 내가 어렸을 적에 처음 접했던 책도, 이집트를 떠나 유럽에 발을 내딛자마자 잃어버린 상상의 유럽을 찾으려고 할 때 내가 결국 의지한 것도 그런 책들이었다.

왜냐하면 내가 유럽에 왔을 때 지역적이고 편협하며 옹졸해 보이는 무언가가 있었다면, 그것은 바로 유럽 자체였기 때문이다. 미국은 더 편협했다. 그러나 세상에서 가장 편협한 곳이 알렉산드리아이고, 사람과 장소에서 편협함을 찾아내는 능력이야말로 편협한 사람—이를테면 유대인이라면 모두 마음속에 품고 다니는 그곳, 어두운 고국의 어두운 마을의 어두운 골목길로 다시 빨려 들어가지 않을까 싶어 세계주의의 크고 작은 증거를 갈구하는 사람—의 가장 확실한 증거라는 사실을 마침내 깨달은 것도 미국에서였다. 우리는 우리의 책들과, 우리의 수많은 언어들과, 우리의 관대함과, 적응을 위해 우리의 정체성을 거부할 능력과, 우리의 빠른 차와, 우리의 작은 시가와, 심지어 가장 불온한 역설—우리가 유대인으로 사는 법을 더 이상 알지 못한다는 걸 감추기 위한 위장물이므로 그것들이 필요하다는 사실—과 문제없이 살아갈 수 있음을 보여주는 의지도 필요했다.

이런 역설에 대해 쓰고 있자니, 「전도서」가 지극히 알렉산드리아의 책인 것처럼 나 역시 지극히 알렉산드리아의 방식으로 세계주의자라는 생각이 든다. 종국에도 그렇겠지만 애초에 알렉산드리아에서 세계주의자로 산다는 것은 온갖 모순을 안고 산다는 것을 의미하기 때문이다. 하지만 조금만 더 깊이 생각해보면, 이런 역설 없이는 나는 엉뚱한 곳에 와 있는 낯선 사람에 불과하고, 알렉산드리아에 사는 세계주의자 유대인에게는 이런 역설이 곧 안식처라는 사실을 쉽게 파악할 수 있을 것이다.

그렇다고 과도하게 낭만화하지는 말자. 역설이 삶의 방식이 될 때 그것은 우리를 소외시킨다. 곧, 자기 민족과 자기 고국, 두 번째 세 번째 고국, 결국엔 자기 자신으로부터 자신을 낯설게 만들어 버린다.

율리시스처럼 그 무엇도, **그 누구도** 되지 못한다.

시가를 든 율리시스는 새 집을 찾았다고 생각하는 '로터스를 먹은 사람『오디세이』에서 로터스를 먹은 사람들은 망각의 세계에 빠져 귀향할 생각을 잊는다'이다.

그러니 다시 프로이트의 시가로 돌아가, 내가 내내 이야기한 시가가 남근 상징물이라고—이런 걸 몹시 싫어하기에 주저하며 이 말을 꺼낸다—제안해 보자.

그러나 니체가 말했듯이 이것은 이야기를 들려주기에 앞서 도덕적 가르침을 먼저 주는 격이다.

그러니 예를 하나 들어보자.

학생의 97퍼센트가 이슬람교도인 이집트 학교에서(나머지 3퍼센트는 기독교도였다) 유일한 유대인 남자아이였던 나의 경험에서 나온 이야기이다. 수영 수업을 앞두고 나는 선생님에게 몸이 안 좋다고 말한다. 두려움이란 게 그런 조화를 부리기도 하니, 난 그때 진짜로 몸이 아팠을 것이다. 이유를 찾기란 어렵지 않다. 친구들 앞에서 옷을 벗고 싶지 않았던 것이다. 옷을 벗으면 내가 가톨릭 신자라고 생각한 가톨릭 친구들에게, 또 내가 그리스 정교회 신자가 아닐까 늘 긴가민가한 그리스 정교회 친구들에게, 또 매주 이슬람 수업에 참석한 유럽 아이는 내가 유일했으므로 곧 이슬람으로 개종할 것이라고 믿은 이슬람 친구들에게 내가 가짜라는 게 들통날 것이기 때문이었다. 유대인이라는 생각이 별로 들지 않아도, 유대교는 몸에—이 표현을 양해해 주시길—새겨져 있는 법이다. 마치 유대인의 정체성에 대해 아무리 뭐라 뭐라 떠든다 하더라도 평생 그 낙인을 뗄 수 없다는 걸 분명히 하기라도 하듯. 유대인에게도, 그 누구에게도 의심의 여지가 없다. 그러나 엘리자베스 여왕 시대와 제임스 1세 시대 극작가들에겐 주지의 사실이었듯이, 그것은 사칭범의 비극이다. 사칭범은 홀로 있을 때조차도 자신의 진실이 어디에 있는지 알지 못한다. 이런 역설을 인식한 다 해도 그가 해결할 수 있는 것은 아무것도 없다.

그런데 내가—매사에 양면적인 사람이 나라면 이 세상에서 나만큼 양서류적 인간은 없을 것이므로, 평생을 물속에서 보내고 싶을 만큼 바다와 해변을 사랑하는 내가—수영 수업을 싫어하게 된 연유를 친척 몇에게 설명하자, 그들은 사뭇 다른 이야기를 들려주었다. 아르메니아 대학살 동안 터키인에게 아르메니아인이 아니냐는 오해를 받은 유대인은 바지를 내려 보이기만 하면 목숨을 부지할 수 있었다는 것이다.

그러니 이제 단독직입으로 몇 가지 질문을 해보도록 하자. 이 질문들의 목적은 답을 도출하기 위함이 아니라, 범세계적 도시 알렉산드리아 출신 작가인 내가 범세계적 세상에서 유대인의 정체성이라는 질문을 앞에 놓고 얼마나 혼란스러워하는가를 보여주기 위함이다. 이 목적을 위해, 프로이트가 남근 상징물을 손에 들고 있다고 잠시 가정해 보자.

프로이트는 남근 상징물로 무엇을 말하려는 것일까? 유대인을 붙잡고 "신사, 숙녀 여러분, 이것 좀 보시오. 난 뼛속까지 범세계주의자일지 모르지만, 내가 유대인이라는 사실을 한 순간도 잊은 적이 없어요. 그러고 싶은 생각은 더더욱 없습니다"라고 말하는 것일까?

아니면 정반대의 말을 하려는 것일까? "여기 좀 보시오, 그리고 유심히 살펴보시오. 난 유대인이 아니고 과거에도 그런

적이 없다는 증거가 바로 여기 있어요."

혹은, "여러분이 이걸 생각해낼 줄 알았으면 질문을 제기하도록 내가 내버려둘 것 같습니까?"

그도 아니면, 전혀 다른 이야기를 하려는 것일까? 이를테면 "이건 그냥 시가에 불과해요. 달리 생각할 사람은, 프로이트를 전혀 이해하지 못하고 유대인으로 사는 것에 대한 불안을 한 번도 직시하지 않은 알렉산드리아 출신의 유대인밖에 없을 겁니다. 이건 그러니까, 여러분, 나보다 여러분 자신에 대해 더 많은 걸 말해줍니다."

나 같은 유대인들이 세상에 존재하고, 그들은 혼자가 아니며, 모든 유대인은 나와 같을 거라는 미망을 품을 수만 있다면, 난 1초의 망설임도 없이 그가 옳았다고, 이 모든 것은 나처럼 주저하는 유대인을 세계 곳곳에서 발견하기를 목마르게 갈구하는 나와 나의 주저하는 유대교에 대한 이야기라고 말할 것이다. 모든 유대인은 또 다른 외로운 유대인이므로, 게토 밖으로 나가는 순간 어떤 유대인도 진실로 유대인일 수 없고, 유대인에겐 디아스포라가 깊게 각인된 탓에 유대인이 아닌 체하는 것이야말로 스스로 유대인임을 알 수 있는 가장 확실한 길이므로, 그리고 이젠 그들이 자유의 몸임을 환기시키는 이 낯설고 새로운 세상에서, 영영 어둠 속에 숨어 다른 유대인에게 이렇게 외치길 간절히 원하는 유대인이 여전히 있으므로. 스 시 네 파 웡 시가르Ceci n'est pa un cigare. 이건 시가가 아니야.

문학 순례는 과거로 나아간다

작가로서 나 자신을 파악하려고 할 때면, 치과의사가 어느 날 내 어금니에서 전혀 생각지 않은 제4신경을 제거하고 나서 외친 한마디가 늘 머릿속에 떠오른다. 작가로서 난 치과의사가 말한 "숨은 신경"을 가지고 있을까?

모든 작가에겐 비밀의 방으로 명명한 숨은 신경이 있지 않을까? 그들의 문장을 휘젓고 이리저리 나아가게 하면서 돌게도 하고, 비록 그들의 문체나 목소리, 또는 숨길 수 없는 별난 특성보다 더 깊이 숨어 있어도 서명처럼 그들의 문장을 알아보는, 더 이상 쪼갤 수 없는 그들만의 것.

숨은 신경은 작가의 모든 것이다. 개인 회고록의 시대에 자신을 말하는 작가는 모두 그것을 드러내길 원한다. 그런가 하면 마치 겉싸개로 겹겹이 싸매야 하는 깊고 수치스런 비밀이기라도 하듯, 작가는 그것을 회피하고 가장하는 법을 가장 먼저 배운다. 어떤 작가는 타인의 시선은 물론이고 자신의 시선으로부터 이 신경을 가렸다는 사실조차 깨닫지 못한다. 또 어떤 작가는 유치하게도 고백을 자기 성찰로 착각한다. 약은 축에 속하는 작가들은 독자를 오도할 요량으로 매혹적인 지름길이나 에움길을 열어놓는다. 글을 쓸 때 비밀의 신경을 드러내는지 숨기는지 저 자신도 확실히 모르는 작가들도 있다.

난 어느 쪽에 속하는지 모르겠다.

하지만 겉싸개라면 내 것을 단박에 알아볼 수 있다. 바로 장소이다. 내면의 여행을 시작할 때면 난 장소에 대해 쓴다. 사랑이나 전쟁, 고통, 잔혹함, 힘, 신, 혹은 나라에 대해 쓰면서 그렇게 하는 작가들도 있다. 난 장소, 다시 말해 장소의 기억에 대해 쓴다. 내가 사랑했다고 하는 알렉산드리아라는 도시에 대해 쓰고, 돌아가고 싶은 사라진 세계를 상기시키는 다른 도시들에 대해서도 쓴다. 난 망명과 기억과 시간의 흐름에 대해 쓴다. 비록 과거를 잊고 외면하기 위함일지도 모르지만, 난 과거를 되찾고 보존하고 그곳으로 돌아가려고—그런 것처럼 보인다—쓴다.

그럼에도 내 숨은 신경은 어딘가 다른 곳에 있다. 그것에 보다 가까이 다가가려면, 나 말고 다른 사람은 모두 자기 집과 공간을 가진 것 같고, 무엇을 원하는지, 자신이 누구인지, 앞으로 어떻게 살지 명확히 아는 것 같은, 그런 임시 거처에서 느끼는 상실과 혼란을 써야 한다.

그러나 나의 알렉산드리아 사람들은 어디에 서 있든 발을 디딘 지반이 불안하다. 그들은 눈앞에서 빙빙 도는 실세계에서 자신들은 이방인에 불과하며 그곳에 대한 권리가 없다는 복잡한 생각을 하면서, 시간대와 삶의 열정과 충성과 억양을 바꾼다. 그럼에도 이 두 번째 겉싸개를 벗겨 보라, 그러면 또 다른 겉싸개가 나올 것이니.

나는 장소와 추방에 대해 쓰기도 하지만, 진실로 쓰고자 하는 것은 분산과 회피와 양면성이다. 주제가 아닌, 내가 쓰는 모든 것의 움직임으로써 말이다. 나는 로마를 상기시키는 뉴욕의 작은 공원들과, 뉴욕을 연상시키는 파리의 작은 공원들, 결국 나를 알렉산드리아로 안내해줄 세상의 많은 장소에 대해 쓸 것이다. 하지만 이렇게 교차하는 궤적은 내가 매사에 얼마나 산만하고 분열된 사람인지를 보여줄 따름이다.

분산이니 회피니 하는 단어를 직접 언급하진 않을 것이다. 대신 나는 그 주위를 에둘러 쓴다. 거기에서 멀리 떨어져 쓴다. 어떤 이들이 외로움과 죄책감과 수치심과 실패와 배신을 정면으로 응시하지 않으려고 그 주위를 에두르며 쓰듯, 난 그것에서 떨어져 쓴다.

양면성과 분산은 나의 내면에 너무 깊숙이 들어와서, 내 집으로 명명하기로 작정한 장소를 좋아하는지 나도 잘 모를 정도이다. 아무도 보는 사람이 없을 때, 나라는 작가, 나라는 사람을 내가 과연 좋아하는지 잘 모르듯이. 그럼에도 글을 쓰는 행위는 홀로 공간을 찾고 집을 짓는 나의 길이고, 베네치아 사람들이 나무 말뚝을 박아 침식대지를 다지는 것처럼 무형의

독자님, 안녕하세요. 마음산책입니다.

"네 이름으로 나를 불러줘. 내 이름으로 너를 부를게." 영화 〈콜 미 바이 유어 네임〉의 원작 소설, 안드레 애치먼의 『그해, 여름 손님』의 문장은 정체성인 '이름'으로 서로를 부를 만큼의 깊은 사랑을 표현합니다. 국내에 처음 출간되는 애치먼의 산문집 『알리바이』를 편집하면서도 작가의 이름 표기 때문에 고심했는데요. 애치먼이 이집트 알렉산드리아에서 태어난 터키계 유대인이면서 로마, 뉴욕에서 망명 생활을 했고 다양한 언어를 썼기 때문이지요. 작가 자신도 어떤 언어로 이름을 써야 할지 모르겠다고 토로할 정도입니다. 이처럼 다양한 이름을 가진 그는 과거를 돌아보며 자신의 혼란스럽고 상실된 정체성에 대해 말합니다. 이를테면 유년 시절을 보낸 알렉산드리아를 떠올리면서 도시 자체가 아닌, 바다 건너 유럽에 대한 상상과 갈망을 그곳에 덧씌웠던 기억을 그리워하지요. 실재와 상상, 시공간이 뒤섞이는 기억을 세심하게 살피면서 그는 자아의 흔적들을 찾습니다. 책 제목 '알리바이'는 라틴어로 '다른 곳에'라는 뜻입니다. 다른 곳에서, 다른 존재를 항상 꿈꾸었던 안드레 애치먼의 이야기가 아름다운 문체로 펼쳐집니다.

마음산책 드림

축축한 세상을 종이 위에 세워 올리는 나의 길이다.

난 내 삶에 형태와 이야기와 연대기를 부여하려고 쓴다. 그에 더해, 나는 운율적인 산문으로 느슨한 끝을 봉하고, 윤기가 없어 보이는 곳에는 빛을 더한다. 비록 원하는 만큼 잠정적이지도 양면적이지도 않고 그저 현실적이기만 한 세계에서 멀찌감치 떨어지려고 글을 쓰지만, 난 실세계에 손을 내밀려고 쓴다. 결국 내가 좋아하는 건 세상이 아니라─그랬던 적이 단한 번이라도 있을까─세상에 대해 글을 쓴다는 사실이다. 내가 누구인지 알려고, 곧 나 자신을 피하려고 난 글을 쓴다. 세상에서 늘 한 걸음 떨어져 있지만, 그렇게 말하는 걸 좋아하게되었으므로, 난 쓴다.

그리하여 난 신화 속 역설의 고향 알렉산드리아로 돌아간다. 그러나 알렉산드리아는 알리바이, 거푸집, 구조물에 불과하다. 알렉산드리아에 대한 글쓰기는 심리적 혼돈에 지리적뼈대를 부여한다. 알렉산드리아는 이러한 혼돈 상태에 내가붙인 별칭이다. 내밀한 글을 써 달라는 청탁을 받으면, 난 자동적으로 알렉산드리아에 대해 써내려간다.

디아스포라와 **강탈**에 대해 쓰겠지만, 거짓말이 진실을 표면에 떠오르게 하듯, 이런 거창한 말은 나의 내적 이야기를 견고하게 한다. 내가 **망명**이라는 단어를 쓰는 것은, 그것이 옳은 단어라서가 아니라 보다 내밀하고 고통스럽고 어색한 어떤 것, 곧 나 자신으로부터의 망명─내가 너무도 쉽게 다른 곳에서 다른 사람을 사랑하며 다른 삶을 사는, 다른 사람이 될 수 있었다는 점에서—에 근사하기 때문이다.

내가 장소에 대한 글을 계속 쓴다면, 그것은 몇몇 장소가 나 자신에 대한 글을 쓰는 암호화된 방법이기 때문이다. 나처럼 그 장소들은 항상 어딘가 구석이고 고립되고 불확실하고 대도시 한복판에 위태롭게 내던져져 있다. 알렉산드리아의 대역일 뿐 아니라 나 자신의 대역인 장소들. 나는 그곳들을 지나면서 나를 생각한다.

몇십 년 전으로 시계를 돌려보자.

1968년 10월, 뉴욕에 막 도착했을 때이다. 아침 공기가 차다. 뉴욕에서 맞는 2주째다. 링컨센터 우편물실에서 일자리를 구한 참이다. 당번 시간인 오전 10시 30분, 광장은 텅 비고 분수는 조용하다. 이곳에서 매일 나는, 고요한 농장 길가를 따라 집 멀리까지 어머니와 긴 산책을 가던 유년 시절의 한 자락을 떠올린다.

그 기억에는 어딘가 차분하고 평온한 데가 있다. 매일 아침 밖에 나가 맨해튼의 찬 공기를 들이마시면, 그 농장의 아침과, 긴 산책 동안 내 손을 잡았던 손에 대한 기억이 떠오르리라는 걸 난 안다.

그로부터 20년도 더 지난 때로 시계를 빨리 돌려보자. 1992년이다. 따뜻한 여름날 정오 무렵, 그때껏 사무원으로 일하는 어머니를 모시러 60번가로 간다. 어머니와 나는 브로드웨이에서 과일과 샌드위치를 사서는 링컨센터 내 댐로시공원으로 걸어가 그늘진 돌 벤치에 앉는다. 이따금 두 살배기 아들을 데리고 갈 때도 있는데, 아들은 이리저리 돌아다니면서 한 숟가락 받아먹고는 평지보다 높게 만든 화단 사이로 숨으러 달아난다.

점심 식사가 끝나면 어머니를 다시 사무실로 모셔다 드린다. 작별 인사를 하고 아들과 나는 단테상이 있는 작은 공원 맞은편에서 버스를 타러 브로드웨이로 걸어간다. 파올로와 프란체스카, 잔인한 지안치오토, 망명자 파리나타, 자식들과 함께 굶어 죽은 우골리노 백작에 대한 이야기를 아들에게 들려준다.

단테상을 보면 그때 아들에게 들려주었던 이야기가 지금도 떠오른다. 그 공원과, 그 후 내가 글로 썼던 다른 작은 공원들과, 어머니에게 칠순이 넘도록 그런 일을 하게 하고 어머니에겐 분명 너무 더웠을 날에 거리를 걷게 한 것에 대해 아들로서 느꼈던 죄책감과, 이집트에서의 삶을 회고록으로 쓰겠다고 풀타임 베이비시터를 고용한 일과, 난 글 쓸 시간을 빼앗기는 것 같아 은근히 부아가 치밀었건만 점심때에 아들을 데리고 나가면 쉴 시간이 생긴 베이비시터가 그렇게 좋아하던 일도. 그 여름과 또 늦게 왔다고 어머니가 못마땅해 할 때마다 내가 신경질적으로 대꾸하던 일도.

어느 날 점심 식사 중에 화를 참지 못해 어머니를 울리고는 집으로 돌아가, 어머니가 알렉산드리아의 집 발코니에 앉아 담배를 피우던 모습과, 내가 정학 당했다는 소식을 누군가에게서 전화로 전해 듣고는 날 데리러 학교로 온 날, 어머니의 머리칼이 바람에 날리던 모습을 글로 썼다. 우린 역 이름을 하나씩 대면서 전차를 타고 시내로 갔다.

링컨센터에서 보낸 그 더운 여름날 오후를 되돌아볼 때면 난 두 명의 소년, 곧 나와 나의 아들을 동시에 보고, 두 명의 어머니, 곧 90년대 초반 그 여름날에 점심을 먹던 어머니와 약 25년 전 농장 길가를 따라 걷던 내 기억 속 어머니를 동시에 본다. 그러나 댐로시공원 돌 벤치에 앉은 모습으로 선명하게 각인된 어머니는 나와 함께 전차를 타고 가던 어머니이기도 하다. 역 이름을 하나씩 나열하는 동안 근심 없이 평온하면서도 열정에 넘치던, 햇빛을 받아 환하게 빛나던 어머니의 얼굴.

전차역 이름을 댔다는 건 사실이지만, 그날 어머니가 학교에 왔다는 건 꾸며낸 이야기이다. 그건 중요하지 않다. 그 장면의 숨은 신경은 다른 곳에 있기 때문이다. 다시 말해 난 그날 집에 남아 글을 쓰고 싶었고, 어떤 어머니를 쓸지 나도 모르는 상황에서 어머니가 다시 젊어지기를, 내가 다시 어린 아들이 되기를, 어머니도 나도 이집트를 떠나지 않았기를, 아니 이집트를 떠난 사실에 감사해 하기를 바랐던 것이다.

그건 아마도 그날 어머니를 일터에서 구하지 못한 사실과 관련이 있을 것이다. 대신 난 그것을 어머니가 날 학교에서 구한 내용으로 바꿔버렸다. 또는 순전히 꾸며낸 이야기가 카타

르시스를 준다든지 혹은 거짓말이 기억의 무게로부터 마음을
정화시킨다든지 하는 걸 믿지 않으려는 마음과 관계가 있을지
도 모르겠다.

어떻게 알겠는가. 어쩌면 글쓰기가 열어젖힌 평행 우주로,
우리는 모든 소중한 기억을 하나하나 옮겨 원하는 대로 재배
치하는 것인지도 모른다.

어쩌면 그래서 모든 회고록 작가들이 거짓말을 하나 보다.
실제로도 진실을 바꾸고 싶어서 우린 종이 위에서 진실을 바
꾼다. 삶을 보다 잘 이해하고, 진정 우리의 것이라 할 수 있는
삶을 살기 위해, 우린 과거를 꾸며내고 대체 기억을 만들어낸
다. 삶을 있는 그대로 보기 위해서가 아니라, 타인이 봐주길
바라는 대로 삶을 보기 위해, 그래서 타인의 시선을 빌려 우리
의 눈이 아닌 그들의 눈으로 삶을 바라보기 위해 우린 삶에 대
해 쓴다.

우리가 삶의 이야기를 이해하고 견디고 궁극적으로 아름답
게 느끼는 것은 바로 그때가 아닐까 싶다. 삶이 아름다워서가
아니라, 삶의 결점을 보고, 삶의 결점이라는 게 용서받을 수
없는 것임을 알고, 그럼에도 매일 못 본 척 시선을 돌리는 법
을 배우는 것이 아름다운 삶의 기준인 까닭이다.

반사실적 여행자

돈과 이동 수단 이외에 여행자에게 필요한 것은 호기심이다. 처음이건 아홉 번째이건 보고 듣고 경험하기를 원해야 한다. 저 광경, 저 강, 이런저런 작은 마을, 먼 곳에 사는 사람들의 낯선 삶의 방식, 이 식당, 저 언어, 외딴 섬으로 가 눈을 감고 평온한 이국 해변에 취하는 황홀감까지─호기심 없이는 이것 중 어느 하나도 즐길 수 없다. 사업상이든 즐거움이든 둘 중 하나를 위해 여행한다는 건 맞는 말이다. 그러나 아무리 무정한 사업가라 하더라도 때론 검게 선팅한 리무진에서 고개를 들고 한낮의 콜로세움을 돌아보면서 "이렇게 아름다운 봄날에 저 아치 아래를 걸을 수 있다면 얼마나 좋을까"라고 말할 것이다. 그날 밤 로마의 전설적인 밤 향기를 맡으려고 애쓰면서 트라스테베레Trastevere 지역의 좁은 골목길을 배회할지도 모를 일이다. 즐거움을 위해 여행하는 사람에게는 답이 더없이 명확하다. 곧, 즐거움을 찾으리라는 기대는 호기심으로 더욱 강렬해진다.

여행의 본질을 논할 때 말을 꺼내기 민망할 만큼 사소하고 명백해서 간과하는 것이 있으니, 어떤 여행이든 어딘가에서 시작해야 한다는 것이다. 여행자는 한 나라를 떠나 다른 나라로 간다. 비행기는 한 공항을 이륙해 다른 공항에 착륙한다. 대부분의 온라인 예약 사이트가 왕복표를 기본으로 설정한다는 사실은, 출발지가 도착지의 그림자 짝과 같음을 시사한다. 출발지와 도착지는 달라야 하고—그것도 꽤 달라야 한다—그 차이는 모든 여행에 목적을 부여한다. 이 차이가 없다면 호기심도 여행도 여행자도 없다. 집은 여행 경로를 설정한다. 여행이 끝나면 되찾을 것임을 알기에 우리는 집을 뒤에 남겨 놓고 떠난다. 떠남을 안전하게 만들어주는 것도 집이다. T. S. 엘리엇을 인용하면, "끝은 곧 시작"이다. 오디세이는 그저 너무 오래 걸린 왕복 여행이다.

반면, 유목민이나 집시의 여행은 전연 다른 범주에 속한다. 유목민들은 세상을 유랑하지만, 그들의 이동은 호기심이 아닌 실제적 생존에 의해 추동된다. 그들은 여행의 시작이 어디인지 기억하지 못하는 만큼 여행의 끝이 어디인지도 모른다. 오는 여행이 없기에 가는 여행도 없다. 그들에겐 되돌아올 곳이 없다. 여행은 집이 되고, 뭔가 일이 틀어지면, 예배하고 빨래하고 음식을 구하는 장소부터 잠자리와 죽을 자리까지 모두 단절된다. 유목민이 예전과 똑같은 장소에 천막을 친다면, 그것은 추측하건대 우연이거나 혹은 편리함 때문이다. 물질적 이해와 무관하게 특정 장소로 돌아간다든지 한 장소를 다른 장소보다 귀히 여긴다든지 하는 것은, 용어 모순이 아니라면 사치로 보인다. 유목민은 그런 것에 관심이 없다.

망명자의 경우에는 호기심과 무관심을 뒤틀어 엮고 한데 뒤섞으면, 내가 어떻게 (혹은 왜) 여행하는지 알게 될 것이다.

나는 이집트 알렉산드리아에서 망명했다.

유목민처럼 망명자는 돌아갈 집이 없다. 제집을 잃은 자이다. 집은 더 이상 그곳에 없고 이제 돌아갈 곳은 없다. 이타카가 지진으로 송두리째 무너져 내려 아는 사람은 모두 죽었다는 소식을 오디세우스가 막 전해들은 격이다. 그러나 유목민과 달리 망명자는 노숙 상태로 체념하지 않는다. 왕복표를 잃어버린 여행자처럼 끝없는 이동은 망명자에게 낯선 일이다. 망명자는 임시 휴게소가 아닌 집을 원한다. 하지만 집을 잃은 지금, 새 집을 찾아 어디로 가야 할지 전혀 아는 바가 없다. 그는 새 집을 "골라야" 하는 상황 자체를 경계한다. 피부색을 고를 수 없듯이 집을 고르는 것도 불가능하지 않을까? 살 곳을 지을 수는 있다. 하지만 그것이 과연 집일까? 어디를 여행하든 그는 주위를 아쉬운 눈빛으로 쳐다보며 '내가 기억하는 건 이런 게 아니야'라고 마음속으로 생각한다. 그러고는 태평양을 한 번 흘낏 보며 함께 여행 온 친구에게 말한다. "정말 근사해. 그렇지만 지중해가 아니야. 낯설 뿐이야." 그는 새롭고 낯설고 색다른 것을 찾으라는 여행의 제1규칙을 참을 수 없다.

"당연히 이상하고 낯설지"라고 친구가 대꾸한다. "익숙한 게 좋으면 집에 있지 그랬어."

하지만 그게 바로 문제이다. 집이 없다는 것.

집은 다른 곳 어딘가에 있다.

또 다른 말로 하자면, 집은 시간 속 어딘가에 있다. 망명자들이 온통 **'예전에', '다른 곳에'**라는 말로 도배된 걸 좋아하는 까닭이다.

미국에서 태어나 자란 아내는 여름에 망명자와 함께 유럽에 간다. 아내는 이런저런 기념물을 유심히 바라본다. 난 기념물을 견딜 수 없다. 아내는 그림처럼 아름다운 언덕 위 작은 도시를 보면 들르길 원한다. 난 그림 같은 언덕 위 작은 도시에는 관심이 없다. 교회와 박물관을 들러보는 아내는 지칠 줄 모르는 호기심의 소유자다. 난 무관심의 화신이다. 아내와 난 같은 거리를 걷지만, 맞은편 인도로 서로 떨어져서 걷는 게 나을지도 모른다. 아내는 생전 처음 보는 걸 발견하면 반색하고, 난 예전부터 알았던 것에 발을 내딛으려고 안달이다.

아내는 새롭고 낯선 것을 갈구한다. 난 오래되지 않은 건 질색이다. 아내는 집을 상기시키는 거라면 얼른 외면한다. 난 집의 파편을 발견하면 얼른 줍는다. 아내는 길을 잃는 걸 좋아하고, 난 여전히 내 길을 찾지 못했다.

내가 호기심을 느끼는 것은 전혀 다른 동기가 발동할 때이다. 아내의 동기가 상상력을 자극하는 것이라면, 나의 동기는 기억을 자극하는 것이다. 우리는 같이 그러나 따로 여행한다.

난 잃어버린 이타카를 기억하길 원하고, 아내는 새로운 세상을 좇는다. 지중해 도시를 방문할 때마다 난 내가 아는 것, 혹은 기억한다고 믿는—그러나 이조차 더 이상 확실하지 않다—것, 다시 가보고 싶다고 생각하는 것에 가까이 다가가야 한다. 그렇지 않으면 여행하지 않는 편이 더 낫다. 나는 외국 도시의 거리를 걸으면서 상상의 이정표—평행의 장소를, 시간의 어딘가에 있는 그림자 시간대를 가리키므로 내겐 실재하는, 비실재의 이정표—를 보는 게 좋다.

아내는 이 모든 걸 지켜보면서 내게 끌고 가는 "짐"을 내려놓으라고 말한다. 아내 말이 옳다는 걸 안다. 때론 아내와 함께 낯선 거리를 걸으며—흔히들 말하듯—절충점을 찾으려고 한다. 별 개성 없는 동네에서 별 감동 없는 주택을 올려다보며 난 자문한다. "이 도시는 올 만한 가치가 있었을까?" 대신 "여기서 살 수 있을까?"라고. 난 집을 탐색하고, 아내는 호텔에 만족한다.

수년에 걸쳐 우린 불완전하나마 타협점을 찾았다. 내가 잃어버린 시간을 찾아 여행하는 대신, 상상의 미래를 찾아 여행하는 것으로. "저 언덕 위 작은 도시가 그림처럼 아름답지 않아?"가 아닌 "여기서 살게 될까?"라고 말하는 것으로 난 "접속"한다.

"저 층계참을 뛰어 내려와 친구들과 영화관에 가는 어린 나를 보게 될까?"

"저 모퉁이 빵집에 내일 아침 갓 구운 빵을 보내달라고 하게 될까?"

"식구들과 다함께 긴 점심을 먹으려고 그릇을 달그락대는 소리가 들릴까?"

그러나 **'여기서 살게 될까?'**라는 질문은 또한 '여기서 살 수 있었을까?'라는 비밀스럽고 매우 불안한 질문을 낳는다.

내가 주변 세상과 "접속"하는 것은 오직 이런 질문들을 할 때이므로, 난 이 두 질문을 가지고 노는 걸 좋아한다.

이런 에움길과, 상상의 미래에서 과거의 기억을 회복하리라는 희망을 통해, 난 안전지대로 불리는 곳에 가장 가까이 다가가 그곳을 임시 거처라고, 가짜 집이라고 부른다. 문법학자들은 이런 과거와 미래의 혼합을 불완전 조건법—**반사실적 조건법**으로 알려진—으로 부를지도 모른다. 그러고 보니 난 반사실적 여행자이다. 난 세상을 보러 여행하지 않는다. 난 비실재적 도시에서 비실재적 시간을 찾아 떠난다. 남들처럼 내가 여행의 즐거움을 느낄 때는 가상의 현재 집과 과거 집과 미래 집을 찾을 때뿐이다. 그것은 한곳에서 잃어버린 것을 다른 곳에서 찾는 반직관적이고 도치된 즐거움이고 위임된 즐거움이며 인위적인 대리 즐거움이다.

그렇지만 조금만 더 깊이 들여다보면 그것은 상상의 즐거움이 아니다. 그것은 너무도 현실적이고 짜릿한 즐거움이라서,

전혀 예상치 못한 감정을 불러일으킨다. 관심이 전혀 없었던 이 새로운 곳에 마음이 끌리지 않을까 하는 두려움, 그리고 열정도 욕망도 호기심도 없이 찾아갔지만 결국 돌아올 땐 마음에 품고 싶었던 그곳을 그리워하지 않을까 하는—보다 날카로운—두려움. 오래지 않아 난 이 두려움 뒤에, 사랑이라는 단하나의 이름으로 불리는 것이 있음을, 망명자든 여행자든 유목민이든 우리를 부지불식간에 사로잡는 것은 언제나 사랑임을 깨닫게 되었다. 델 듯이 뜨거운 날에 황량한 도시를 걸으면서 몇 년 후의 빤한 여행 일정을 짜다 말고 문득 이것이 사랑인가? 하는 생각이, 언제나처럼 에둘러서 떠오른다. 빈손으로 온다고 생각했을 때 우리 손에는 사랑이 들렸음을, 다른 사람들은 정면을 응시하면서 찾아낼 때 어떤 이들은 길고 복잡한 에움길을 거쳐 실재를 찾아냄을.

로마의 시간들

오늘 또다시 책상에 놓인 작은 칼을 바라본다. 몇 달 전 캄포데피오리Campo de' Fiori에서 산 것이다. 나는 칼과 롤빵을 산 뒤 조용한 곳을 찾아 코르다가Via della Corda를 지나 파르네세광장Piazza Farnese 돌단에 앉아 프로슈토 벨 파에제 치즈 샌드위치를 만들었다. 파르네세궁전으로 가는 길에 거리 분수가 눈에 띄기에 프루티벤돌로fruttivendolo. 과일 가게에서 산 머스카텔 포도 송이를 씻었다. 새로 산 칼도 씻고 분수에 얼굴도 담글 겸 상반신을 앞으로 숙이는데, 로마에서 보낸 수많은 날 중에, 바로 이 순간이 가장 기억하고 싶은 순간일 거라는, 그리고 로마의 여름답게 청명한 날 정오 무렵 도시에 내려앉은 따듯하고 친밀한 느낌이 이 싸구려 칼―원래는 그날 쓰고 바로 버릴 생각이었지만, 집으로 가지고 가기로 마음을 바꿔 먹었다―에 새겨져 있다는 생각이 문득 들었다. 그것은 내게 단어의 형태로 밀려왔다. 오직 한 단어, 6월, 그러므로 1년 중 가장 온화한 날의 날씨와 도시와 분위기를 포착하기에 더없이 좋은 단어, 그것은 평온serenity이었다. 이탈리아인들은 날씨와 하늘, 바다, 사람을 묘사하는 데 시리노sereno라는 단어를 사용한다. 그것은 고요하고 맑고 청명하고 평화롭다는 뜻이다.

나른한 황토색 벽이 정오의 햇살을 받아 환히 빛날 때, 로마에서 느끼고 싶은 것은, 또 로마가 느끼는 것은 바로 이것이다. 로마의 첸트로 스토리코centro storico. 역사적 중심지인 캄포마르지오의 구불구불한 골목길로 다시 들어서기에 앞서, 눈부시게 빛나는 오래된 분수가 어서 이리로 와 손을 담그고 얼굴에 물을 끼얹으면서 잠시 쉬었다 가라고 손짓할 때.

토끼집처럼 복잡한 오래된 골목길은 수 세기 전으로 거슬러 올라가고, 르네상스 시대 난투극과 복수, 살인은 지금 거리를 활보하는 예술가와 사기꾼, 멋쟁이만큼이나 흔한 것이었다. 샴쌍둥이처럼 서로에게 기대는 법을 터득한 기울어진 건물들이 늘어선 거리에선 슬레이트와 진흙과 오래되고 축축한 석회석 냄새가 난다. 장인 가게에서 배어나오는 목공 접착제와 송진 냄새는 시간을 초월한 이 지역 작업장의 존재를 환기한다. 그 이외엔 정오를 지나자 거리는 죽은 듯이 조용하다. 종소리와 이따금 들리는 망치 소리, 돌아가기가 무섭게 멈춰 버리는 선반기나 전기톱 소리를 제외하면, 폴베로네가Vicolo del Polverone와 퀘르치아광장Piazza della Quercia에서는 이탈리아 전역에서 점심을 먹고 있음을 알리듯, 간간이 몇몇 집에서 접시들이 부딪히는 소리가 들릴 뿐이다.

라르고델라모레타Largo della Moretta 안으로 몇 발자국만 들어가면, 길가를 따라 늘어선 숨은 안식처에서 풍기는 볶은 커피의 서늘한 향이 돌연 코를 자극한다. 이곳의 안식처들─작은 순례지 같은, 혹은 첼리니Benvenuto Cellini부터 〈토스카〉의 안젤로티에 이르기까지 도피 중인 자들이 몸을 숨길 곳을 찾아 뛰어든 수많은 교회 같은─에는 제각기 오래된 전설이 있다. 카페로자티Caffè Rosati, 카페카노바Caffè Canova, 카페그레코Caffè Greco, 카페산테우스타키오Caffè Sant' Eustachio, 안티코카페 델라파체Antico Caffè della Pace─뜨거운 커피와 레몬 얼음이 서로 잘 어울리듯, 그늘을 구하는 동시에 사랑하는 태양이 나오길 기다리는 지중해 사람들만의 방식처럼, 눈부신 햇살과 어두운 시내가 조화를 이루는 작은 오아시스들.

이런 여름 시간에는 우리가 매일 이 시간이 되면 고안해내는 작은 의식이 그렇듯 시간을 초월한 마법이 깃들어 있다. 나만의 의식도 있다. 메마른 열기 속을 걸으며 음식과 와인 철자를 대는 중에, 커다란 황백색의 옴브렐로네ombrellone. 파라솔가 불쑥 튀어나오는, 거의 알려지지 않은 몬테베치오가Vicolo Montevecchio를 불현듯 다시 발견하기. 노점에서 음식을 사 먹다가 끈적해진 손을 씻느라 스파클링 워터 한 병을 또 낭비하기. 인근 건물들에서 황토색 영광이 쏟아져 내리는 텅 빈 마테이광장Piazza Mattei의 거북이분수Fontana delle Tartarughe 옆에서 양말을 벗고, 보는 눈이 없을 때 가장 고요한 날 가장 고요한 해변도 필적할 수 없을 만큼 고요하고 투명한 물에 두 발을 슬쩍 담그기.

길 잃기─미로 같은 골목길에서 여전히 길을 찾을 수 없다는 기분 좋은 느낌─는 이곳으로의 여행이 여전히 익숙지 않음을 의미하므로 누구나 잊고 싶어 하지 않는 것이다. 규칙은 꽤나 간단하다. 지도를 무시할 것. 지도는 르네상스의 로마를 모조리 보여주지 않는다. 그저 여행자와 도시 사이에 놓여 있을 뿐이다. 대신 길을 잃어라. 강제된 실수와 적당한 불안이 최고의 안내원이다. 로마가 눈앞에서 빙빙 돌아야 한다. 거리를 이곳저곳 떠돌고 배회하다가 어찌된 영문인지도 모른 채, 나보나광장Piazza Navona과 캄포데피오리, 산탄드레아델라발레성당Sant'Andrea della Valle, 판테온신전, 스페인광장Piazza Spagna, 그리고 세 갈래 길, 곧 바부이노가Via del Babuino와 코르소가, 리페타가Via di Ripetta로 뻗어나가는 멋진 트리코르노tricorno. 세모꼴 모자 모양의 포폴로광장Piazza del Popolo과 맞닥뜨린다. "이게 정말 트레비분수가 맞을까?" 우린 스스로도 놀란 목소리로 자문한다. 왕자가 궁전에서 자신이 처음 보았다는 이유만으로 사교계에 막 데뷔한 아가씨와 결혼할 권리를 주장하듯이, 돌이켜보면 광장에 대한 일종의 소유권을 우리에게 부여해주고, 우리가 어디로 가는지 내내 알고 있는 몸속 나침반에 절반쯤은 매혹된 채로 말이다. 어떻게 미를 발견했는지는 미에 부속되는 것이 아니라, 미를 미리 형상화한다. 어떤 사건이 우리를 찬미의 대상 앞으로 데리고 가느냐는 우리에 대한 것만큼이나 그 대상에 대한 많은 걸 말해준다. 내가 원하는 것은, 거북이 분수를 보는 것만이 아니라 거북이 분수를 예기치 않게 발견하는 것이다.

이 변화무쌍한 도시는 배회하고 길을 잃는 도시라서, 두 지점을 잇는 최단 경로는 직선이 아니라 8자 모양의 길이다. 로마가 하나의 길이 아니고, 하나의 과거가 아닌 과거들의 축적인 것처럼, 이쪽 거리를 걷다가 고골과 오비디우스, 피라네시, 앵그르, 카이사르, 괴테를 만나고, 저쪽 거리를 걸으면서는 카라바조, 카사노바, 프로이트, 펠리니, 몽테뉴, 무솔리니, 제임스, 조이스와 마주치고, 또 다른 길을 걸으면서는 바그너와 미켈란젤로, 로시니, 키츠, 타소를 발견한다. 그리고 누구도 말해주지 않는 한 가지를 더 깨닫게 된다. 이 모든 이름과 석조 건물과 랜드마크에도 불구하고, 수세기 동안 주위 건물에 켜켜이 바른 치장 벽토와 회반죽과 페인트에도 불구하고, 숱한 인물이 이 과거에서 저 과거로 쉽 없이 떠오름에도 불구하고, 많은 건물이 수 세대 전의 더 오랜 건물에 접목되었음에도 불구하고, 결국 여기에서 중요한 것은 부수적인 것들, 소소하고 묘한 감각의 즐거움이라는 것이다. 물과 커피, 감귤, 음식, 햇빛, 목소리, 따듯한 대리석의 감촉, 남모르게 훔쳐보는 시선, 얼굴들, 이 세상에서 가장 아름다운 얼굴들.

이곳은 단연코 세상에서 가장 평온할 뿐만 아니라 가장 아름다운 도시이다. 날씨와 우리 주변의 모든 것이 평온할뿐더러 우리 자신도 평온해진다. 평온함은 세상과 하나 되고, 더이상 바랄 게 없는 부족함이라곤 없는 느낌이다. 다른 곳에선 좀처럼 일지 않는 완전히 현재에 속했다는 느낌. 결국 이곳은 세상에서 가장 이교도적인 도시이다. 현재에 의해 소비되는 곳인 까닭이다. 아무리 중요한 유적지이고 기념물이어도 우리의 육신을 자극하고 수용하지 않는다면, 다시 말해 우리가 그속에서 먹고 마시고 쉬지 않는다면, 아무 의미가 없다고 로마는 말한다. 아름다움은 늘 즐거움을 주지만, 로마에서 아름다움은 즐거움에서 태어난다.

하루에 두 번 우리는 나보나광장 앞 안티코카페 델라파체로 간다. 카페는 호텔 라파엘(옥상 정원에서 마르지오광장이 막힘없이 내다보이는 호화 호텔)에서 몇 발자국 떨어지지 않은 곳에 있다. 매력적인 예술가 지망자들과 모델들과 떠돌이들과 명성을 꿈꾸는 세련된 이들이 카페에서 커피를 홀짝거리고 신문을 읽고 모임을 갖는다. 시간이 지날수록 더 많은 사람들이 모여든다. 바짝 마른 땅 냄새가 따뜻한 날씨와 정오의 눈부신 햇살을 예고하며 도시에 감도는 이른 아침, 이곳에 오는 게 좋다. 로마인들이 집을 나서기 이전, 카페의 첫 손님이 되는 게 좋다. 로마에 사는 사람들, 혹은 수십 년 전 내가 로마를 떠난 이후에 이곳에서 태어난 사람들이 나의 도시를 나보다 더 많이 안다는 느낌이 싫다면, 그들이 그들의 거리를 마주할 채

비를 하기 전에 이곳에 있다는 사실이 얼마간의 위안을 주기 때문이다. 일하러 가지 않아도 되는 여행자의 특권적 지위를 누리는 동안에는, 로마를 떠난 적이 없는 듯이, 그저 아침 일찍 일어난 듯이 손쉽게 가장—시차로 인해 승인된 착각—할 수 있다.

저녁 무렵 카페 손님들은 좀이 쑤신 듯 거리로 쏟아져 나간다. 거의 모든 사람이 텔레포니노telefonino. 휴대전화를 들고 있는 것은, 전화가 언제 울릴지 모르기 때문이기도 하지만 피할 수 없는 길거리 싸움에서 즉각적인 지위를 부여한, 영광스러운 단검의 후예라 할 만한 드레스 코드의 일부이기 때문이다. 한 무리의 2, 30대 젊은이들 중 하나가 테이블에 앉아 마치 작은 거울로 얼굴을 뜯어보듯 텔레포니노를 유심히 들여다보고 있다. 로마의 정수를 보면서, 피구라figura. 형상, 외모를 향한 이 도시의 숭배를 나보나광장 같은 바로크양식의 광장에 넘쳐나는 아름다움에 결부하는 게 얼마나 쉬운 일인지 깨닫는다. 불안하게 매혹적인 이 그늘진 손님의 기운은 영원히 남을 것이다. 결국 이곳은 첼리니와 카라바조의 우주이다. 여기서 몇 블록 떨어지지 않은 곳에서 그들은 살았고 먹었고 싸웠고 사랑했고 음모를 꾸몄고 결투를 벌였다. 그럼에도 방탕하고 타락한 그들 삶의 알려지지 않은 틈새로부터, 그들은 세상이 볼 수 있는 최고의 것을 선사했다. 무자비한 교황 알렉산데르 6세—아들 딸인 루크레치아 보르자와 체사레 보르자도 역사에 악명이 자자하다―가 살았던 곳도 바로 여기다. 100여 년 후, 조르다노 브루노Giordano Bruno는 여기서 멀지 않은 캄포데피오리로 끌려와 발가벗겨진 뒤 화형당했다. 그로부터 몇 달 전에는 초기 기독교인들의 순교 이후로 로마를 뒤흔든 사건이 일어난다. 아름답고 젊은 베아트리체 첸치Beatrice Cenci가 교황의 명령으로 잔인하게 참수당한 것이다.

우리는 결코 로마인이 될 수 없겠지만, 마법에 걸리는 데에는 몇 시간이면 충분하다. 우리는 달라진다. 시선이 머무르기 시작한다. 공간에 대한 초조함이 줄어든다. 목소리는 활기를 띠고 미소는 잦아진다. 우리는 도처에서 아름다움을 보기 시작한다. 근사한 프랑스식 수채화를 구경할 수 있는 코로나리가Via dei Coronari 아래편 산시모네가Via di San Simone에 위치한, 매혹적으로 쇠퇴해 가는 골동품점 르바틀뢰르Le Bateleur에서 아름다움을 발견한다. 내 입맛에 딱 맞는 향이 가미된 그라파grappa. 와인을 거르고 난 찌꺼기를 증류해 만든 브랜디와 최고의 아마로amaro. 이탈리아의 허브 술와 지금껏 맛본 것 중 가장 달콤한 꿀을 찾아낸, 이탈리아 수도원에서 만든 물건을 파는 아이모나스테리Ai Monasteri에서도 그렇고, 일견 철물점처럼 보이지만 실제론 손잡이와 문고리, 오래된 열쇠 따위를 전시한 화랑인 키에사누오바Chiesa Nuova의 페라멘타Ferramenta에서도 그렇다. 이곳에선 사람들이 제 짝을 찾기를 포기한 값비싼 골동품 경첩을 들고 들어오면 주인이 그 자리에서 비슷한 물건을 만들어준다.

　로마는 이처럼 예측할 수 없게 아름답다. 더러운 황토벽마
저(원래의 노란색, 복숭아색, 분홍색, 연자주색을 보존하려고 막을
새로 씌우다 보니 빠르게 사라지는 중이다) 아름답다. 왜 그렇지
않겠는가? 황토석은 피부에 가장 가까운 돌이다. 그것은 진흙
색이고, 신은 진흙으로 인간을 창조했다. 태양 아래 우리가 먹
으려는 무화과도 아름답다. 카펠라리가Via dei Cappellari의 닳고
닳은 보도조차 초라하고 흙이 묻어 있을망정 아름답다. 그늘
진 그로테가Vicolo delle Grotte를 걸어가며 벨리니의 아리아를 구
슬프게 연주하는 클라리넷 연주자도 아름답다. 라르고디리브
라리Largo dei Librari를 굽어보는 산타바르바라성당Chiesa di Santa
Barbara은, 아이스크림 노점상과 잠자는 개, 할리데이비슨, 캔
버스로 만든 옴브렐로니, 작은 남성복점 밖에서 꽤나 사내
답게 떠드는 사내들, 그 앞에서 나폴리 노래인 〈무정한 마음
Core'ngrato〉을 만돌린으로 연주하는 악사, 내 시야를 가린 채 펠
리니 영화 속 의상처럼 흰색 보일voile로 만든 옷을 겹겹이 입
은 여자까지 완벽하게 갖춘, 그보다 더 정확할 수 없는 로마의
활인화tableau vivant 한 조각을 보여준다. 예순쯤 되어 보이는 귀
족적 괴짜는—이 사실을 깨닫는 데 잠시 시간이 걸린다—흔
들림 없는 스프레차투라의 자세를 견지한 채 맨발로 산악자전
거 페달을 힘차게 밟으며 속도를 높이고 있다.

　로마를 계속 내 곁에 둘 수만 있다면 무엇을 못 내어주겠는

가. 잔뜩 움츠러든 채 계모가 시킨 일을 하러 돌아온 신데렐라처럼, 로마를 떠난 뒤 생각보다 훨씬 빨리 일상으로 돌아가지 않을까 슬며시 걱정이 된다. 내가 그리워할 것은 아름다움만이 아니다. 로마가 어떻게 나를 온통 사로잡은 뒤 그 일부로 만들었는지, 내가 또 어떻게 즐거움을 당연한 것으로 받아들였는지도 그리워할 것이다. 하루하루 시간이 지날수록 더 선명하게 느낄 것이다. 물론 빌린 느낌이란 걸 안다. 그것은 로마의 느낌이지 나의 느낌이 아니다. 로마의 불빛을 뒤로하고 떠나는 순간 그것은 사라질 거라는 걸 안다.

이런 걱정은 그 무엇도 방해하지 못한다. 일주일의 불멸을 허락받은 사람에게 불필요한 안전 경고를 하는 것처럼, 그것은 그저 맴돌 뿐이다. 내가 햄과 롤빵과 칼을 살 때에도 그것은 있었다. 산루이지디프란체시San Luigi dei Francesi성당에서 카라바조의 작품을 볼 때에도, 라파엘로의 무녀 그림을 보러 산타마리아델라파체Santa Maria della Pace성당에 갔지만 문이 닫혀 들어가지 못하고 대신 둥근 주랑을 보며 감탄했을 때에도 그것은 있었다. 이렇게 시간을 초월하는 것 가운데 내 삶에서 진정으로 사라질 것이 있을까? 내가 그것들을 보러 그곳에 있지 않을 때 그것들은 어디로 갈까? 우리가 삶을 살러 그곳에 있지 않을 때 삶은 어떻게 될까?

1965년에 나는 난민으로 로마에 첫발을 내디뎠다. 알렉산드리아에서의 삶을 애도하는 마음에 로마를 결코 좋아하지 않겠다고 결심했지만, 결국 이 도시에 무릎을 꿇고 말았다. 마법과도 같은 3년의 시간 동안, 캄포마르지오는 내가 사랑한다고 말할 수 있는 곳이 되었다. 나는 이탈리아인들과 단테를 사랑하게 되었고, 이곳에서 훗날 내 집으로 만들고 싶은 그 어디에도 없는 건물을 찾아내기에 이르렀다.

수십 년 전, 19세기에 건설한 비토리오에마누엘레2세 간선도로가 캄포마르지오를 보란 듯이 갈라놓는 지점에서 나는 내가 좋아하는 두 길 중 하나를 선택해 무작정 걷곤 했다. 스쿨버스가 바티칸시에서 강을 건너오면 나는 테르미니역Stazione Termini까지 가는 대신, 라르고타소니Largo Tassoni에서 내려달라고 운전사에게 부탁했다. 알베로네Alberone 너머 노동자 계층이 몰려 사는 동네의 초라한 우리 아파트로 가려면, 테르미니역에서 대중교통으로 갈아탄 뒤 40여 분을 더 가야 했다. 나는 스쿨버스에서 내린 다음, 라르고타소니에서 줄리아가Via Giulia를 따라 남쪽으로 내려가 두 시간 남짓 캄포데피오리를 배회하다 집으로 가거나, 아니면 북쪽으로 올라갔다.

미로처럼 좁고 그늘지고 은밀한 황톳빛의 비콜리vicoli. 골목에서 길을 잃는 것보다 더 기분 좋은 건 없었다. 좁은 길을 헤매다 문득 마법에 걸린 작은 광장을 만나 더 높은 수준의 아름다움을 발견하기를 바랐다. 무엇보다 원한 것은, 캄포마르지오의 거리를 마음껏 쏘다니다가 내가 그곳에서 자유롭게 찾고 싶은 것은 뭐든지 찾는 것이었다. 그것이 이 도시의 진정한 이미지이든, 내 안의 어떤 것이든, 혹은 내가 본 사물과 사람들 속에 있는 나 자신의 모습이든, 난민이 되면서 잃어버린 집을 대신할 새 집이든.

어둠이 내린 뒤 거리를 배회하는 것은 로마보다는 나 자신과 나의 비밀스러운 소망과 더 관계가 있었다. 이렇게—되는 대로 길을 헛잡음으로써—우리는 또한 우리 자신을 찾아나가므로, 나는 거리를 배회하면서 매번 나의 공상을 고쳐 쓸 수 있었다. 시굴자처럼 캄포마르지오 주변에서 수맥을 찾는 것은, 마치 개들이 모퉁이에 제 영역을 표시하듯이 그곳에 속한다고, 그곳을 수없이, 정말 수없이 지나갔으니 내 땅이라고 우기기 위한 나만의 방식이었다. 오후에 무작정 로마를 돌아다니면서 나는 내가 만들어낸 로마를, 존재한다고 믿고 싶은 로마를 지도에 옮겼다. 집에서 날 기다리는 로마는 내가 원하는 로마가 아니었기 때문이다. 나와 현 세상에 놓여 있듯, 나와 고대 로마 사이에 놓인 땅거미 내리는 르네상스 시대의 로마 거리에 서서, 나는 어떻게 해야 할지 까마득히 모르면서도 언제든지 시간의 원 바깥으로 걸어 나가, 캄포마르지오의 저택들이 늘어선 저 작은 길로 내려간 다음, 이제는 꽤나 눈에 익은 창문을 들여다보면서 1층 초인종을 누르는 상상을 했다. 그러면 인터폰으로 저녁 식사 시간에 또 늦었구나 하고 말하는 목소리가 들릴 것만 같았다.

그러던 어느 날 오후 기적이 일어났다. 캄피텔리광장Piazza Campitelli을 지나는데 어느 집 문에 '아피타시AFFITASI. 세놓음' 표지판이 걸려 있는 것이었다. 거부할 수 없어서 나는 건물로 다가가 포르티나이아portinaia. 관리인에게 아파트를 빌리고 싶다고 말했다. 월셋값을 듣고도 무표정한 채로 서 있었다. 그날 저녁 곧장 엄마에게 이사 가자고, 이튿날 오후 만사를 제쳐두고 하교 후 아파트를 보러 가자고 졸라댔다. 엄마는 이탈리아어 걱정을 할 필요가 없었다. 말은 내가 다 할 것이었다. 우리에겐 돈이 없고 친지들의 도움으로 연명한다는 엄마의 말을 들었을 때, 나는 이렇게 쥐구멍만 한 집에 살면서 매달 그 인색한 삼촌에게 터무니없이 많은 돈을 주는데, 더 좋은 집으로 이사 못 갈 게 뭐냐고 이유를 갖다 대면서 엄마를 설득했다. 엄마가 대체 왜 내 장단에 맞췄는지 지금도 모르겠다. 월세를 낮춰 달라고 포르티나이아를 설득하는 데 실패하면, 엄마가 점잖게 반대 의사를 표하는 표정을 짓기로 합의를 보았다.

겉으로 보기에 쇠퇴해가는 캄포마르지오에 이렇게 화려하고 멋진 아파트가 있을 줄은 상상도 못했다. 천장이 높은 텅 빈 아파트에 들어서는데, 삐걱거리는 쪽매붙임 마룻바닥을 살금살금 조심스럽게 내디뎠는데도 발자국 소리가 어찌나 크게 울리던지, 마치 그것이 우리의 사기 행각을 들통나게 할 알베로네에서 가지고 온 도망친 벌레라도 되듯 매 발걸음을 꽉 눌러 짓이기고만 싶었다. 나는 주위를 둘러본 다음 엄마를 쳐다

보았다. 아파트에 들여놓을 식탁 의자 네 개는 물론이고 식탁 하나조차 살 돈이 없다는 생각이 우리 둘 다에게 떠오른 게 분명하다. 그럼에도 오래된 방을 슬쩍 들여다보자, 이미 아는 사실이었지만, 이곳은 게오르크 프리드리히 헨델의 영웅적 오페라처럼 바로크양식으로 화려한 것이 내가 사랑하는 로마가 맞았다. 포르티나이아의 딸이 나를 눈으로 좇았다. 나는 침착하려고 애쓰면서 마치 힘들이지 않고 쓰으 훑어보는 전문가처럼 천장을 올려다보았다. 다른 방으로 갔다. 방들은 너무 컸다. 방은 네 개였다. 곧바로 내 방을 골랐다. 창문 밖으로 시선을 돌리자 익숙한 거리가 눈에 들어왔다. 프랑스식 창문들을 열고, 희미해지는 석양이 타일에 비껴드는 발코니로 나갔다. 난간에 몸을 기댔다. **이곳에 산다는 것은.**

길 건너편 건물에 사는 사람들이 텔레비전을 보고 있었다. 자갈길에서 개를 산책시키는 사람도 보였다. 바로 옆 모퉁이 건물 양쪽 벽에 걸린 커다란 유리 가로등 두 개에서 연주황색 불빛이 벽 위로 희미하게 비쳐 들었다. 엄마가 내게 우유를 사오라는 심부름을 시키는 상상을 했다. 마당에 세워놓을 꿈의 스쿠터도.

엄마는 그날 아마도 포르티나이아에게 좋은 인상을 남길 양으로 옷을 한껏 차려입고 갔다. 하지만 얼마 전에 손을 본 엄마의 맞춤 양장은 유행이 지난 것이었고, 엄마는 더 늙고 초조해 보였다. 엄마는 콕 집어 말할 순 없지만 뭔가 마음에 걸리는 듯이 행동하다가 종국엔 월셋값을 놓고 포르티나이아와 합의가 안 된다 싶으면 짓기로 미리 연습한 실망스러운 표정을 지어 보였는데, 연기가 형편없었다.

"안케 아 미 디스피아체, 시뇨레Anche a me dispiace, signore— 저도 유감입니다." 포르티나이아의 딸이 말했다. 우리를 아래층으로 배웅해주던 여자애의 기민하고 어두운 눈동자 속에 깃든 아쉬움뿐만 아니라, 내 평생 뇌리에 남은 "시뇨레이탈리아어로 남성에 대한 경칭"라는 뜻밖의 선물을 마치 덤인 듯 주면서 내보인 깊은 슬픔도 그날 난 집으로 가지고 갔다. 나는 막 열다섯 살을 지났다.

그 아파트가 어떻게 되었을까 나는 지금도 종종 생각한다. 그날 엄마와 들른 이후로 그 앞을 지나갈 엄두가 나지 않았고, 포르티나이아나 그 딸을 만날까 싶어 일부러 먼 길을 돌아갔다. 한참 시간이 흘러, 긴 머리와 수염을 기른 사내가 되어 미국에서 그곳을 찾았다. 가장 놀란 것은 캄포마르지오에 최고급 명품 가게가 가득 들어선 것이 아니라, 누군가 '세놓음' 표지판을 내리고 다시 걸지 않은 것이었다. 아파트는 기다리지 않았다.

그럼에도 마치 그 시절 오후에 무작정 걸으면서 만들어낸 로마가 여전히 날 괴롭히기라도 하듯, 한 번도 살아본 적 없는 그 건물은 로마에 올 때마다 내가 유일하게 매번 들르는 곳이다. 지금 그 아파트 건물은 칙칙한 황토색이 아니라 연분홍색이다. 정반대로 바뀐 그 건물 역시, 로마식 벽돌을 늘 인간적으로 보이게 하고 시간의 경과를 고통 없는 작은 기적으로 만드는 수많은 돌 틈새를 피부 미용사의 전문가적 손길로 메우면서, 검은 눈동자의 여자애처럼 필시 젊어지려고 애쓰고 있다. 열다섯에 나는 살고 싶은 삶과, 언젠가 내 집으로 만들고 싶은 집을 방문했다. 지금 나는 꿈꾸었던 삶을 방문하는 중이다.

다행히도 현재는 로마의 한낮 태양처럼 늘 과거에 끼어든다. 건물 앞 정류장에 온 지 몇 초도 지나지 않아 무관심이 움트더니 이내 내 몸을 사로잡고 만다. 나는 간절히 기다려온, 해가 지기 전에는 끝나지 않을 게 분명한 긴 산책에 서둘러 나선다. 황토와 물과 신선한 무화과와 점심으로 먹을 간단하고 맛 좋은 음식을 생각한다. 포폴로광장 앞 산타마리아디몬테산토Santa Maria di Montesanto성당과 산타마리아디미라콜리Santa Maria dei Miracoli성당의 쌍둥이 돔이 내려다뵈는 호텔데루시Hotel de Russie 7층 내 방의 널찍한 발코니를 생각한다. 로마에서 늘 해보고 싶었던 것이다. 어디에도 가지 않고 심지어 아무것도 기억하지 않고 핀초 언덕을 뒤로한 채 그저 자리에 앉아 로마 오후의 평온하고 황홀한 햇살 아래 펼쳐진 도시 전경을 내려다보기.

오늘밤 오랜 친구들과 함께 캄피텔리광장 앞 베키아로마Vecchia Roma라는 식당에 갈 작정이다. 식당으로 가는 길에 캄포마르지오의 비밀스런 모퉁이를 지나—늘 그 길로 가도록 신경을 쓴다—저녁 불빛에 비친 아파트를 마지막으로 은밀히 올려다볼 것임을 나는 안다. 밤이 되면 로마에는 언제나 비현실적인 마법이 내리고, 텅 빈 교차로에 서 있는 커다란 람파다리 lampadari. 가로등는 어두운 성당의 작은 제단과 성상에서 새어나오는 불빛에 섞여 환히 빛난다. 세월의 흐름이 사소하게 느껴지는 거리를 이동하는 동안, 발이 땅에 닿지 않고 반짝이는 슬레이트 보도 위에 거의 떠 있는 것 같은데도 발소리는 울린다. 어둠이 깔리는 거리에 인적이 드물어지면서 으스스해지면 나는 친구들 뒤로 잠시 처져서 홀로 남을 것이다. 모습을 드러낸 단테의 인물들이 이리저리 돌아다니며 함께 어울리길 간절히 원하다가 종국에 어두운 밤 속으로 사라지듯이, 나는 레오파르디와 (세상에 스탕달로 알려진) 앙리 베일, 베아트리체 첸치, 안나 마냐니의 영혼이 후미진 모퉁이에서 스윽 일어나 모두 날 멈춰 세우고 인사를 건네는 상상을 즐긴다. 나와 가장 가까운 사람은 프랑스인앙리 베일을 가리키는 것으로 보인다이다. 이 거리와 저 위쪽의 아파트가 내게 왜 그토록 중요한지 이해하는 사람은 그가 유일하다. 어떤 곳으로 돌아오는 것이 매해 나이테를 하나씩 늘리면서 시간을 측정하는 가장 정확한 방법이라는 걸 그는 이해한다. 그 자신도 이곳으로 반복해 돌아온다. 그는 미소를 지어 보이며 자신도 여전히 그렇게 하고 있다고 덧붙이고는, 이곳을 떠났다고 해서 로마를 더 이상 사랑하지 않는 건 아니라고, 시간이 다른 곳에서 모두 멈추면 여기서 시간 때문에 안달하지 않아도 된다고 일깨워준다. 이곳은 결국 영원의 도시Eternal City. 로마의 별칭이다. 누구도 떠나지 않는다. 원하는 사람은 누구나 자기 영혼의 자리를 고를 수 있다. 난 내 자리가 어디인지 안다.

바다와 기억

오늘 오후 베네치아 대운하로 해서 리도섬으로 갈 생각이었는데, 철도역에서 탄 수상 택시가 상황을 묘하게 만들었다. 몇 달 동안 꿈꿔온 여행—대운하를 따라 늘어선, 내가 좋아하는 궁전들의 숨 막힐 듯한 전경을 구경한 다음, 산마르코 대성당을 지나 속도를 두 배로 높여 베네치아를 뒤로한 채 리도섬으로 향하기—이 엉망이 될 것 같다. 베네치아에서 20여 분 거리인 길고 좁은 섬인 리도는 서쪽으로 베네치아와 석호를 마주한다. 섬 연안이 아드리아해로 아득히 사라지는 동쪽으로는 황홀한 해변이 펼쳐진다.

기차역에서 멀지 않은 비좁고 복잡하기 이를 데 없는 수로를 지나는 동안 내내 택시 운전사는—다른 수상 택시와 곤돌라와 수로 한편에 정박한 채 시멘트 부대며 철골이며 석재며 수리 중인 건물 여러 채에서 쏟아져 나온 잔해 따위를 실은 커다란 바지선과—통행 우선권을 정하느라 걸핏하면 속도를 늦춘다. 마침내 나는 용기를 내어 리도섬까지 얼마나 걸릴지 운전사에게 묻는다. 하지만 운전사는 좁은 다리 양쪽에 있는 친구들과 인사를 나누느라 내 말을 못 들은 눈치다. 하기야 착암기 소리에 고함 소리까지 너무 소란스러워서 내 말을 들으려고 해도 못 들었을 것이다. 베네치아는 지금 내 눈앞에서 또한 번 고급화 과정을 겪고 있다. "몰토molto. 매우 트렌디해요. 베네치아는 매우 트렌디해요"라고 누군가 로마에서 내게 말했다. 트렌디라는 단어는 올해의 유행어이다. 이탈리아인들은 그 말을 입에 달고 사는데, 때론 최상급 표현인 트렌디시모trendissimo도 사용한다. "참을성 있게 기다리세요." 택시 운전사가 이윽고 내게 대꾸한다.

뱃머리를 몇 번 더 돌리자 난 결국 길을 잃고 만다. 운전사의 찡그린 얼굴에 기죽지 않는다는 걸 보여줄 요량으로, 마치 일꾼과 말싸움하기엔 너무 늦게 도착한 데다 시차에 아직 적응이 안 된 여행자처럼 애써 무심한 듯 지친 표정을 지어 보인다. 시작부터 조짐이 좋지 않다. 수상 택시 운전사와의 언쟁으로 시작을 망치고 싶지 않은데, 나 홀로 머릿속에서 연출한 터너-러스킨-모네-휘슬러의 찬란한 순간은 이미 빛을 잃고 말았다. 토마스 만의 중편 『베네치아에서의 죽음』의 주인공 구스타프 폰 아셴바흐가 떠오른다. 팍팍하고 까다로운 성미에 옷을 말쑥하게 차려입는 반反보헤미안적 작가 아셴바흐는 베네치아에 도착하지만 자신이 요구한 것과 달리 수상 버스 대신 곤돌라를 타고 리도섬으로 향하게 된다. 화가 난 독일 여행자와 고집 센 곤돌라 사공 사이에 사소한 언쟁이 오가는데, 결국 승객은 목적지에 도착할 때까지 조용히 앉아 기다리는 수밖에 없음을 수긍한다. 이 소설을 영화화한 루키노 비스콘티 감독의 1971년 영화를 보면 아셴바흐가 베네치아에 도착하는 장면에 구스타프 말러의 교향곡 5번이 배경음악으로 흐른다. 가히 이상적인 설정이라 하겠다. 긴장과 어떤 불길한 징후가 발아래에서 끓고 있는 반면, 표면에선 만의 표현을 빌리자면 "물결이 뱃전을 단조롭게 찰싹일 때 노 젓는 소리"에 맞춰 말러의 교향곡 4악장 아다지에토의 극히 평온하고 차분한 선율이 흐른다.

어느새 수상 택시는 대운하를 가로지르고 있었다. 이것은 곧 석호가 여전히 저만치 떨어진 곳에 보이고 산마르코 대성당에는 아직 이르지 않았다는 뜻이다. 문득 운전사와의 대치를 피할 수 있다는 기쁨과, 재회의 희망을 잃어버린 광활한 바다를 다시 볼 수 있다는 행복감이 밀려온다. 여기서부턴 내가 운전대를 잡고 리도섬으로 갈 수 있을 것 같다. 얼마간 내게 운전대를 맡기라고 운전사에게 말하고 싶은 충동을 느낀다. 하지만 가만히 있는 게 상책이다. 그저 자리에 기대앉아 모든 수상 도시가 그렇듯이 베네치아가 천천히 내게 다가오도록 내 맡기는 게 낫다.

수상 도시들은 왜 그런지는 모르겠지만 우리를 유혹하는 나름의 방식이 있고, 그 설명은 도시마다 제각기 다르다. 한낮의 태양은 너무 뜨겁고 공기는 너무 끈적일 때, 언제든 일상생활에 등을 돌리고 성난 목소리로 "이제 그만"이라고 말한 다음, 책상 서랍 어딘가에 넣어둔 수영복을 꺼내 들고 가장 가까운 해변으로 달려갈 수 있기 때문일 것이다. 집에서 바닷가까지가 한 시간 거리인 도시들과 달리, 베네치아에서는 갈구하기도 전에 물가에 닿을 수 있다. 일과 놀이, 도심과 휴양지의 경계가 흐릿하다. 이곳에서 물은 삶과 정체성, 당연시하는 모든 것과 행하고 먹고 냄새 맡는 모든 것의 일부이다. 수상 도시들은 조건부로 잠시 머무르는 집과 같다. 그 도시들은 바다와 시간과 공간과 우리 자신과의 사랑이다.

마르세유와 바르셀로나, 트리에스테, 이스탄불, 이 각각의 도시들은 나름의 방식으로—대개는 연원이 태곳적으로 거슬러 올라가는 C자 모양의 굽은 만이 바다를 끌어안음으로써—지중해와 사랑을 속삭인다. 그러나 베네치아처럼 연애에서 발전해 문자 그대로 영원한 결혼에 서약한 도시는 없다. 베네치아에서는 도시와 바다의 결혼식이 매해 승천축일 이후 일요일에 거행되는데, 그날 베네치아 시장은 리도에서 멀지 않은 바다로 결혼반지를 던진다. 바다가 있는 곳에 베네치아가 있다.

베네치아에서는 바다가 보이지 않고, 바다를 의식하지 않고, 바다를 걱정하지 않고, 바다에 반응하지 않는 곳은 단 한 군데도 없다. 낮이건 밤이건, 겨울이건 여름이건, 고요한 오후 시간이건 바닷물이 도시의 맥박처럼 수로의 석벽을 핥고 때리면서 나태하게 철썩이는 소리를 들을 수 있다. 냄새에 관해 말하자면, 냄새는 가시는 법이 없다. 농산물이 들어오듯 본토에서 신선한 공기가 유입되는 아침나절에도 냄새는 그곳에 있다. 바닷소금과 해산물, 디젤 냄새가 뒤섞인 짭짜래한 냄새가 항상 공기에 맴돈다.

베네치아의 물은 고인 물인 까닭에 이곳 냄새는 제노바나 나폴리, 리미니보다 훨씬 지독하다. 진창처럼 질퍽하고 물 썩은 내가 나는 더러운 물, 혹자는 개방하수라고 말하기도 했다. 좁고 지저분한 뒷골목에서 나오는 오수가 손쉽게 수로로 흘러들고, 우아한 베네치아 주민이 신문지로 개똥을 집어 올려 돌돌 만 다음, 그 작은 꾸러미를 도시 광장에 놓인 쓰레기로 넘쳐나는 쓰레기통에 넣는 대신, 과장된 메네프레기즈모mene-freghismo. 무신경의 자세로 대운하를 향해 내던지는 광경을 심심치 않게 목격할 수 있다.

수변에 늘어선 화려한 궁전들도 사정은 비슷하다. 여느 곳 못지않게 평당 풍요로움을 향유하고 고색창연한 유리창이 햇빛에 반짝인다 하더라도—부가 가장 선호하는 것은 쳐다보고 부러워하는 시선임을 일깨워준다—모든 궁전이 위험할 만큼 쇠락한 모습이다. 이곳의 모든 것은 너무도 약하다. 궁전들이 서 있는 모양새는 마치 썩은 이에 머리를 화려하게 치장한 위엄 있는 노부인들이 쓰러지지 않는 것과 같다. 서로 몸을 기대어 지탱하는 법을 터득한 데다, 땅딸막하고 주름진 외모에도 불구하고 붙박이 인생이란 걸 너무도 잘 아는 나이든 부자들의 지친 확신을 가지고 있는 노부인들. 지금 그곳을 막 지나치고 있다.

그러나 이곳은 포템킨 빌리지potemkin village. 현실을 감추고 아름다운 장면을 연출해 조작하는 것. 러시아의 포템킨 장군이 예카테리나 2세의 시찰에 맞춰 겉만 번지르르한 가짜 마을을 급조한 것에서 유래했다가 아니다. 궁전의 실내는 정면에 비견할 바가 아니다. 그럼에도 우아한 내부를 지나면, 베네치아의 부가 영 변변찮은 임시변통의 것임을 알려주는 어둡고 황량한 마당이 나온다. 여기저기 두서없이 빼곡하게 들어찬 벽돌은 역사의 잉곳ingot. 금속 또는 합금을 한번 녹인 다음 거푸집에 넣어 굳힌 것이다. 벽돌 하나하나가 말을 건넬 수 있다면, 소토보체sotto voce. 악보에서 낮고 부드러운 소리로 연주하라는 말의 기법을 창조한 걸로 유명한 베네치아가 아마 세상에서 가장 시끄러운 도시가 되지 않을까 싶다. 나폴리 사람들과 달리 베네치아 사람들은 기질적으로 조용하고(조밀하게 모여 살기 때문에 그래야만 한다) 비밀스럽다. 베네치아에 어딘가 은밀하고 불길한 기운—토마스 만의 표현을 빌리자면 "끔찍한 무더위"와 "정체된 공기"—이 감도는 까닭이다. 급기야 이곳에서는 익명 고발이라는 문학 장르가 번성하기에 이르렀다. 이곳은 풀치넬라Pulcinella. 17세기 이탈리아에서 유행한 가면 희극인 코메디아 델라르테에 나오는 전형적 인물와 팬터마임과 헨리 제임스를 위해 만들어진 도시다. 상처 입은 채 생각에 잠긴 인물들이 절반은 귓속말하듯 조용조용 이야기하며 저 어두컴컴한 칼리calli, 복잡한 샛길에 잔뜩 모여 산다.

몇 년 간격으로 제임스와 프루스트, 만은 저급한 쌍스러움에 대한 이해뿐 아니라 숭고한 미학적 감수성을 자극한 이 도시의 어두운 힘을 느낀다. 베네치아는 "반은 동화이고 반은 덫"이라고 만은 썼다. 이런 구분은 "반은 동양적이고 반은 서양적이며, 반은 땅이고 반은 바다이며, 로마와 비잔티움, 기독교와 이슬람 사이에 위치한 채 한 발은 유럽에, 다른 한 발은 아시아의 정화精華에 내딛고 물장구를 친다"는 잰 모리스Jan Morris의 묘사에서 되풀이된다.

아드리아해를 마주한 리도섬은 베네치아의 실용적인 상상력이 맘껏 발휘된 결과라 하겠다. 리도섬은 제1차 세계대전이 발발하기 전 성공적인 금융사업의 일환으로 시작되었는데, 그 사업을 통해 유럽 최고의 호텔 두 곳과 베네치아 특유의 조급함과는 다른 느긋한 생활양식, 낮에는 수영하고 밤에는 파티를 즐기는 작은 해변 휴양도시가 탄생했다. 주인 역할을 하는 베네치아 없는 리도섬을 상상하기란 어렵지만, 리도섬을 보고 나면(꼭 가봐야 할 곳으로 모든 여행자에게 알려지지는 않았다) 해변 없는 베네치아를 상상하기도 그만큼이나 어렵다.

내가 호텔데방Hotel des Bains과 엑셀시어Excelsior를 처음 본 것은 여러 해 전이다. 그때 나는 기차역에서 곧장 수상 버스를 타고 리도섬의 산타마리아엘리자베타광장Piazzale Santa Maria Elisabetta에 내렸다. 비스콘티 감독의 영화에서 교활한 곤돌라 사공이 아셴바흐를 내려놓고 베네치아로 줄행랑을 친 그곳임에 틀림없었다. 부두에서부터 아셴바흐의 발자취를 따라 만이 묘사했듯이 "양편에 선술집과 노점, 펜션이 늘어서 있고 해변까지 대각선으로 섬을 가로지르는 흰 꽃이 핀 거리" 산타마리아 엘리자베타 대로를 걸어 해변에 이르렀다. 마르코니 해안도로 Lungomare Marconi에 위치한 호텔데방이 멀지 않은 곳에 있었다.

호텔데방은 엑셀시어—같은 해안도로에 위치한 못지않게 으리으리한 호텔—와 마찬가지로 아드리아해를 내다본다. 오리엔트 특급열차의 일등석 표를 기꺼이 예약하고 타이타닉호에 승선해 사우샘프턴을 출발했을 그들 세계의 부와 웅장함을 두 호텔은 보여준다. 호텔데방은 점잖고 절제된 아르누보 양식으로 지어진 반면, 1907년에 문을 연 엑셀시어는 무어-베네치아 양식의 기다란 전면이 좀 더 요란하다. 걸어서 10분 거리밖에 안 되는 두 호텔 사이를 셔틀버스가 끊임없이 고리 모양을 만들며 오간다. 석호에서 빠져나온 작은 수로가 엑셀시어의 전용 선착장으로 이어지는데, 그곳에서 30분에 한 대씩 출발하는 수상 택시가 엑셀시어와 산마르코광장 근처의 호텔다니엘리Hotel Danieli를 오간다.

다니엘리와 더불어 베네치아는 세 곳의 최고급 호텔, 곧 치프리아니Cipriani, 그리티Gritti, 바우어Bauer를 자랑한다. 보통은 도시가 관광시설을 양산하게 마련이지만, 리도의 경우는 반대이다. 호텔데방과 엑셀시어가 기본적으로 리도섬을 만들어낸 것이다. 바이런 경은 리도섬의 인적 없는 해변을 말을 타고 달렸고, 그곳엔 오래된 유대인 묘지도 있다. 하지만 호텔들이 세워지기 이전에 리도섬의 성질이 무엇이었건 간에, 그것은 관광산업으로 영원히 바뀌고 말았다. 1914년 제1차 세계대전—유럽에서 전혀 예상치 못한 자각이 일어난 시기—이 발발하기 이전에 왕족과 귀족 들은 여름에 이곳을 찾아 수영을 즐겼다. 이것은 지난 세기 후반 몇십 년 동안 서양의 상상력을 사로잡은 유행이 되었다. 최상위 부르주아지는 수영하고 몸을 말린 다음 일렬로 늘어선 차양 아래 기다란 줄무늬 의자에 앉아 여유를 즐기는, 해변에서 보내는 이 황홀한 한때에 잔뜩 상기된 채 한껏 멋을 부리고 식탁에 앉아 저녁을 기다렸고, 피색깔이 드디어 푸른색이 되었다고 남들에게는 물론 자신에게도 확신시키려고 안간힘을 썼다.

그런 시절은 오래전에 갔다. 지나간 시대의 세피아빛 기억을 찾아 베네치아와 리도섬으로 올 수는 있어도, 같은 석양, 같은 습관, 같은 웨이터들의 공손한 발소리를 다시는 확인할 수 없다. 그럼에도 은판사진술 영상으로 재생된, 비스콘티 감독이 세련되게 연출한 호텔데방에서 아침 식사하는 장면을, 오늘날 부모와 아이들이 맨발에 입던 옷 그대로 내려와 아수라장 속처럼 다함께 뒤엉켜 배가 터지도록 먹는 모습과 바꾸고 싶지는 않다. 마음 한편으론 기적이 일어나기를 여전히 기대하는 것이다. 어느 날 저녁 베란다에 홀로 앉아 바다를 바라보면서 장엄한 세기말적 세상—종말을 초래할 전쟁을 향해 돌진하고 있는 줄 전혀 의식하지 못하는 세상—으로 떠내려가기를. 토마스 만의 『베네치아에서의 죽음』은 1912년에 출간되었다. 8월의 총성은 그로부터 이태 후 여름에 울렸다.

제1차 세계대전은 세상을 충격에 빠뜨렸을지 모르지만, 몇 년이 지나자 거물들과 큰손들과 영화 스타들은 리도섬으로 돌아왔다. 제2차 세계대전 때도 마찬가지로 자취를 감추었지만 전쟁 후 또다시 돌아왔다. 세 번 사라지지는 않았다. 1949년 베네치아영화제가 전후 재정비를 완료한 이후 리도섬은 제트족의 특권적 향유지라는 아우라를 확보했는데, 이것은 최상위 부유층과 워너비들, 그리고 은밀히 제공되는 프로모션의 혜택을 받은 일반인들에게 인기를 끈다. 어떤 이는 영화 스타들과 한데 어울리고 싶어서 이곳을 찾고, 또 어떤 이는 영화 스타가 머물렀던 방에 머무를 수 있다는 걸 알기 때문에 이곳을 찾는다. 때론 영화 스타가 된 듯한 기분을 느끼려고 이곳을 찾기도 한다. 또는 토마스 만을 찾아 이곳으로 온다. 어쨌건 모든 이가 바다 때문에 이곳을 찾는다.

베네치아 전역을 통틀어 누구나 말 그대로 물에 발을 담글 수 있는 곳은 이곳이 유일하기 때문이다. 맨해튼을 휘감아 도는 강들처럼 베네치아 대운하도 녹회색 물이 탁하고 윤택이라곤 없는 것이 출입 통제 구역이다. 그에 반해 회녹색과 담청색을 오가는 리도섬의 물은 언제나 고요하다. 바닷물에 첨벙 들어가 꽤 먼 데까지 나아가도 물이 겨우 무릎밖에 차지 않는다. 아드리아해는 저류가 거의 흐르는 법 없이 온유해서 수영하기에 좋다. 이렇게 제법 먼 바다까지 나와 망연히 물속에 떠 있다 보면, 어느새 보이는 거라곤 전용 해변에서 수영을 즐기는 호텔의 작은 윤곽뿐이다. 호텔데방과 엑셀시어는 제휴를 맺고 있어서 통행증만 보여주면 어느 호텔이건 풀장과 바닷가에서 수영을 즐길 수 있고 해변 카바나를 빌려 그늘에 앉아 쉴 수도 있다. 1911년 토마스 만의 묘사와 달라진 것은 없다.

얕은 회색 바다엔 벌써 물가에서 자박거리는 아이들과 수영하는 이들과 깍지 낀 손으로 머리를 괴고 모래언덕에 누운 밝은 옷차림의 사람들로 유쾌함이 넘쳤다. 어떤 이들은 용골이 없는 빨강 파랑의 작은 배에 앉아 노를 젓다가 배가 뒤집힐 때면 깔깔대고 웃었다. 카파니capanni. 오두막가 해변을 따라 길게 늘어서 있고, 사람들은 베란다에 앉듯 카파니 아래 받침대에 앉아 있다. 부산함과 게으른 휴식이 공존하는 그곳엔 사교 생활이 있었다. 기분 좋게 이야기를 주고받으며 서로를 방문했고, 꼼꼼한 아침 화장이 특권층 특유의 편안한 평상복과 어우러졌다. 흰 실내용 가운을 입거나 화려한 색상의 옷을 느슨하게 걸친 사람들이 바다 앞 단단하게 젖은 모래사장을 오갔다.

하지만 이곳은 내가 가장 사랑하는 물가이다. 엑셀시어의 부두에 내리는 순간 기대로 부푼 가슴은 체크인을 하고 호텔 방을 훑어보는 동안 터질 듯 벅차오른다. 벨보이는 팁을 기다리면서 가방을 내려놓고 미니바를 보여준 다음 온도조절장치와 텔레비전 작동법을 설명한다. 그러고는 이것이 가장 찬란한 순간임을 알고서―조수가 중산모를 들고 관객 사이를 한 바퀴 도는 동안 거리의 가수가 3옥타브 도까지 올라가는 것처럼―해변이 내다보이는 창문을 활짝 열어젖힌다. 웅성거리는 소리―철썩이는 파도 소리, 노는 아이들 소리, 싸우는 소리―가 불현듯 밀려들어오고, 숨길 수 없게 선명하고 거친 소금 냄새―깨끗하게 정돈된 휴면 중인 호텔 방과는 당최 어울리지 않고, 보호받는 동시에 보호하며, 바짝 마른 면 시트처럼 부드러운 꽃향기가 나고 고급 세제와 드라이클리닝 세제 냄새도 감도는―가 풍겨온다. 바다 열병. 5분 후 시차가 있건 없건 나는 해변으로 향할 것이다. 수영복과 조리가 짐 속 어디에 있는지 안다. 늦은 오후다. 이 시간에 수영하는 것은 도시로 돌아가야 하거나 하루를 관광 일정으로 빼곡하게 채운 사람들 몫이 아니라 해변에 사는 사람들 몫이다. 늦은 오후―물은 따듯하고 해변엔 사람이 드물고 해변 관리인들은 모래를 쓸기 시작하는 시간―의 수영은 해 질 녘 이후까지 이어질 수 있다. 이곳을 나의 도시로, 나의 해변으로, 나의 집으로 상상할 수 있다는 본원적인 환상, 본원적인 사치를 누리는 것은 바로 이 순간이다.

리도섬은 베네치아를 경험하는 가장 좋은 방법이다. 베네치아는 복잡한 도시이고, 한여름 날씨는 견딜 수 없을 지경이다. 사막에서 불어오는 뜨거운 바람 시로코sirocco는 호흡을 앗아간다. 무더운 날, 식당이나 카페에 들어가거나 델 듯이 뜨거운 시스턴cistern. 저수탱크 가장자리에 앉는 게 아니라면, 베네치아에서는 앉아 쉴 곳이 없다. 치약을 쥐어짜듯, 캄포campo. 광장와 캄포를 연결하는 좁은 골목길을 지나는 행렬은 끊길 틈이 없다. 이런 날 바닷물에 손 한 번 담글 수 없다면 바다가 지척에 있은들 무슨 소용이겠는가? 반면에 리도섬에서는 호텔 해변이나 커다란 수영장에서 반나절을 보낸 다음, 셔틀 보트를 타고 20분쯤 지나 산마르코광장에 내릴 수 있다. 저녁을 먹고 셔틀 보트에 올라타면 눈 깜짝할 새 엑셀시어로 돌아온다.

셔틀 막차를 놓치고 수상 택시도 잡을 수 없다면, 수상 버스 막차에 올라타 등을 기대고 앉아 몇 년 전에 했던 것처럼 어둠 속에서 달빛 아래 반짝이는 수상 도시의 야경을 즐기면 된다. 지나간 세상의 지나간 사치를 찾아 이곳에 처음 왔을 때 그랬듯이, 나는 속도를 높이는 여객선 난간에 몸을 기댄 채 점점 가까워지는 리도섬과 석호를 바라보다가 산타마리아엘리자베타광장에서 내릴 것이다. 그러고 나서 산타마리아엘리자베타 대로를 걸어 내려가 해변에 이르면 오른쪽으로 방향을 틀어 사랑하는 룽고마레lungomare. 해안도로를 따라 내려갈 것이고,

기분이 내키면 호텔데방을 지나 멀리까지 걸어갈지도 모른다. 어두운 밤에 내다보는 고요한 아드리아해의 전경은 숨막히도록 아름답다.

하지만 해안도로까지 가기 전에 대로변 어딘가로 들어가 야겠다고 마음을 정할지도 모른다. 길 양편에는 여러 개의 호텔과 활기 넘치는 커다란 야외 식당들, 그리고 현지인들과 때론 3대 가족이 한데 모여 앉아 있고, 의자들이 길가에까지 쏟아져 나온 아이스크림 가게가 수없이 늘어서 있다. 19세기 후반 세상의 영혼들을 보려고 아무리 애를 써도, 세상은 내게 그걸 허락하지 않으리라는 걸 자각하게 해주므로, 나는 저녁 무렵 이 길을 오르내리는 게 좋다. 그런 세상은 책과 영화와 우리의 집단적 상상력 안에만 존재할 뿐이다. 엑셀시어가 지어진 1907년에 시작해 만의 소설이 발표된 1912년을 지나 비스콘티 감독의 1971년 영화와 벤저민 브리튼Benjamin Britten의 1973년 동명의 오페라에 이르기까지 켜켜이 중첩된 이미지들. 나는 물론 그것들에 나의 여행의 기억들을 덧붙인다. 수영하고 룽고마레를 거닐 때마다 그것들이 머리에 맴돈다. 충분히 완전하지는 않지만 그럼에도 완전한 행복에 가까운 이 감정을 정의하기가 왜 이렇게 어려울까 고민하는데, 헨리 제임스의 선견지명이 엿보이는 말이 떠오른다. 그는 『이탈리아의 시간들Italian Hours』에 썼다. 베네치아에서 중요한 건 "서성대고 머물다 돌아오는 것"이라고.

그래서 나는 폐업한 파시스트 스타일의 카지노가 있고 그 옆에선 베네치아영화제가 매해 여름의 끝을 장식하는 산타마리아엘리자베타 대로의 소박함이 좋다. 대로가 장엄한 호텔 두 곳과 대비를 이루는 모습도 좋다. 내겐 이런 대비가 필요한지 모른다. 이곳에 올 때마다 찾고자 하는 것이 이젠 더 이상 존재하지 않고, 여긴 그저 호텔이고 해변 휴양지에 불과하다는 걸 기억하려면 그것이 필요한지 모른다. 마침내 나의 세기와 화해했기 때문에, 나는 정원에서 들어와 넓은 계단을 올라가며 잠시나마 생각할 수 있다. 지금 이건 내가 아니라 다른 누군가라고. 발코니에 앉아 음료를 시키고, 적어도 얼마 동안은 수평선을 내다보면서 삶에서 더 바랄 게 없다고 생각하는 누군가.

보주광장

수년이 지난 지금에도 눈이 거의 속아 넘어가는 순간이 있다. 보주광장Place des Vosges으로 불리는 이 커다란 네모꼴 안뜰을 아무리 돌아다녀도 출구를 찾을 수 없다고 눈이 믿게 되는 그런 순간 말이다. 시선을 어디로 향하건 아마도 세상에서 가장 아름다운 도심 공간으로 꼽힐 오래된 도시 파리 한복판에 위치한 이 작은 파리는, 세상뿐만 아니라 파리에도 등을 돌린 것처럼 보인다. 이곳에 들어서는 순간, 시간은 멈춘다.

어둠이 내려 보주광장에 고요가 깃들고 인적이 끊기면, 광장에서 북동쪽과 북서쪽으로 뻗어나간 두 개의 좁은 길, 곧 프랑-부르주아가Rue des Francs-Bourgeois와 파-들-라-뮬가Rue du Pas-de-la-Mule가 어둠에 묻히듯이 왕의 집Pavillon du Roi. 주출입구 역할을 하는 광장 남쪽 중앙의 고급 주택. 정사각형 모양의 광장을 한 변에 9채씩, 총 36채의 저택이 둘러싸고 있는데 왕의 집을 본보기로 나머지 35채의 집을 지었다. 왕비의 집은 광장 북쪽에서 왕의 집을 마주하고 서 있다과 왕비의 집Pavillon de la Reine의 아치형 입구 또한 어둠에 묻힌다. 400년 전 광장의 초기 설계자들이 그들 자신이 만들어낸 파리—파리의 정수를 모아 놓은 파리, 아직 실현되진 않았지만 미래의 모습을 약속하는 파리—에 갇히길 원했던 것처럼, 보이는 출구라곤 없이 자기 완결적이고 충족적인 17세기의 고립된 영토에 갇혔다고 느끼지 않기란 불가능하다. 최근 복원 작업이 성공적으로 끝난 탓에 광장은 지난 300년 어느 때보다 상태가 좋아 보이고, 구체제 시절 설계자들이 꿈꾼 파리를 온전히 보여준다.

보주광장에서는 그 옛날 파리를 만질 수 있을 듯하다. 한밤중에 랑브루아지L'Ambroisie(광장 9번지)—파리에서도 비싸고 고급스럽기로 유명한 이 식당은 1612년 광장 개장식을 할 때 루이 13세가 머물렀던 주택에 위치해 있다—를 나서면, 17세기의 파리에 발을 내딛는 것은 물론이고, 옛 파리를 찍은 아제 Eugene Atget의 사진이 오늘날 파리에 알부민 인화지의 세피아빛 색조를 매혹적으로 드리우듯, 18세기와 19세기가 그 전후 시대에 매혹적으로 포개진 파리에 발을 내딛게 된다. 캄캄한 회랑에 울리는 발자국 소리는 산 사람의 것이 아니라 과거의 그림자, 이를테면 1832년부터 1848년까지 보주광장 6번지에 살았던 빅토르 위고나 2세기 전에 광장을 대각선으로 가로질러 21번지에 살았던 리슐리외 추기경Cardinal Richelieu, 혹은 이따금 이 부유한 고립 영토에 모습을 드러내 귀부인들을 공포에 떨게 한 악당의 것일지도 모른다. 주위를 둘러보면, 회랑에 몸을 숨기고 집으로 돌아가는 17세기의 악명 높은 매춘부 마리옹

들로름Marion Delorme(11번지)과 프랑스 최고의 설교자 보쉬에 Bossuet(17번지), 자기 집 살롱에 17세기 프랑스의 명사란 명사는 모조리 불러들인 랑부예 부인Madame de Rambouillet(15번지)의 빠르게 지나가는 실루엣이 눈에 잡히는 듯하다. 들로름은 한때 리슐리외 추기경의 정부였지만, 지금은 프랑스에서 둘째가라면 서러운 바람둥이 레츠 추기경Cardinal de Retz과 함께 가고 있다. 보주광장 거주민이자 극렬한 군주정치 반대자인 레츠 추기경은 마리 샤를로트 발자크 당트라그Marie-Charlotte de Balzac d'Entragues(23번지)와 게메네 공작부인Princess de Guémené(6번지)의 연인이었다.

광장과 마레Marais 지구에 사는 많은 귀부인은 프레쇠즈précieuse, 다시 말해 매우 고상하고 도도한 화법에 태도와 취향 또한 세련되고 우아하지만, 거기에 걸맞게 높은 도덕의식은 갖추지 못한 여자들로 알려졌다. 그들은 종종 여러 명의 연인을 두었고 게네메 공작부인도 예외는 아니었다. 공작부인은, 사블레 부인Madame de Sablé(5번지)의 연인이기도 한 망나니 몽모랑시-부트빌 백작Count of Montmorency-Boutteville을 사랑했는데, 백작은 1627년에 (프랑스에서 결투를 벌이면 사형에 처하도록 만든) 리슐리외 추기경 집 앞에서 끔찍한 '6인의 결투'를 벌인 끝에 결국 붙잡혀 교수형을 당했다. 게네메 공작부인의 다른 연인 둘도 같은 운명에 처해졌다.

이처럼 얽히고설키고 겹치고 때론 동시적인 열정을, 또 다른 프레쇠즈인 마르그리트 드 베튄Marguerite de Béthune(18번지)의 사랑만큼 잘 보여주는 예는 없다. 앙리 4세 시절 재상이자, 보주광장을 기획하는 데 결정적인 역할을 한 쉴리 공작Duc de Sully이 그녀의 아버지이다(7번지에 위치한 공작의 집 오텔드쉴리 Hôtel de Sully는 눈에 띄지 않을 만큼 작은 문으로 지금도 광장과 통한다). 마르그리트는 캉달 공작Duc de Candale(12번지)과 오몽 후작Marquis d'Aumont(13번지)의 연인이었다. 보주광장의 짝수 번지는 왕의 집 동쪽에 있고, 홀수 번지는 서쪽에 있으니, 그녀는 한 연인과 있는 동안 염탐까진 아니어도 다른 연인을 쉽게 머릿속에 그릴 수 있었을 것이다.

역사 내내, 보주광장은 뜨거운 열정과 음모라는 이미지를 즉각적으로 연상시켰다. 베르사유처럼 보주광장이 프랑스인의 상상력에서 차지하는 중요성은, 프랑스 문학이 어찌해서 17세기부터 오늘날까지 사랑을 그 대리물인 배신과, 그리고 구애를 외교술과 구분하는 데 실패했는지—그것들 모두가 더없이 잔인하고 조악한 형태의 이기심으로 인해 강조되긴 하지만—그 이유를 설명할 수 있다. 이런 아이러니는 누구도 피해가지 못했고, 그것은 프레쇠즈 사회의 각성한 귀족들도 마찬가지였다.

그들 중 사랑이나 자신이 사랑한 여인에 대해 따뜻한 말을 남긴 사람은 거의 없었다. 이 문제에 관한 가장 절묘하고도 신랄한 예는 레츠 추기경이 쓴 여러 편의 자극적이고 격정적인 회고록일 것이다. (전 애인 몽바종 부인Madame de Montbazon을 두고 그는 "악덕을 저지르면서 이렇게 미덕이라는 것에 아랑곳하지 않는 사람은 처음 본다"고 썼다.) 그럼에도 그는 회고록을 보주 광장 1의 2번지에서 태어났고 프레쇠즈 사회에서 바쁜 작가로 손꼽히는 절친한 친구 세비녜 부인Madame de Sévigné에게 바쳤다. 세비녜 부인은 롱그빌 공작부인Duchesse de Longueville과 사블레 부인, 라로슈푸코 공작, 유럽 최초의 근대소설 『클레브 공작부인』을 집필한 라파예트 부인과 절친한 사이였다. 이 세계가 얼마나 복잡하게 얽혀 있는지를 보려면, 라로슈푸코가 라파예트 부인과는 플라토닉 러브를 추구했을지라도 롱그빌 공작부인과는 사이에 아들을 두었으니 분명 그렇지 않았다는 사실을 상기하면 된다. 라로슈푸코는 환멸과 분노를 느끼면서도 죽는 날까지 공작부인 때문에 고통을 받았다. 당대 아름다운 여인으로 소문이 자자했던 금발의 공작부인은 레츠 추기경만큼이나 격정의 삶—처음에는 연인으로, 그다음에는 전사로, 마지막에는 종교적 여인으로—을 살았다. 기스Guise와 콜리니Coligny 가문의 자손들이 광장에서 또다시 결투를 벌인 것은 공작부인과 그녀의 라이벌 몽바종 부인 간의 극심한 불화 때문이었다. 양쪽 가문의 남자들은 용감하게 이 둘 중 한 여인의 편에 섰는지 모르지만, 가톨릭교 집안인 기스와 개신교 집안인 콜리니 사이에 근 100년간 반목이 이어졌으니 또 다른 결투를 부를 만큼 서로간의 증오는 깊었다. 콜리니는 부상을 입고 거의 다섯 달이나 지나 죽었다. 전하는 말에 따르면, 롱그빌 공작부인은 보주광장 18번지에 위치한 마르그리트 드 베튄—서로 마주 보는 두 집에 각각 한 명씩의 연인을 둔 여인—의 집 창문에서 결투를 지켜보았다고 한다. 롱그빌 공작부인과 몽바종 부인 사이의 싸움은 마치 중상과 적의와 질투와 원한이 난무하는 한 편의 소설처럼 읽힌다.

험담은 심심풀이처럼 오갔고, 즐겨 쓰는 무기는 칼이 아니라 편지였다. 그들은 편지를 부치고 가로채고 고쳐 쓰고 거짓으로 서명하고 훔쳤으며, 이렇게 오가는 편지들은 필연적으로 명성은 물론이고 그만큼 자주 목숨—콜리니의 경우—을 앗아 갔고, 국내 정치의 불안까지 초래했다. 과도한 단순화의 위험을 무릅쓰고 말하자면, 긴장이 고조된 나머지 17세기 중반 이전에 보주광장과 하등의 관계가 없는 수많은 사람들이 1648년부터 1653년까지 군주제에 반항해 귀족세력이 일으킨 프롱드의 난에 가담했다. 이것은 왕정에 저항한 귀족들의 마지막 반란이었고, 태양왕 루이 14세는 이 사실을 결코 잊지 않았다. 귀족들이 자신에 맞서 들고 일어나는 일이 두 번 다시 되풀이되지 않게끔 루이 14세는 귀족 대부분을 베르사유로 이주시켰다.

그곳의 사연 있는 거주민들처럼 보주광장도 도시의 기억 속에서 종잡을 수 없게 꼬이고 뒤엉킨 공간으로 남아 있다. 그곳은 1605년 문을 열었을 때에는 루아얄광장Place Royale으로 불

리다가 1792년 프랑스혁명 이후에는 페데레광장Place des Fédérés
이 되었고, 1793년에는 엥디비지빌리테광장Place de l'Indivisibilité
으로, 나폴레옹 치하인 1800년에는 보주광장으로 이름을 바
꾸었다. 1814년 왕정복고 이후에 최초의 이름을 되찾았지만
1831년에 보주광장으로 다시 개명되었다. 또 한 번의 혁명 이
후 1852년에 루아얄광장으로 돌아갔다가 최종적으로 1870년
에 보주광장이 되었다. 광장에는 지식인과 작가, 귀족, 살롱 손
님, 매춘부가 넘쳐났다. 광장은 몇 세대에 걸쳐 음모와 경쟁과
결투를 지켜보았다. 그중 가장 유명한 결투는 1614년에 루이
야크 후작Marquis de Rouillac과 필리프 위로Philippe Hurault가 각각
옆에 보조자를 대동한 채 한 손으론 칼을, 다른 한 손으론 활
활 타오르는 횃불을 휘두른 탓에 이른바 "횃불의 밤"으로 불리
는 결투일 것이다. 세 명이 죽었고 루이야크 혼자 살아남아 그
후 보주광장 2번지에서 살았다.

내가 보주광장에 오는 것은, 이곳에 속해 있다고, 이곳이 쉽
게 내 집이 될 수 있다고 거짓으로라도 믿기 위해서이다. 파리
는 대도시이고, 내가 이곳의 온전한 거주민이 되기에 시간은
턱없이 부족하다. 그에 반해 이 광장은 딱 좋다. 며칠만 지나
도 편안함을 느낀다. 이젠 광장 너머 모든 모퉁이와 식당, 식
료품점과 서점을 속속들이 알게 되었다. 토요일마다 회랑 아
래로 모여드는 거리의 공연자와 가수 들이 선보이는 수준급

레퍼토리가 점차 익숙해지듯, 그들의 얼굴 또한 차차 눈에 익는다. 모차르트의 곡을 노래하는 듀엣에 탱고와 폭스트롯을 추는 무용수들, 바로크 합주단, 장고를 흉내 낸 재즈 기타리스트, 지금껏 들어본 것 중 가장 기이한, 카운터테너를 흉내 낸 카스트라토 벨칸토 창법의 가수까지 모두 자기 CD를 앞에 높다랗게 쌓아 놓고 서 있다.

점심 식당으로는 광장 바로 옆 파-들-라-퓰가의 라퓰뒤파프La Mule du Pape를 즐겨 찾는다. 가볍게 즐길 수 있는 메뉴에 신선한 샐러드와 후식까지 훌륭한 곳이다. 아침 일찍 광장의 북서쪽 모퉁이에 있는 마부르고뉴Ma Bourgogne를 찾아 바깥 회랑에서 아침을 먹는 것도 참 좋다. 이곳을 벌써 세 번 찾았고, 그때마다 늘 첫 손님들 중 하나였다. 내 전용 테이블도 생긴 듯싶은데, 웨이터는 내가 카페 크렘café crème과 오늘의 잼에 버터를 바른 바게트를 좋아하는 걸 안다. 빵이 빵집에서 오기도 전에 식당에 간 적도 있다. 나는 텅 빈 광장 모퉁이에 앉아 학생들이 잇따라 광장을 대각선으로 가로질러 가는 모습을 지켜본다. 때론 둘씩 혹은 무리 지어 가는 학생들 어깨엔 하나같이 무거운 책가방이나 서류 가방이 메여 있다. 내 아들들의 모습이 그 속에서 보이는 듯하다. 그렇다. 모든 게 딱 좋다. 점차 눈에 익게 된 그곳을 내 집으로—타르트와 샐러드, 신선한 농산물, 바게트, 잼, 커피—만들려고 분주히 움직이는 동안, 나는 고개를 들어 커다란 프랑스식 창문에 슬레이트 지붕을 인, 일렬로 늘어선 붉은 벽돌의 웅장한 저택을 올려다보면서, 문명화된 세상에서 이보다 아름다운 곳은 없다는, 이미 알고 있지만 잠시 잊은 사실을 새삼 깨닫는다.

물론 파리 사람들도 이 사실을 익히 아는 터라, 17세기와 18세기에 외국 사절이 오면 본격적인 공무를 수행하기에 앞서 의당 광장을 찾아 그들의 기를 죽였다. 사절단을 사로잡은 것은 프랑스식 장엄함이나 프랑스식 건축양식이 아니라 그보다 좀 더 아찔하고 매혹적인 어떤 것이었을 것이다. 보주광장은 가령 베르사유궁전이나 루브르박물관, 팔레루아얄Palais-Royal처럼 장엄하지 않은 까닭이다. 똑같이 생긴 36채가 서로 어깨를 맞대고 서 있는, 슬레이트 지붕을 인 붉은 벽돌의 석회석 "연립주택"—서로 연결되는 회랑, 곧 프로므느와르promenoir는 맨해튼의 도시 블록 하나만 한 광장의 네 변에 닿은 인도를 에두른다—은 굳이 상상의 나래를 펴지 않아도 17세기 건축의 기적이라 말할 수 있다. 쿠르 카레cour carrée, 바른네모꼴의 안뜰가 모두 그렇듯이, 인상적인 것은 각각의 집이 아니라, 대부분 안쪽에 작은 정사각형의 뜰을 자랑하는 36채의 똑같은 집이 반복되는 것이다. 주문을 거는 것은 각각의 부분이 아니라, 정사각형의 대칭이다. 단, 대칭의 규모가 워낙 크다 보니 데카르트의 2차 곡선 대칭이나 바흐의 대위법적 조화처럼 때론 길을 잃게 만드는 겸손함이 있기는 하다. 프랑스인들이 데카르트적 모델에 지칠 줄 모르는 애정을 보인다면, 그것은 자연이 사분면으로 구성되어 있다고 생각해서가 아니라, 자연을 최대한 파악하고 이용하고 궁극적으론 설명하려는 욕망이 그들로 하여금 모든 것을 하나의 쌍으로, 그리고 두 개의 단위로 쪼개도록 만들었기 때문이다. 사지가 말에 묶여 찢겨 죽는 형벌은 최악의 형벌에 속할지 모르지만, 대칭에 열광하는 프랑스인들로 말미암아 궁전과 정원, 상상할 수 있는 가장 극적인 도시 계획이 탄생할 수 있었다. 계몽주의 시대가 도래하기 한참 전부터 프랑스인들이 소중하게 여겼고, 그들이 노력하는 척할 때조차도 떨쳐버릴 수 없었던 것, 다시 말해 명확성을 향한 열정이 탄생한 것과 마찬가지다.

17세기 전반에 보주광장이나 그 근처에 살았던 사람 중에 이 열정을 다른 어떤 것보다 소중히 여기지 않은 사람은 거의 없었다. 사랑—불행하고 요란스럽고 대개의 경우 비극으로 끝나는—에 대해 글을 쓸 때조차도 프랑스인들은 명확한 분별력을 보였다. 그들은 자신이 느낀 바, 혹은 느꼈다고 기억하는 바, 그리고 남들이 그들의 감정에 대해 생각하는 바를 분석해야만 했다. 지적이라는 단어의 가장 순수한—그리고 가장 거친—의미로, 그들은 지적이었다. 명확한 것은 그들이 본 것이 아니었다. 인간의 열정은 거의 그런 법이 없기 때문이다. 부정할 수 없게 명확한 것은, 그들이 본 것을 표현하는 방식이었다. 결국 그들은 인간의 약점을 분석하는 것을 그 어떤 것보다 좋아했다. 이 살롱 저 살롱 오가며 그들은 이야기를 늘어놓왔고, 그것은 보주광장에서 어렵지 않은 일이었다. 광장의 모든 저택에는 자기 침실에서 살롱, 곧 루엘ruelle을 열고 싶어 하는 프레쉬즈가 있었다. 이 사적인 루엘에서 이야기 이외에 다른 어떤 일이 일어났는지는 알 수 없다. 다만, 모든 사람이 모든 것을 이야깃거리로 만드는 데 능숙했다는 것만은 분명한 사실이다. 그들은 모든 것을 지성화했다.

데카르트가 『정념론』에서 했듯이, 프랑스인들은 그들 내부의 혼돈을 없애기 위해 이런 모델이 필요했나 싶을 만큼 놀랍도록 균형 잡힌 기하학적 평면에 사랑의 과정을 기록했다. 마드무아젤 드 스퀴데리Mademoiselle de Scudéry의 카르트 드 탕드르 Carte de Tendre 같은 사랑 지도는 지금도 파리의 포스터 가게에서 쉽게 구할 수 있다. 나름 고상하다 할 수 있는 스퀴데리의 지도를 외설적으로 변형시킨 얄궂은 지도들도 얼마 지나지 않아 나타난다. 그런 지도들 중에는 루아얄광장을 농염한 사랑의 수도로 표기한 지도도 있다. 세비네 부인의 사촌인 뷔시-라뷔탱Bussy-Rabutin도 그런 사랑 지도를 그렸다. 프랑스인들이 '허영의 시장Vanity Fair. 영국 작가 존 버니언의 소설 『천로역정』에 나오는 시장 이름'의 프랑스판을 부지런히 지도로 옮기는 동안, 해협 너머 존 버니언이라는 청교도 신자는 전혀 다른 성격의 여행을 바삐 기록하고 있었다. 이것만큼 프랑스인과 영국인의 차이를 극명하게 보여주는 것도 없을 것이다. 버니언의 『천로역정』은 라파예트 부인의 『클레브 공작부인』과 같은 해에 출간되었다.

하나는 세상을 선악으로 본 반면, 다른 하나는 세상을, 보주광장의 많고 많은 살롱에 유행처럼 번진 분석 열풍을 상기시키는 일련의 심리학적 굴곡으로 바라보았다.

프랑스인들은 이것을 이르는 말을 가지고 있었다. 그들은 이것을 프레시오지테préciosité. '겉멋' 혹은 '부자연스러운 꾸밈'이라는 뜻라 불렀다. 좋은 성질에 나쁜 이름을 붙이는 프랑스인들의 방식이었다. 결국 그들은 그들 자신을 좀 더 좋게 보고는 거기에 고전주의라는 이름을 붙였다. 어느 쪽이건 그들은 점차 거기에 빠져들었고, 의심을 파고든다든지 각각의 의심을 즈느세쿠아Je ne sais quoi―문자 그대로, 말로 나타낼 수 없는 그 무엇―라는 풀 네임으로 부른다든지 하는 일에 두 번 다시 반대하지 않게 된다. 그들에게 즈느세쿠아로 진실을 밝히는 것만큼 즐거운 일은 없었다. 데카르트와 마니에리즘Mannerism. 16세기 후반 이탈리아에서 유행한 지나치게 기교적인 미술 양식의 결합은 화려한 결과물을 양산했다.

데카르트의 충실한 제자인 샤를 르브룅Charles Le Brun은 보주광장의 주요 장식가 가운데 하나다. 그의 스타일은 종종 바로크적이라고 평가된다. 하지만 바로크적 감수성과 동떨어진 것이 있다면, 데카르트적 사고가 바로 그것이라는 데 반대할 사람은 거의 없을 것이다. 보주광장에서 지성이 과잉을 압도하는 장면은 흔하게 볼 수 있다. 그럼에도 순화된 고민의 흔적역시 숨길 수 없다. 엄격한 기준에 맞춰―앙리 4세의 건축가들이(보통 앙드루에 뒤 세르소Androuet du Cerceau와 클로드 채스틸롱Claude Chastillon이라고 전해진다) 제시한 본보기로부터 한 치의 어긋남도 없이―지어진 저택들의 지상 층과 2, 3층은 그림 같은 건축학적 조화를 보여준다고 할 수 있지만, 꼭대기 층의 지붕창까지 모두 그런 건 아니다. 각 건물의 건축가들이 종합 계획에 맞서 작은 반란을 일으킨 것이다.

보주광장의 건물을 애호한 앙리 4세는 역사상 가장 사랑받는 프랑스 왕이다. 재치와 유쾌한 성품, 분별력, 왕성한 식욕으로 유명한 그는 전통적으로 르 봉 루아le bon roi. 성군 혹은 르 베르 갤랑le vert galant. 숙녀들의 남자으로 불렸다. 프랑스의 모든 농부는 일요일마다 닭요리를 먹게 될 것이라고 그는 말했다. 프랑스 왕이 되려면 개신교에서 가톨릭교로 개종해야 한다는 소리를 들었을 때에도 그는 눈썹 하나 까닥하지 않았다. 그러고 나서는 파리는 미사를 드릴 만한 가치가 있는 곳이라고 선언했다. 보주광장의 사촌격인 시테섬île de la Cité의 도핀광장Place Dauphine처럼 보주광장도 확연히 앙리 4세 양식으로 건축되었다. 모든 건물의 외장을 벽돌과 석재로 꾸몄는데, 벽돌은 앙리 4세의 성격처럼 현실적이고 실용적이며 기본적인 자재로, 사시사철 만들 수 있다. 광장은 우아하고 세련되며 장식이 없는 곳이 드물지만, 대궐처럼 으리으리한 느낌은 없다. 더욱이 광장은 미리 결정된 디자인에 맞춰 자부담으로 집을 지어야 한다는 조건으로, 1605년에 앙리 4세와 재상인 쉴리 공작에게서 땅을 할당받은 고위관료와 사업가와 자본가의 정신을 반영한다. 어떤 사람들은 부유하게 태어났고, 또 어떤 사람들은 큰돈을 벌어 당연히도 돈을 날리지 않으면서 뽐낼 방도를 찾았다. 그러나 왕처럼 그들 역시 사치스럽지도 천박하지도 않았다. 왕이 권력에 취하지 않았듯이 그들 또한 부에 취하지 않았다. 물론 이 두 가지 형태의 도취는 머잖아 일어나는데, 한 세대 후 전혀 딴판인 군주, 곧 앙리의 손자인 루이 14세에 이르러 발현된다.

앙리 4세가 광장을 만들겠다고 마음먹은 땅에는 원래 첨탑으로 유명한 오텔데투르넬Hôtel des Tournelles이 있었다. 1559년에 앙리 2세가 가브리엘 드 몽고메리라는 다소 이국풍의 이름을 가진 사내와 친선 마상 창 시합을 벌이다 부상을 입고 죽은 곳이다. 앙리 2세가 죽은 뒤 왕비 카트린 드 메디치Catherine de Médicis는 오텔데투르넬을 밀어버렸다. 오늘날까지 카트린은 비열하고 교활하며 독한 왕비로 전해지는데, 그녀의 통치 행위 중 최악은 1572년에 수백 명의 신교도들을 칼로 베어 죽인 성 바르톨로메오 축일 대학살St. Bartholomew's Day Massacre이다. 카트린과 앙리 2세의 딸인 여왕 마고와 결혼함으로써 프랑스의 가톨릭교도를 회유하고자 했던 개신교도 앙리 4세가 결혼식 직후에 벌어진 대학살을 미연에 방지하지도 못했고, 앙리 2세가 죽은 곳에서 몇 블록 떨어지지 않은 곳에서 그 자신도 40년 후 광신자에게 암살되었다는 것은 역사의 또 다른 아이러니다.

앙리 4세는 결국 광장이 완성되는 것을 보지 못하고 죽었다.

앙리 4세와 쉴리 공작은 공상가로 불리기엔 너무 현실적이지만, 둘 다 공상가다운 면모가 있었던 것은 분명하다. 상인과 의류 제작자, 외국의 숙련공에게 정부의 보조금을 줘서 회랑에 상주하도록 하는 게 원래 그들의 계획이었다. 프랑스의 다른 재상처럼 쉴리 공작도 현명해서, 외국의 노동자를 끌어들여 국내에서 상품을 만든 후, 외국에서 수입해야 할 물품을 되레 수출할 생각이었기 때문에, 그것은 꽤나 근사한 아이디어였다. 하지만 결국 그것은 비현실적인 구상으로 판명되었다. 너무 비싼 땅이었기 때문이다. 더욱이 매우 배타적인 지역이라, 기획자들은 건물이 파리 시내를 정면으로 내다보도록 광장을 설계하기보다는 이 우아한 상가 건물들이 서로 마주 보게끔 안쪽으로 돌려놓았다. 마치 건물 정면을 보는 즐거움이 이렇게 호젓한 곳에 공원이 있으리라고 짐작조차 못하는 행인을 위한 것이 아니라, 행복한 소수의 몇 사람에게만 허락된 것이기라도 하듯.

보주광장은 호화로운 마당 안 모든 것이 안쪽을 향하도록 되어 있는데, 그것은 코르네유Corneille가 희극 『루아얄광장La Place royale』에서 정확히 간파한 것이다. 모든 사람은 가까이 살고, 모든 사람은 같은 무리 안에서 움직이고, 모든 사람은 다른 모든 사람의 일을 알고 있다. 창문 밖을 내다보면 모든 사람의 때 묻은 빨랫감을 엿볼 수 있다. 그렇다고 너무 확신하지 말라. 라파예트 부인이 궁궐의 삶에 대해 말했듯이, 이곳에선 보이는 것이 전부가 아니다. 코르네유가 곧장 추측한 대로 보주광장은 이상적인 황금 해안일뿐더러 이상적인 무대였다.

한편 자신들이 우주의 중앙에 속해 있다는 사실을 의심하는 거주민은 단 한 사람도 없었다. 그들은 까다롭고 신랄했으며 오만하고 성말랐고 악의적이었으며 경박한 동시에 세련됐고, 무엇보다 종국에 자기혐오에 빠지는 만큼 자기중심적이었다. 광장처럼 그곳 세상도 자기 내부로만 몰입해서, 농간에 넘어가는 순간 가장 파괴적이고 불온한 형태의 자기 성찰에 내몰렸다. 스스로를 이토록 바른네모꼴로 정갈하게 잘라 열어 보인 뒤, 슬쩍 엿본 화산 입구에서 무시무시한 키메라를 보고는 그만 얼어붙어 버린 사회는 지금껏 없었다. 고대 그리스 사회도 그렇진 않았다. 사람들 앞에선 흥겹게 놀았을지 모르지만, 속으론 대개 비관주의에 빠져 있었다. 그들이 세상을 향해 쏘아올린 아이러니는 스스로를 위해 아껴둔 아이러니에 비하면 아무것도 아니었다.

역사상 가장 정교한 문장을 쓴 걸로 알려진 라로슈푸코 공작은 어떤 동시대 작가보다 이것을 명확히 표현했다. 그의 격언은 짧지만 예리하고 신랄하다. "미덕은 종종 가장한 악덕과 다름이 없다." "우리는 우리를 인정하는 사람을 늘 좋아하지만, 우리가 인정하는 사람을 늘 좋아하는 건 아니다." "우리에게 결점이 없다면, 타인의 결점을 보면서 그토록 좋아하지는 않을 것이다." "우리가 작은 잘못을 고백하는 것은 단지 더 큰 잘못을 숨기기 위해서이다." "절친한 친구의 불행 속에서 우리는 꼭 슬프지만은 않은 감정을 발견한다."

오늘날 광장에서 비관주의나 음모의 메아리를 듣기란 어려운 일이다. 회랑에는 화랑과 상점, 식당, 작은 시너고그와 간호학교까지 모여 있다. 이제 예전처럼 열쇠를 가진 사람들에게만 광장 입장이 허용되는 것은 아니다. 따뜻한 여름날 오후, 잘 다듬어진 네 개의 잔디밭—프랑스의 정원은 어김없이 네 개로 나뉘어져 있다—가운데 하나가 대중에게 개방되고, 그곳 풀밭에서 연인들과 어린아이를 유모차에 태운 부모들이 전형적인 파리 시민답지 않게 여유를 만끽한다. 광장은 마레 지구의 문화적 중심지에 위치해 있다. 두 블록 떨어진 곳에 바스티유 오페라 하우스가 있고, 서쪽으로 몇 블록 가면 카르나발레 박물관^{Musée Carnavalet}이, 북쪽으로는 유대인 박물관과 피카소 박물관이 있다. 마레 지구에서도 그림같이 아름답기로 유명한 비에유-뒤-탕플^{Vieille-du-Temple}가가 그때나 지금이나 유대인 동네 한복판을 가로지른다.

저녁이 되면 광장은 소호풍이 원래 프랑스의 것인지, 아니면 뉴욕에서 수입한 최신 유행인지 긴가민가하게 만드는 사람들로 북적인다. 어느 쪽이 맞든 오늘날에는 모든 것이 순식간에 세계화한다는 사실의 반증이다. 그럼에도 표면을 긁어내면…… 그것은 여전히 그곳에 있다.

어둠이 내릴 때까지 내가 기다리는 까닭이다. 사위가 어두워진 뒤 고요한 왕의 집 회랑 아래, 코코나Coconnas 레스토랑 식탁에 앉아 있노라면, 광장 전체가 몇 세기 전으로 물러나는 느낌을 받는다. 모든 사람이, 저 앞의 인도를 걸었던 모든 위대한 남자와 여자가 살아 돌아온다. 마리옹 들로름, 레츠 추기경, 롱그빌 공작부인, 특히 저녁 무렵 보주광장에 도착해 통풍으로 고통 받는 몸을 회랑 아래 조심스럽게 감추고 사블레 부인을 보러 5번지로 느릿느릿 걸어가던 라로슈푸코 공작. 당연히도 그의 시선은 18번지로 향했을 것이다. 한때 그의 애인이었던 롱그빌 부인이 10년도 더 전에 창가에 서서, 자신을 위해 싸우다 결국 목숨을 잃은 콜리니의 모습을 지켜보던 그 18번지로. 라로슈푸코 공작과 레츠 추기경, 롱그빌 공작부인은 젊었을 적에 프롱드의 난에 가담했지만, 끝에 가서는 서로에 대한 인신공격성 글을 쓰면서 등을 돌렸다. 라로슈푸코 공작은 더없이 처절한 패배감과 환멸을 느꼈지만—짐짓 아무렇지 않은 척, 자신의 가면을 가면이라 부르면서 그는 그렇게 사랑과 정치와 다른 모든 것에 대한 슬픔을 숨겼다—친구들과 모여 앉아 격언들을 하나씩 끌로 새기면서 비극적 인생관을 조금이라도 덜 불길하게 해석하려고 그곳을 찾았을 것이다. "진정한 사랑은 유령과 같아서, 이야기하지 않는 사람은 없으나 본 사람은 드물다." "사랑을 결과로 해석하면, 사랑은 우정보다 증오에 가깝다." "사랑할 때는 아무리 가장해도 사랑을 숨길 수 없고, 사랑하지 않을 때에는 아무리 가장해도 사랑을 흉내 낼 수 없다."

살롱으로 손님을 실어 나르는 마차의 말발굽 소리, 광장을 어슬렁거리며 싸움질을 일삼는 건달들의 야유 소리, 떠돌이 개들이 짖는 소리, 찌걱거리며 반쯤 열렸다가 그만큼 잽싸게 닫히는 문소리가 들리는 듯하다. 프랑스식 창문 뒤에서 어른 거리는 불빛도 보이는 듯하다. 불빛이 하나둘 꺼지고 뒤이어 문소리와 발자국 소리, 자갈길 위로 울리는 마차 바퀴 소리를 상상한다. 모두 서로 마주치기를 원하지 않지만, 회랑 아래에 서 누군가를 맞닥뜨리면 하는 수 없이 의례적인 인사말을 주 고받고, 몇몇은 두어 집 건너 제집으로 가고 또 몇몇은 집으로 가는 척하지만 실제론 다른 곳으로 향한다.

한 시간 후 광장은 고요해진다.

파리에서의 마지막 날 저녁에 나는 랑브루아지를 찾는다. 문 닫을 시간이 얼마 남지 않았다. 전날 저녁 식사가 끝나갈 무렵 식당에서 권한 디저트용 위스키의 이름을 물어보려고 들 른 참이다. 웨이터는 기억하지 못한다.

웨이터가 와인 담당 직원을 부르자, 직원은 꼭 배우처럼 두 꺼운 커튼 뒤에서 나타난다. 직원은 질문을 받고 기분이 좋은 듯하다. 위스키는 21년산 포쉬두Poit Dhubh이다. 미처 내가 알아 채기도 전에 그는 위스키 두 병을 들고 오더니 하나를 넉넉히 따르고는 다른 것도 시음을 해보라고 권한다. 지난 일주일 동안 프랑스에서 마신 술 중 최고다. 프랑스가 아닌 스코틀랜드의 술을 발견하는 것으로 여행을 마무리 짓다니 참 희한한 일이라고 내가 말한다. 가까이 서 있던 웨이터 하나가 다가오더니 그렇게 놀랄 일이 아니라고 대답한다. "왜 그렇지요?" 내가 묻는다. "스코틀랜드 사람인 몽고메리가 마상 창시합 중에 실수로 앙리 2세를 죽게 하지 않았다면, 오텔데투르넬은 철거되지 않았을 거고, 그러면 보주광장도 만들어지지 않았을 테니까요!"

식당 문을 나선다. 택시를 기다리는 사람들이 보인다. 모두 영어로 말한다. 별안간 스케이트보드를 탄 젊은이 넷이 서로 뭐라고들 고함을 내지르면서, 가는 길에 사람이 있건 없건 상관없다는 듯이 요란한 바퀴 소리와 함께 화랑 앞을 쌩하게 달려가더니 회랑 아래를 미끄러져 간다. 네 명 모두 때를 맞춘 듯 일시에 무릎을 굽히더니 위험할 만큼 큰 파도를 타려는 서퍼처럼 손바닥을 한껏 펼치고 스케이트보드 한쪽 끝을 기울여 갓돌 위로 껑충 뛰어올라 길가로 올라서고는, 잔인한 루이야크 후작의 집을 지나 빅토르 위고의 집이 있는 모퉁이를 돌아 마침내 어두운 밤 속으로 사라진다.

나는 그제야 한 무리의 또 다른 젊은이들이 내는 소리를 상상한다. 모두 소리를 지르고 있다. 어떤 이는 저주를 퍼붓고 어떤 이는 서로를 부추기고, 또 어떤 이는 무찌르러 가자고 재촉한다. 장검을 뽑는 소리, 두려운 자들의 고함 소리가 들리는 듯하다. 광장의 모든 사람이 별안간 긴장한 채 겁에 질려 창밖을 내다본다. 나는 주위를 휘둘러보며 1614년 1월의 어느 추운 날 밤에 네 명의 검객이 칠흑 같은 어둠 속에서 햇불을 휘두르는 모습을 상상하려고 한다. 까마득히 먼 옛날처럼 느껴지는 한편—광장 너머 불빛을 바라보자니—어제 일 같기도 하다. 보주광장의 모든 방문객이 그렇듯이 나 역시 이것이 과거에 끼어든 현재인지, 아니면 현재 속에서 영원히 반복되는 과거인지 자못 궁금해진다. 하지만 그 순간, 그것이 일주일 동안 그곳에 머문 이유가 아닐까 하는 생각이 든다. 현재를 잊거나 과거를 되찾기 위해서가 아니라, 현재와 과거가 꽤나 다르다는 사실을 잊기 위해서.

토스카나에서

날들을 센다. 그러지 말아야 한다는 걸 안다. 그러지 않으려고도 노력한다. 하지만 난 미신에 약한 사람이고, 이 꿈 같은 토스카나의 풍경을 놓았다가 다시 품을 때마다 마법을 약화시켜야 하므로, 어쩔 수 없는 일이다. 이곳의 풍경은 여기가 영원히 나의 것이라고 속삭이며 신기한 마법을 부린다. 여기에 더 머무르라고, 고속도로를 벗어나 소나무가 늘어선 거리를 달리면서, 일주일이라는 시간 안에 삶의 기적을 압축시키는 것이 마치 유일한 존재 이유처럼 보이는, 숨막히도록 아름다운 집을 발견할 때마다 시간은 멈춘다고. 사랑을 감당할 수 없음을 아는 연인처럼, 나는 공연히 까탈을 부리고 안달을 내며 성급하게 작은 풍경에서 결점을 찾으려고 한다. 계곡 너머 두어 가지 색깔과 음색, 종소리만으로도 드넓은 풍경은, 모든 걸 앗아갈 만큼의 충격적 경험을 미리 연습하겠다는 내 보잘것없는 시도를 필시 무색하게 만들 것이기 때문이다.

그래서 나는 날들을 센다. 이틀이 지나고 닷새가 남았다. 내일 이맘때면 사흘이 지나고 나흘이 남을 것이다. 남은 날보다 지나간 날이 더 많아지는 날을 어떻게 보낼지 잊지 말고 계획해야 한다. 그날 아침 나는 마음을 다잡고, 바로 이 관리실 바깥에 선 채로 정원사와 예기치 않게 대화를 이어나가다 여행의 마지막을 생각하느라 몇 초의 시간을 떼어냈던 일을 기억할 것이다. 고대인들이 풍년이 든 해에 질투하는 신들을 누그러뜨리려고 술잔을 쳐서 와인을 엎지르는 것처럼, 나는 매 시간 지나갈 때마다 여행의 마지막 날을 떠올리느라 몇 초를 낭비한다. 그렇게 난 피할 수 없는 것을 뚫어지게 응시함으로써 바깥으로 내몬다. 그것은 또한 내가 몇 주 후 꿰어 맞출 조각들을 모으는 길이기도 하다. 루카Lucca시 외곽 계곡의 풍경. 정원에 촛불을 켜놓고 즐기는 저녁 식사. 영영 끝나지 않을 것 같은 마을 이름들. 몬티키엘로, 몬테풀치아노, 몬탈치노, 몬테피오랄레, 이런 몬테, 저런 몬테, 평생토록 이어질 몬테들.

어느 일요일 저녁에 뉴욕의 거실에 앉아 몇 주 동안 우편함에 끝없이 쏟아져 들어온 농가 카탈로그를 뒤적이던 게 먼 옛날 일 같다. 수영장이 있거나 없는 집, 요리사가 있거나 없는 집, 포도밭과 올리브밭이 있거나 없는 집, 비스타 파노라미카vista panoramica. 전망가 있거나 없는 집—우리는 전망 좋은 집을 원했다. 사이프러스가 있고 황토 타일 지붕에 녹슨 경첩이 달린 색 바랜 갈색 문이 있는 집을 원했고, 개울이 있기를—꼭 있어야 한다—원했고, 사방에 포모도리pomodori. 토마토와 지라솔리girasoli. 해바라기, 통통한 주크zucche. 호박가 있기를, 바짝 마른 뜨거운 로즈메리와 오레가노 밭이 주위를 가득 메우기를 원했다. 아득히 먼 곳을 내다보는 수영장이 있기를 원했다. 또한 창틀 자체가 그림처럼 보이는 창문을 반쯤 열고 근처의 언덕과 들판을 내다보길 원했다.

화려한 빌라 광고는 카탈로그 한가운데를 장식했는데, 친근하면서 엉뚱한 이름의 빌라들은 특히 낭만주의나 후기 낭만주의 작품을 읽은 사람이라면 더더욱 남몰래 마음속에 품고 있는 토스카나 내륙 지방의 꿈같은 무한의 정경을 환기하면서 지복의 시간을 약속했다. 독서가의 토스카나. 영원불멸.

그러던 중에 **그것**이 눈에 띄었다. 집 이름은 일레초Il Leccio였다. 바로 **이거**야! 나는 외쳤다. **이** 집은—내가 그냥 내버려둔다면, 내가 방해하지 않고 단 한 번만 경계를 늦춘다면—**이** 집은 내 삶을 바꾸고, 내 삶이 되고, 내가 늘 원했고 그리 되리라 알고 있었던 삶을 다만 일주일이라도 살게 해줄 것이었다. 모든 것이 삶과 같은 크기이고, 무한과 유한이 하나인 삶을.

우리는 토스카나의 집을 통해 새사람이 되고 새 삶을 살고 또 다른 우리를 불러낼 수 있다. 매일 아침 햇빛 찬란한 고대의 땅으로 나가고 싶어 울부짖는 또 다른 우리, 우리가 신뢰하지도 않고 어찌해야 할지, 어떻게 기쁘게 할지도 모르는 느림보 지니처럼 비밀리에 영원히 가둬 놓고 늘 한옆으로 치워놓는 또 다른 우리. 적당한 살균 처리로 오래 묵히되 거칠지 않고, 정통의 맛이 나되 개량되었고, 오래되었으되 한물가지 않은 와인과 치즈를 좋아하듯, 기본적인 것을 필요로 하나 그것을 또한 열정적으로 좋아하는 기본적인 우리. 토스카나에서는 우리가 한때 상상했던 세상이 펼쳐진다. 아그리투리즈모agriturismo, 곧 농가와 헛간을 값비싼 숙박시설로 바꾼 이탈리아식 발명은 판타투어리즘fantatourism의 궁극이다. 그것은 우리로 하여금 시골 사람처럼 살게 해준다. 더 정확히는 그 옛날 봉건시대 검소한 시골 지주의 삶을.

이곳에서는 식사도 시골 지주가 먹듯 나온다. 아침으로 제공되는 빵과 버터, 복숭아 잼은 모두 몇백 미터 이내에서 만들어진 것이다. 점심에는 올리브 오일과 레몬과 바질을 곁들인 진한 토마토 주스—모두 근방에서 구한 것이다—를 배불리 마신다. 다만 잘 부서지는 커다란 소금 결정은 시칠리아산이다. 더없이 검소하다. 와인은 가장 소박한 게 나온다. 어디를 가나 고급스러운 것은 없다.

우리는 그들의 세상과 관습, 기질, 정성 어린 친절을 돈으로 사면서 그들의 지난 800년 역사를 은밀하고도 깊숙이 들여다보길 원한다. 땅을 만지면서, 다른 이들이 어떻게 이 땅을 밟았고 손에 넣었는지를—피를 흘리지는 않았어도—알고 싶어한다. 예술가와 시인과 허풍선이와 무자비한 용병은 한때 이 땅을 걸었고, 우리 아이들이 조약돌을 던지며 좋아하는 이 우물에서 물을 마셨다. 지난밤 네 사람이 앉을 테이블을 기다리며 우리가 서 있었던 이 골목길에서 그들은 세레나데를 불렀고 싸움질을 벌였고 저주를 퍼부었다.

지금 나는 정원사와 이야기를 나누며 길 안내를 받고 있다. 키안티Chianti로 갈 생각이다. 니콜로 마키아벨리가 사랑하는 피렌체를 떠나 산카시아노San Casciano 근처 소읍 산탄드레아인페르쿠시나Sant'Andrea in Percussina에서 유배 생활을 했다는 이야기를 누군가에게 들은 참이었다. 권세 부리지 않는 쇠락해가는 귀족 계층을 상징한다는 점에서 특이한 곳이라고 한결같이 입을 모은다.

길 안내를 받으면서 벌써 오늘 아침을 마음속에 새기는 중이다. 내가 그러고 있는 줄 눈치챈 모양인지 정원사가 진녹색의 세이지 잔가지를 하나 건넨다. "냄새를 맡아보세요." 여행자들은 현지인이 건네는 거의 모든 것에서 추억거리를 찾으려고 한다. 정원사가 옳았다. 토스카나는 이렇게 기억에 남는 귀표들로 이루어져 있다. 이 청명한 하늘, 복잡한 이름의 이 작은 마을과 계곡 들, 아무개 남작이 부정한 아내를 처벌하고, 아무개 백작이 굶주린 나머지 전설에 따르면 결국 제 아이들을 잡아먹었다는 이 탑들, 진흙으로 만든 복잡한 지구라트처럼 불쑥 나타나 해바라기밭이 군데군데 흩어진 우거진 계곡 속으로 또 불쑥 사라지는 이 작은 테라코타 마을, 이런 모든 것을 느끼려고 이곳을 찾는다. 수많은 세대보다 오래 살아남아서 지구가 태양을 향해 무모하게 돌진하는 마지막 순간까지도 변하지 않을 것들. 매 순간을 기록하고 싶다.

아침 7시. 밖에 나가 우유와 빵을 사는 게 좋다. 몸을 돌려 흙길로 올라서기 전, 샌들이 젖은 풀과 자갈, 조금 더 멀리 나아가 조약돌이 깔린 길 위를 스치는 기분이 좋다. 사이프러스 위 높은 하늘을 돌며 날카롭게 울어대는 새소리. 사람은 한 명도 보이지 않는다.

아침 8시. 커피숍 첫손님이다. 바리스타에게 작은 우유갑을 건네받고 에스프레소를 주문한다. 미국인 손님이 들어온다. 〈헤럴드 트리뷴〉 들어왔나요? 논 안코라, 시뇨레Non ancora, signore. 미국인이 투덜거리면서 자리에 앉더니 마찬가지로 에스프레소를 시킨다. 나와 달리 "장기" 체류하는 부지런한 단골손님임에 틀림없다. 따뜻한 빵을 사러 가는 길에, 빵집 주인이 보카치오의 이야기 속 오쟁이 진 남편 같다는 생각이 새삼 떠오른다. 토스카나 사람들은 빵에 소금을 치지 않는다. 단테에게 소금 친 빵을 먹는 것은 유배의 상처에 고통을 더한다.

마키아벨리가 또다시 생각난다. 1513년 12월 10일 친구이자 후원자인 프란체스코 베토리Francesco Vettori에게 보낸 유명한 편지에서 마키아벨리는 실각한 뒤 시골에서 지주로 지내는 비통의 삶을 묘사한다. "저는 지금 농가에서 지냅니다." 공직에 다시 불러주지 않을까, 고향에서 기별이 오기만을 기다리던 사내는 이렇게 쓴다. 토스카나의 가장 유명한 유배자가 그린 농촌 체험 관광의 지극히 실망스러운 초상이라 하겠다. 그는 동이 트기 전에 일어나 지빠귀 덫을 놓으러 나간다. 마키아벨리는 편지에 자신의 왕국에서 "작은 일"을 끝마쳤다고 넌지시 말한 다음, 새를 잡기 위해 먼저 끈끈이를 준비하는 과정을 묘사하고는 등에 새장을 지고 들판을 터덜터덜 걸어가는 제 모습이 우스꽝스럽다는 걸 자기도 잘 안다고 덧붙인다. "적게는 두 마리, 많게는 여섯 마리를 잡았을 겁니다."

아침 10시. 날이 가기 전에 뭔가 유용한 일을 해야 한다. 시간이 더 지나면 일을 할 시간도 의지도 남지 않게 된다. 바람은 여전히 상쾌하고, 뜨거운 햇살이 쏟아지기 전에 서둘러야 한다. 투명한 아침 햇살이 힘차고도 찬란한 붓질을 두어 번 하는 동안, 하루의 모든 활동을 몰아쳐 끝마친다.

마키아벨리. 하루 중 이맘때가 되면 그는 벌채자들을 감시해야 한다. 그들과 잠시 한담을 나누다 언제나처럼 지칠 줄 모르고 쏟아내는 그들의 하소연을 들은 다음, 자리를 옮겨 어떻게든 땔감 값을 내지 않으려고 온갖 묘안을 짜내는 사람들과 언쟁을 벌인다. 판에 박은 듯 똑같은 하루하루, 정오가 되면 선술집에서 손님 몇과 잡담을 나누다 집으로 돌아가 "초라한 농장과 보잘것없는 재산이 허락하는 한에서 음식을 차려" 가족들과 점심을 먹는다.

오전 11시. 오늘 아침 땅에 떨어진 것이 보기만 해도 탐스러운, 그 자리에서 먹지 않으면 즙이 흥건하게 흘러내릴 게 틀림없는 농익은 붉은 복숭아처럼, 강렬한 햇살이 별안간 폭발

하듯 쏟아진다. 빛은 주변의 땅과 건물들의 색을 띤다. 진흙의 색, 영원불멸의 황토색.

정오. 이 세상을 별세상으로 만드는 시간과 공간과 관습이 있음을 알리는, 멀리서 들려오는 종소리. 향기 나는 메마른 땅에 소리는 어떻게 전해지는가. 이 소리를 떠올리지 않고 다른 곳에서 들리는 아득한 교회 종소리를 견뎌낼 수 있을까?

빌라를 오가는 길이 점차 눈에 익는다. 이젠 집으로 가는 길을 찾지 못해 헤매는 일이 없다. 나의 일부는 이렇게 빨리 길을 익히는 게 좋다. 현지인처럼 되어가고 이곳에 적응한다는 뜻이기 때문이다. 하지만 마치 이곳에 막 내려 무엇 하나에라도 익숙해지려면 몇 날 며칠이 필요한 사람처럼 나의 또 다른 일부는 영원히 길을 잃기를 원한다.

1시가 다 돼서 작은 마을 산탄드레아인페르쿠시나에 도착한다. 시간을 거슬러 올라가는 것만큼 이곳에 오는 게 힘들 줄 알았는데, 마키아벨리의 서간집을 서점에서 찾는 것보다 오히려 더 빠르고 수월했다.

오후 1시. 풀고르fulgor. 빛와 토르포르torpor. 무기력, 무관심라는 두 개의 라틴 단어. 하루 중 풀고르가 토르포르가 되는 시간은 정확히 언제일까? 어느새 투명함과 순결함을 잃은 빛이 경사진 지붕 위로 두껍게 비껴든다. 사람들은 자동적으로 그늘을 찾는다. 이곳 사람들이 이르듯이, 태양에 "휴전은 없다." 땅 위로 피어오른 흐릿한 안개가 모든 것을 흔들려 보이게 한다. 공기가 출렁이지만 바람은 없다. 비물질적 소리의 으뜸인 곤충 소리를 떠올리지 않고서 어떻게 점심 이후의 이 숨막힐 듯한 짙은 고요를 묘사할 수 있을까?

마키아벨리. 집에서 점심을 먹은 『군주론』의 저자는 선술집 으로 돌아가 선술집 주인과 푸줏간 주인, 방앗간 주인, 아궁이 지기 둘과 시간을 보낸다. 하지만 그들은 초서의 순례자들이 아니다. 태양을 피해 허름한 선술집에 들어앉아 거친 말을 주 고받는 토스카나 사람들의 모습이 눈에 선하게 그려진다. "오 후 내내 그들과 어울려 크리카cricca. 카드 게임와 주사위 놀이를 하면서 천박함의 세계에 빠집니다." 마키아벨리는 말을 잇는 다. "그렇게 놀이를 하다 보면 천 번도 넘게 목소리를 높이고, 무례한 말로 서로를 모욕하고, 동전 한 닢에도 치고받고 싸우 면서 산카시아노까지 들리도록 고래고래 소리를 질러댑니다." 니콜로 마키아벨리는 이보다 더 천박해질 수 없었다.

역설적이게도, 소박하고 시골적인 토스카나의 삶이라고 우 리가 환호하는 모든 것—향토색에서부터 그곳 사람들, 키안 티 근처의 이 초라한 소읍에 있는 그의 초라한 집에 이르기까 지—에 마키아벨리는 진저리를 냈다. 마키아벨리의 집이 매 물로 나올 리는 없지만, 나는 나 자신을 어쩌지 못하고 지극히 뉴욕 사람다운 행동을 한다. 마음속으로 가치를 따지는 것이 다. 나는 가능성을 내다본다. 가격이 어느 정도면……? 크리스 마스와 부활절, 가을철 추수감사절에도—솔직히 말하면 1년 내내─오려면 방한 준비를 제대로 해야 할 것이다. 새 삶을 시작할 수 있다. 비타 누오바^{vita nuova}, 단테가 사랑하는 여인 베아트리체에게 바친 초기의 시를 묶은 시집 제목이다.

불운이 밀어놓은 이 무기력한 진창에서 마키아벨리의 유일한 위안거리는 책을 읽는 것이었다. 단테, 페트라르카, 티불루스, 오비디우스. 그는 다음처럼 썼다. "저녁이 되면 집으로 돌아가 서재에 들어갑니다. 문 앞에서 진흙과 먼지투성이의 작업복을 벗고 격식을 갖춰 궁중 의복으로 갈아입습니다. 그렇게 의관을 정제한 후 고대인들의 장엄한 궁중에 들어가 그들의 환대를 받으며 오롯이 제게만 허락된, 또한 제 탄생의 목적이기도 한 음식을 먹습니다. 그곳에서는 그들과 이야기하고 그들이 왜 그렇게 행동하는지 묻는 것이 전혀 부끄럽지 않습니다. 그들은 또 얼마나 친절하게 제 질문에 답해주는지요. 그렇게 하루의 네 시간 동안 지루함과 만사를 잊다 보면 가난도, 심지어 죽음도 두렵지 않은 상태가 됩니다. 그들에게 저 자신을 온전히 맡기는 것이지요."

토스카나에 대해 내가 늘 꿈꿔온 것이다. 이곳은 아름다움─작은 마을, 황홀한 풍경, 맛있는 음식, 예술, 문화, 역사─으로 가득 찬 곳이지만, 궁극적으론 책을 사랑하는 곳이다. 이곳은 독서가의 낙원이다. 책이 사람들을 이곳으로 부른다. 토스카나는 당연히도 현재의 삶─간소하고 섬세하고 변덕스럽고 복잡한 현재의 삶─을 사랑하는 사람들을 위한 곳이지만,

과거의 그림자를 품은 현재를 사랑하고, 비스듬히 각진 세상을 사랑하는 사람들을 위한 곳이기도 하다. 책을 사랑하는 사람들.

세상으로부터 살짝 떨어져 표류하기. 그렇게 난 토스카나뿐 아니라 세상의 많은 것을 사랑하게 되었다. 지금 이날들을 너무 사랑하기에 난 날들을 센다. 그저 즐길 수 있었는데 날들을 센 나 자신이 얼마나 요령이 없었는지 언젠가 기억할 것임을 잘 알면서도 날들을 센다. 이 모든 것을 잃고서 짐짓 당황하지 않은 척하려고 날들을 센다.

그러면서도 나는 나 자신을 알기에, **다른** 날들을 세고 있다는 걸 안다. 이곳으로 다시 돌아와 어느 작은 땅에서 오래된 집을 찾아, 공연히 조바심을 내거나 트집을 잡는 일 없이 그것을 오로지 나만의 것으로 만들 날들을.

바르셀로나

이처럼 햇빛 찬란한 화창한 날에 호텔 방에서 내다보는 전경은 인상주의 그림에나 나올 법하다. 프랑스식 창문과, 지중해의 또 다른 온화한 늦여름 날을 예고하듯 이따금 바람에 부드럽게 부풀어 올라 나부끼는 커튼을 지나 발코니로 나간 뒤가느다란 난간에 몸을 기대면, 햇빛을 받아 눈부시게 빛나는 바르셀로나의 라세우La Seu 대성당이 웅장하게 눈앞에 펼쳐진다. 여러 시대 동안 아득히 먼 곳까지 뻗어나가 숱한 일을 목격한 탓에 누가 무엇을 누구에게 언제 어떻게 했는지 기억하지 못하는 중세도시들 한가운데에 수많은 대형 교회가 서 있듯이, 대성당도 바르셀로나의 구도심인 고딕 지구Barri Gòtic 한복판에 서 있다. 파리, 밀라노, 런던, 베를린은 문화, 관광, 금융의 융성한 중심지로의 성장을 멈춘 상태다. 세계적인 초거대도시hypercity가 된 것이다. 반면에 40여 년 동안 프랑코 총통의 무자비한 독재를 견뎠던 바르셀로나는 비단 회복세에 접어든 것만이 아니다. 그곳은 이제 하이퍼맵hypermap 위에 있다.

이 말은 곧 지도에 계속 머문다는 뜻이다.

　거듭 나의 이해를 벗어나는 도시의 깊이를 가늠하려 애쓰며 발코니에 서 있는데, 며칠 동안 눈에 띈 거지 여인이 또다시 시야에 들어온다. 검은 옷을 입은 거지 여인은 언제나처럼 성당 계단에 앉아, 좁은 문을 천천히 오가는 관광객들의 몸에 거의 닿을 듯 뻣뻣한 팔을 줄곧 내밀고 있다. 거지 여인은 적선을 하건 안 하건 모든 사람에게 애처롭게 고맙다는 말을 연신 중얼거리면서 어쩌면 몇 년간 그래 왔듯이 앞으로도 계속 그곳에 있을 것이다.

　내가 바르셀로나를 찾은 이유가 있긴 한데, 모든 사람이 내게 경고했듯이 그 이유가 참 가당치도 않다. 나의 유대인 조상 중 스페인에 남은 잔존자를 찾아온 것이다. "잔존자"라는 단어는 잘못된 표현이다. 잔존자는커녕 그 흔적조차 없다는 걸 나도 안다. 하지만 내가 찾는 것을 달리 뭐라 불러야 할지 모르겠다. 우리는 오랫동안 우리 내부에 있다고 반쯤은 확신하는 그 무엇에 상응하는 것을 찾아 특정한 장소에 간다. 외부는 환경을 설정하고, 내부를 더 잘 보게 해준다. 외부—독단적 외부라도—없이는 내부에 이르지 못할지도 모른다.

　전해 내려오는 이야기에 따르면 나의 조상은 카탈루냐Catal-onia와 안달루시아Andalusia의 여러 지역 출신이다. 우리 가족 중 스페인을 방문한 사람은 500년 만에 내가 최초다. 그렇지만 수십억 달러를 떠올릴 때처럼 500년이라는 시간이 내게, 내 몸에, 나의 살아 있는 손에, 나의 어머니께 적용될 때 그것이 무슨 의미인지 나는 모른다. 500년은 상상을 넘어선다.

1391년 8월에 이곳 바르셀로나에서는 끔찍한 대학살이 자행되어 유대인이 전멸하다시피 했다. 이베리아반도에 거주하는 유대인들이 자의건 타의건 대거 가톨릭교로 개종한 것도 그해부터였다. 그로부터 100년 후, 이렇게 새로 개종한 기독교도들—콘베르소converso로 불린 이들은 가짜 기독교도라는 의심을 피하지 못했다—은 스페인 종교재판을 통해 조직적으로 색출되었고 200여 년에 걸쳐 모진 박해를 받은 끝에, 오늘날 유대인 피가 흐르는 스페인 사람이 실제 알려진 것보다 훨씬 많거나 혹은 유대인 청소가 스페인만큼 철저하게 이루어진 곳이 없다고 말하는 게 정당할 것 같다.

1391년에 개종을 거절한 유대인들은 101년 후인 1492년에 페르난도 국왕과 이사벨 여왕에 의해 스페인 왕국에서 추방되었다. 오늘날 스페인에 사는 유대인들은 조상이 추방된 지 몇 세기가 지나 "귀향했거나" 최근에 동유럽과 아메리카, 북아프리카에서 유입된 이민자들이다. 접목된 유대인이자 수입된 유대인인 셈이다. 토종 유대인은 사라졌다.

역설적인 사실은 조상 중에 콘베르소가 있다고 말하는 바르셀로나 사람들이 적지 않다는 것이다. 유대인 혈통이라는 게 마치 조상 계보에서 일종의 기분 전환이자 자극인 것처럼, 그런 인정을 하는 데에는 어딘가 과감하고 발칙한 구석이 있다.

프로이트의 개념을 비틀자면, 이런 사람들은 그림자 개종자들, 다시 말해 어쩌면 유대인 과거 같은 것은 존재하지도 않는데 그것을 슬쩍 자신의 역사에 삽입하는 사람들이다. 유대인 혈통을 꾸미는 게 무례하고도 멋져 보인다면, 그것은 또한 그럴 가능성이 희박하거나 그저 무관한 일이기 때문일 것이다.

대성당 옆 카예^{calle. 거리}였던 곳을 걷다 보면 그 이유를 쉽게 짐작할 수 있다. 미슐랭 가이드로 무장한 채 결코 찾지 못할 거라고 경고 받은 단서를 찾아 종작없이 헤매는 유대인들을 제외하면, 카예를 배회하는 유대인은 마치 수 세기 전에 멸종되었다가 어느 날 느닷없이 조상의 평원에 나타난 종과 같다. 죽음은 받아들일 수 있다. 그러나 멸종은 상상을 넘어서는 것이다. 조상의 죽음을 막기 위해 과거로 온 시간 여행자가 된 기분이다.

나는 어번컬투어스^{Urban Cultours}의 바르셀로나 "유대교" 관광을 통해 카예마요르^{calle mayor}, 곧 큰 규모의 게토가 있었던 곳을 지나 근처의 게토 "별관"인 카예메노르^{calle menor}로 향한다. 한때 유대교 회당이 서 있었던 곳으로 발걸음을 옮긴다. 또 다른 작은 회당을 방문한 뒤 어느 유대인 연금술사의 집으로 안내된다. 어느 날 젊은이가 연금술사의 문을 두드리며 사랑의 묘약을 달라고 했다. 연금술사는 젊은이가 약을 쓰려고 하는 사랑하는 여인이 다름 아닌 자기 딸이라는 사실을 까마득히 모른 채 기꺼이 마법의 약을 끓였다. 이 이야기는 보카치오와

벤 존슨Ben Jonson. 16세기 영국의 극작가이자 시인, 영화 〈하오의 연정〉
이 뒤섞여 만들어진 것이다. 내가 듣기로 두 연인은 죽을 때까
지 행복하게 살았다.

연금술사의 집 바깥에서 어느새 나도 여느 유대인처럼 남몰
래 무언가를 찾으려 하고 있었다. 나는 신자도 아니고, 그 행
동에는 뭔가 저속한 느낌이 있지만, 메주자mezuzah. 유대인들이 성
경 구절을 새긴 양피지를 담아 문설주에 박아 놓는 합의 징표인 새김 자국이
만져지지 않을까 하고 내심 바라면서 오른쪽 문설주를 손으로
더듬어 보았다. 여행 안내원이 내 행동의 의미를 알아챘다는
걸 알지만, 눈치껏 아무 말도 안 하는 게 상책이다. 안내원이
안다는 걸 나도 알고 내가 안다는 걸 안내원도 알고 안내원이
안다는 걸 또 내가 알고 …… 나는 이렇게 콘베르소의 장난 속
에서 자랐다.

고딕 지구의 좁은 길들은 지금도 우리를 어딘가로 데리고
갈 것을 약속하지만, 한 폭의 그림같이 아름다운 거리, 처음엔
너무도 고요하지만 그다음 순간 쾅쾅 능숙하게 연장을 다루는
장인들의 소리가 가득 차는 거리를 이리저리 거닐다 보면, 어
느 결에 "유대교" 관광은 출발지였던 자그마한 산펠리프네리
광장Plaça de Sant Felip Neri으로 돌아와 끝을 맺는다. 크게 한 바퀴
돌고 온 셈이고, 그제야 안내된 모든 곳이 과거에 그랬을지도
모르는 곳이라는 사실을 깨닫는다. 이곳은 회당이었을지 모르
고, 이곳은 사채업자의 집, 또 이곳은 유명한 매춘부의 집, 또

이곳은 또 다른 회당이었을지 모른다. 건물 벽에 새긴 히브리어 오목새김조차 복제품이다. 변하지 않은 진정한 것은, 500년이 지난 지금 유대인의 흔적은 그 어디에도 남아 있지 않다는 사실이다.

중세 시대 유대인의 삶이 어땠는지 보려면, 바르셀로나에서 기차로 한 시간이 채 걸리지 않는 작은 도시 헤로나Girona를 찾아가 보라고 누군가 권한다.

하지만 헤로나에서도 같은 광경이 반복된다. 구불구불 굽이진 어두운 자갈길, 전성기와 암흑기를 모두 겪어낸 게토, 눅눅한 진흙과 회랑 석회질에서 나는 역겨운 냄새, 정오 무렵 개가 짖어대는 소리, 어디서나 볼 수 있는 오래된 게토를 내려다보는 큰 성당, 곧 썩어갈, 고통스러울 만큼 진한 꽃향기. 점심거리를 요리하는지 음색 냄새를 맡는 순간, 나는 이곳의 삶이 어땠을지 단박에 알아챘다. 이곳 사람들은 유대인을 잊지 않았다. 그들은 다만 그들이 잊었다는 사실을 잊은 것뿐이다.

헤로나는 보석 같은 작은 도시이다. 철저한 고증을 거쳐 신중하게 재건축된 뒤 꼼꼼하게 관리되는 유대인 테마파크인 셈이다. 유대인 역사박물관에는 오래된 유대인 묘지에서 가지고 온 묘비들이 전시되어 있는데, 이런저런 사람을 추모하는 비문과 날짜와 몇 마디 말 속에 나의 고모할머니, 고모할아버지의 이름과 똑같은 이름들이 보인다.

그러나 도시를 "재창조하는" 과정에서 헤로나는 골목길을 부수고 벽을 옮기면서 도시 전경을 재배치했는데, 이것은 수백 년 전 헤로나 주민들이 유대인들을 막고 한곳으로 내몰 때 이미 했던 바이다. 그때 그들은 벽을 부수고 새로 벽을 세웠다. 근대의 도시 설계자들이 반드시 그 과정을 거꾸로 한 것은 아니다. 즉, 그들은 헤로나를 복원하는 대신 그림자 헤로나를 발견하려고 애쓰면서 또 다른 헤로나를 재창조했다. 이 작업에는 무례한 세련미만큼이나 역사적 정확성이 엿보인다.

기억을 희롱하는 것은 바르셀로나에서 드문 일이 아니다. 유물을 훼손함으로써 우리는 기억도 함께 훼손한다. 매일 그렇게 한다. 돌이 우리를 대신해 기억하므로, 도시들은 더 높은 기준으로 평가되어야 한다. 우리가 돌을 바꾸는 것은 우리의 정체성을 바꾸기 위해서이다.

바르셀로나 대성당은, 10세기에 파괴되었다가 11세기에 재건된 뒤 13세기에 같은 자리에서 또 한 번의 재건 과정을 거친 오래된 바실리카 유적 위에 세워졌다. 저녁이면 안에서 환한 불빛이 내비치는 성당의 정면은 중세 시대가 아닌 19세기 후반으로 거슬러 올라가는 고딕 양식의 모방이다.

그 외에도 더 있다. 성당에서 서쪽으로 한 블록 떨어진 노바광장Plaça Nova은 고대 로마 도시 바르시노Barcino로 들어가는 정문의 잔해를 마주한다. 도시의 벽들이 억눌린 욕망처럼 땅 위에도, 땅 아래에도, 고딕 지구의 여성 액세서리 가게에도 드러나 있다. 노바광장 옆에는 보행자 거리인 대성당의 길Avinguda de la Catedral이 최근에 조성되었다. 넓은 공공 공간—지하에 넓은 주차장이 있다—을 조성하려고 로마의 벽들 위에 세워진 낡고 오래된 건물들을 허물고 그 자리에 단단한 암회색의 네모꼴 판석을 깔아 놓았다. (고딕 지구의 거리에는 온통 판석이 깔려 있다. 원래의 자갈길과 배수로를 모조리 없앤 탓에, 바르셀로나 도심에 길게 뻗은 그 유명한 가로수길 람블라스Ramblas를 비롯한 이 고도古都 전체에 차가운 인공의 느낌이 덧씌워졌다. 람블라스의 타일은 다소 다르지만 효과는 같다.) 대성당의 길 한쪽 모퉁이에는 가짜 로마식 아치가 고대의 벽에서 툭 튀어나와 있고, 아래로 내려온 도개교처럼 보이는 경사로가 대성당에 인접한 작은 길로 이어진다. 건물 두 개를 연결하는 폰델스소스피르스Pont dels Sospirs. 탄식의 다리 역시 20세기의 작품이다. 구역 전체가 새것과 헌것, 진품과 보철이 구분할 수 없게 뒤섞인 하나의 커다란 생체공학적 공간처럼 보이기에 이른다. 대성당에 임한, 한때 아라곤왕국의 문서 보관소였던 건물 돌에서 다른 문자도 아닌 히브리어로 새겨진 글귀를 보면 거의 섬뜩한 느낌마저 든다. 몬주익Montjuïc 언덕 위 유대인 묘지에서 가지고 온 묘비 조각들이다.

이것은 그저 단순한 팔림프세스트palimpsest가 아니다. 바흐의 5성 인벤션에 보다 가까운 이것은, 단골 식당인 시우다드콘달Ciudad Condal에서 몬타디토스montaditos라는 이름으로 내놓는 일종의 바르셀로나 타파스를 떠올리게 한다. 토마토를 문지른

바게트 조각에 얇게 저민 푸아그라를 펴 바른 다음 그 위를 기다랗게 자른 멸치로 덮고 (쌓고) 잘게 썬 마른 대추를 얹은 뒤 로크포르 치즈를 낮게 쌓아올린다. 6성 인벤션. 엉망인 데다 내용물이 어울릴 성싶지 않지만, 의외로 괜찮다. 바르셀로나가 제일 잘하는 것이다. 도시의 역逆고고학이 여러 방면에서 역逆맵시를 만들어낸다.

넓지 않은 산펠리프네리광장에서 나만의 진정한 공간을 찾은 듯싶었다. 나무도 몇 그루 없고 작은 분수에서는 물이 졸졸 솟아나는 한적한 곳이다. 1926년에 세상을 뜬 바르셀로나를 대표하는 건축가 안토니오 가우디는 이곳에 앉아 사색에 잠기곤 했다. 그는 이 광장에서 벗어난 뒤 곧바로 전차에 치여 사망했다고 전해진다. 나 또한 이곳으로 돌아와, 숱한 농간을 부리는 통에 영원히 파악하지 못할 이 도시를 생각하곤 한다. 끝없이 이어지는 스트립쇼처럼 이 도시는 한 손으로 입은 옷을 다른 한 손으로 벗겨내면서 더 정교한 거짓을 드러내려고 거짓을 제거할 뿐, 진실의 단면은 단 한 순간도 보이지 않는다.

그러나 광장 안 이렇게 조용한 오아시스에서도 나는 겹겹이 중첩된 인벤션을 발견했다. 구리 세공인 길드와 제화공 길드가 상주한 건물들 정면 외벽은 원래부터 광장에 있었던 것이 아니다. 다른 곳에 있던 것을 50여 년 전에 이곳으로 옮겨와 접목한 것이다. 헤로나에서처럼 작업은 흠잡을 데 없이 완벽하게 이루어졌다. 그 건물들 중 하나에는 작은 학교가 산펠리프네리교회에 맞닿은 채 입주해 있다. 사람들 말로는 광장에 호텔이 들어설지도 모른다고 한다. 마지막으로 바로크양식의 산펠리프네리교회가 있다. 교회 벽에는 스페인 내전 중에 폭격 당한 흔적이 지금도 그대로 남아 있다. 프랑코의 심복들이 정적을 처형한 곳이 바로 여기라고 말하는 사람들도 있다. 총탄 구멍임에 틀림없는 구멍들이 벽에 숱하게 나 있다. 그러나 알 수 없는 일이다. 사건을 설명하는 간판은 그 어디에도 없다. 실제로—이 생각이 머리를 떠나지 않는다—바르셀로나에는 이렇다 할 만한 간판이 보이지 않는다. 이곳은 과거와 유희할 뿐만 아니라 의도적 기억상실로 고통 받는 도시이다. 더욱이 이곳은 스스로를 단단한 회색 판석으로 뒤덮은 곳이다. 이곳의 돌들은 말하지 않는다. 더러 침묵을 깬다 하더라도 말하는 내용이 왜곡된다.

바르셀로나 사람들은 내전을 입에 올리지 않는다. 유대인들을 기억하지 못하듯 그들은 내전을 기억하지 못한다. 그렇지만 이 도시의 삶에서 가장 끔찍한 사건 두 가지는 바로 그것들이다.

람블라스가 그렇듯이 대성당의 길 또한 거리 공연자들과 온갖 종류의 괴짜들과 사기꾼들이 판치는 비주류 경제의 장이 되었다. 가장 인기 있는 것은 세계적 유행처럼 번진 인간 조각상이다. 젊은 남녀들이 온몸을 은색, 하얀색, 구리색으로 칠하고 의상을 걸친 뒤 몇 시간이고 꼼짝 없이 서서 조각상을 흉내

낸다. 다시 말해 인간의 모방품을 모방하는 것이다. 대성당 앞 거지 여인과 달리 그들은 모자에 동전이 떨어질 때마다 고맙다고 하지 않는다. 대신 우아하면서도 일부러 기계적으로 보이는 피루엣 같은 절을 하는데, 그럼으로써 근육을 풀 기회를 얻기도 할 것이다. 지중해와 그 너머 신세계를 바라보며 람블라스 끄트머리에 웅장하게 서 있는 콜럼버스 조각상을 흉내내는 콜럼버스 "상"은 사람들이 동전을 떨어뜨릴 때마다 망원경을 꺼내 수평선을 살핀 다음 팔을 낮췄다가 다시 위를 쳐다보고는 영원의 자세로 돌아간다. 이 행동에 어딘가 흥미를 자극하는 구석이 있는지 아이들은 늘 콜럼버스의 단지 안에 동전을 더 넣으라고 부모들을 재촉한다. 하지만 아이들도, 부모들도, 관광객들도, 콜럼버스 자신은 말할 것도 없이 콜럼버스 상도, 그 누구도 예상하지 못했을 것이다. 1492년 신세계 발견이 스페인에서의 유대인 추방과 동시에 일어나고, 새 항로와 항구의 개척으로 결국 바르셀로나 항이 몰락하게 되리라는 것을. 콜럼버스가 콘베르소의 후손이라는 주장은 출처가 불분명한 것으로 간주된다. 유대인 대탈출이 스페인 왕국에 재앙일 수 있었고, 프랑코가 죽을 때까지 스페인이 자국 역사상 최악의 과오로부터 온전히 회복하지 못했다는 것은, 여전히 스페인이 신경을 쓰는 문제이다. 아니, 해결해야 할 문제이다. 그에 반해, 마침내 500년이 지나 바르셀로나의 회복이 이루어졌다는 것은 참으로 기적이라 하겠다. 예기치 않은 사건의 연속이 아니었더라면 나의 조상들은 분명히 종교재판의 여파로 멸했을 것이라는 점에서, 내가 살아서 이런 말을 할 수 있다는 것 역시 작은 기적은 아니다. 나는 기꺼이 잊기로 한다. 그리고 바르셀로나도 기꺼이 잊기로 한다.

뉴욕, 찬란히 빛나는

때로 나는 집으로 가지 않는다. 오피스나 저녁 모임 장소, 오후에 커피 한잔 하러 들른 카페에서 나와 충동적으로 긴 산책에 나선다. 길을 걸으며 볼일을 생각해내기도 하지만, 산책을 하며 딱히 무언가를 하려는 것은 아니다. 우연히 만난 친구가 맥주나 커피 한잔 어떠냐고 하면 기꺼이 응할 생각이지만, 딱히 누군가를 만나고 싶은 것도 아니다. 내가 닿고 싶은 것은 사람들이 아니라 도시 자체이다. 다시 놓치기 전에 다만 얼마 동안이라도 손에 넣기 위해 조우하길 갈망하는 도시. 그렇지 않으면 도시는 내게 싫증을 내고 내가 내 길을 가도록 내버려둔다. 바쁜 하루 후의 도시. 비 오는 오후의 도시. 하루 쉬는 날의 도시, 늦잠을 잤을 때의 도시, 혹은 엉뚱한 곳에서 내려 낯선 거리를 배회하다가 있는 줄도 몰랐던 영화관을 발견하고는 어서 들어가고 싶어 조바심을 치던 날의 도시. 작가의 도시, 영화 팬의 도시, 잠 못 이루는 밤의 도시, 하늘 높이 솟은 유리 빌딩으로 둘러싸인 매끈하고 차가운 현대의 메트로폴리스, 그러나 땅내 나는 강렬하고도 소박한 전통 음식 냄새가 자갈길—기억하는 이 하나 없지만 많은 이가 노래하는 시대를 대변하는 100년 전의 길—위에 진동하는 자그마한 동네로 언제든 변할 수 있는 도시.

도시들의 비밀스러운 언어를 파악하고, 어떻게 보행로 같은 것도 세이렌처럼 우리를 꾀어서 말을 건넬 수 있는지 그 비밀을 알아낸 사내가 있었으니, 바로 더 이상의 도피가 불가능해 보일 때 스스로 목숨을 버린 독일의 유대인 발터 벤야민이다. 그는 파리와 베를린을 그 자체로도 사랑했지만 도시들 위로 감돌던 그림자 때문에 더욱 사랑했다. 시간의 그림자, 경험의 그림자, 공상의 그림자, 교각과 석조물의 낯선 암시처럼 그를 어루만진 그림자, 그러나 그의 내부 깊숙한 곳에서 그만큼 쉽게 퍼져 나와, 그가 그토록 사랑하게 된 좁은 길과 안뜰에 장막처럼 흔적을 남겼을 그림자. 그가 만지고 돌아온 모든 것은 이 내부의 장막에 사로잡힌 것처럼 보였다. 그에게 속내를 털어놓고 그를 중도에 만나고 그의 사랑에 보답하길 영원히 갈망하고, 끝에 가서는 어딘가에 있을 고국을 꿈꾸도록 그를 도와주는 도시의 이 내밀한 버전. 자신이 투영한 이 가공의 장막 없이는 그는 그 무엇을 만지거나 사랑할 수 없는 것은 물론 그 무엇과도 연결될 방도가 없었다.

황혼 무렵 나는 센트럴파크가 내다뵈는 장엄한 타임워너센터Time Warner Center에서 출발해 브로드웨이를 걸어갈 것이다.

다른 모든 이들이 그렇듯이 내게도 이 도시에서 내가 선택한 장소가 있다. 찬란히 빛나는 나만의 중추부. 가게와 건물 들이 놀랍게도 어느 날 갑자기 아무런 경고도 없이 사라지리란 걸 알게 된다면, 나의 오랜 장소들이 내게서 등을 돌리는 걸 지켜보게 될까 봐, 혹은 그곳들을 향한 내 감정이 불현듯 식을까 봐, 나는 이 작은 제단들을 찾을 때마다 슬그머니 불안한 마음이 든다.

오늘 브로드웨이에서 사라진 수많은 영화관—리전시, 시네마스튜디오, 엠버시, 올드비컨, 83번가의 로우스, 뉴요커, 심포니, 탈레이아, 리비에라, 리버사이드, 미드타운, 올림피아—의 혼령 앞을 지나면서 그것들의 쇠멸을 애도하는 순간을 따로 가질 것임을 나는 안다. 그러나 기억은 변하기 쉽고, 마음은 늘 새로운 설렘에 동하게 마련이다. 오늘 산책을 하면서 내가 좇는 것이기도 하다. 새로운 설렘, 새로운 광경, 새로운 장소. 그게 무엇인지 아직은 모르지만, 그럼에도 도시에서 새로운 걸 끌어내고 싶다.

모든 산책은 새로운 도시를 만들어낸다. 이 작은 도시들에는 제각기 중앙 광장과 번화가, 기념탑, 랜드마크, 빨래방, 버스 터미널—요컨대, 나름의 중심부(라틴어 포쿠스focus는 벽난로, 아궁이, 현관, 집이라는 뜻이다), 따뜻한 곳, 유쾌한 곳, 부드러운 곳, 인기 있는 곳—이 있다.

남들이 뭐라 생각하건 나는 이따금 그런 장소에 우뚝 서서 주위를 둘러보길 좋아한다. 커다란 주기율표 같은 불 켜진 창문이 상하좌우로 늘어선 전쟁 전 건물들을 바라보기. 퇴근하고 집으로 서둘러 돌아가는 인파를 바라보기. 이미 집으로 돌아와 밤 나들이에 대한 기대로 잔뜩 상기된 채 극장으로 바삐 외출하는 사람들을 바라보기. 문 닫기 전까지 몇 시간은 더 영업을 해야 할 상점을 바라보기. 미국 성경 협회 건물 주위를 돌면서 한 번씩 할렐루야를 외치는 미치광이와 자전거를 타고 보도를 내달리는 젊은 음식배달원들, 지하철역이나 여느 때처럼 링컨 센터광장에서 쏟아져 나오는 인파를 바라보기, 주택가인 어퍼웨스트사이드와 〈웨스트사이드 스토리〉로 유명해진 헬스키친Hell's Kitchen 사이에 마치 후에 덧댄 것처럼 끼인, 40년 전만 해도 버려진 공터였지만 지금은 시끌벅적 축제가 열린 듯 휘황찬란한 불빛이 쏟아지는 은하수를 바라보기.

웨스트 67번가 51번지의 적갈색 사암으로 지은 건물은 이제 없어졌지만, 그 주소지는 1960년에 오스카 작품상을 수상한 영화 〈아파트 열쇠를 빌려드립니다The Apartment〉의 배경이된 곳이다. 변두리 억양의 영어는 이제 더 이상 쓰이지 않지만, 체면 차리기도 힘들었을 만큼 영세했던 오래된 웨스트사이드. 그곳에서 C. C. 백스터(잭 레먼)는 집주인 리버먼 부인으로부터 아파트를 저렴하게 빌리고, 옆집에 사는 드라이퍼스 박사와 그의 친절하고 남의 말 하길 좋아하는 부인은 쿠벨리크 양(셜리 매클레인)이 다량의 수면제를 삼켰을 때 그녀를 구하러 달려간다. "웨스트 60번가 근처에 살아." 잭 레먼은 말한다. "센트럴파크에서 반 블록밖에 떨어지지 않았지. 월세는 84달러야."

북쪽으로 몇 블록 올라가면 우디 앨런의 영토가 나오는데, 한나와 그 자매들은 지금도 추수감사절이 되면 부모를 뵈러 그곳을 찾는다. 웨스트엔드애비뉴West End Avenue에서 멀지 않은 곳에는 세르게이 라흐마니노프와 에드거 앨런 포의 집이 있다. 그러고 나서 험프리 보가트가 살았던 포맨더워크Pomander Walk를 지나면 거슈윈의 집이 나오고, 거기서 또 세 블록 올라가면 듀크 엘링턴의 집이 보인다. 때로 내가 좋아하는 장소들은 도시의 공식 중심지를 따라 늘어서 있기도 하다. 콜럼버스 서클, 단테광장, 리처드터커광장, 셔먼광장, 베르디광장, 스트라우스공원. 비행기에서 내려다보면 이 모든 것들은 점점이 흩어진 덩어리처럼 신비롭고 육감적인 자장을 그리며 뉴욕의 밤을 수놓는다.

그러나 뉴욕에는 온전히 나만의 것인 외진 중심지─은밀하고 불안정하지만 맞수가 될 만한 중심지─도 존재한다. 섹스턴트를 든 해군 사관생도나 봉을 들고 수맥을 찾는 풍수사처럼, 혹은 침을 든 숙달된 침술사처럼 나는 이 상상 속 중심지의 정확한 좌표를 찾고 싶다. 북극성이 지축을 혼란케 할 만큼 이리저리 떠다니는 것처럼, 그것들도 한자리에 붙박여 있지 않고 종작없이 움직인다는 걸 알기 때문이다. 내가 산책을 하면서 찾는 것은 어쩌면 이런 개인적이고 외진 곳일지도 모른다. 얼굴도, 인파도, 심지어 도시도 아니다. 뉴욕시라고 불리는 이 두렵고 마천루가 즐비한, 그러나 엄격한 메갈로폴리스는 이렇게 우리를 은밀히 잡아끈다. 눈 오는 날에 이곳은 별안간 실물 크기로 줄어들면서 베스트팔렌 지방의 작은 마을이 된다. 또 한편으로 찔 듯이 더운 여름날에 이곳은 냄새와 누렇게 상기된 구세계의 얼굴과 인간적 척도와 어촌을 얻는다.

이곳을 우리가 지구상에서 원하는 유일한 집으로 불러야겠다는 생각이 불현듯 드는, 마법 같은 순간에 뉴욕은 우리를 더 큰 비밀로 인도한다. 이곳이 우리를 "사로잡아서" 이제 우리는 남들에게 알리고 싶지 않은 어둡고 뒤틀린 허깨비 같은 생각 때문에 걱정할 필요가 없다는 것이다. 이곳 역시 우리와 똑같은 생각을 공유하기 때문이다. 언제나 그렇다.

그러다 문득 나는 이 모든 것이 무엇을 의미하는지—멜빌, 휘트먼, 크레인으로부터 로르카, 키리코, 커밍스, 카뮈에 이르기까지—깨닫는다. 그것은 바로 바깥 보도보다 우리 내부에 더 많이 깃든 장소에서 느끼는 기적과도 같은 친밀감이다. 도시 자체보다 우리 자신의 모습이 거리거리에 더 많이 투영된 까닭이다.

뉴욕은 결국 로맨스—삶과 벽돌과 기억과의 로맨스, 때론 무無와의 로맨스—를 향한 우리의 갈망에 다름 아닌 장막, 곧 상상의 장막인지 모른다. 이 갈망은 도시로 향하고 도시에서 다시 우리에게로 돌아온다. 이것을 나르시시즘이라고 불러도 좋다. 또는 열정이라고 불러도 좋다. 여기에는 격정과 차가운 밤, 갑작스런 요동과 포옹이 있다. 이것은 우리가 영원히 바라볼, 가령 콘크리트와 철, 석조물 같은 무생명의 딱딱한 물체에서 드러나는 우리의 삶이다. 친밀감과 사랑의 필요는 너무도 커서 우리는 그것을 찾아 헤매다가 결국 아스팔트와 검댕 속에서 발견하게 될 것이다.

우리가 철이나 콘크리트를 사랑하는 건 아니다. 철과 시멘트는 소망 장막을 붙이는 데 필요한 매염제이자 밑칠 페인트이다. 소망 장막 없이는 도시도 없다. 물고기를 잡아 자르고 요리한 지 몇 시간이 지난 뒤에도 도마에 붙어 반짝이는 생선 비늘처럼, 우리가 산책을 하며 남기는 소망 장막은 도시의 단단한 표면 위에서—시간 바깥에서—반짝인다. 그것은 때로 우리가 지나가고 한참 뒤에도 여전히 반짝이고 펄떡이면서 낯선 사람들에게 손을 뻗고 그들에게 큰 소리로 외친다. 우리의 존재가 이 도시에 남긴 잔류 자기, 오래도록 머무르는 잔상— 우리 안의 최고의 것.

나의 소망 장막은 이렇다.

정오 무렵 나른한 도시. 안개 낀 아침, 불 밝힌 수상 버스 같은 버스들의 도시. 택시가 멈춰 서고 가벼운 옷차림의 여자들이 하이힐 소리 요란하게 자갈길을 조바심치며 걸어가다가 클럽으로 서둘러 들어가는 새벽 2시 폐점 이후의 도시. 햄프턴 지역으로 빠지는 고요한 골목길에 윙윙 밤새도록 에어컨 소리가 울리는 끈적거리는 주말 여름밤의 도시. 찬 공기가 청명한 겨울 아침의 도시. 소화전에서 물이 뿜어져 나오는 오래된 도시. 시간이 멈추고 열기는 점점 고조되고 마법을 깰 소나기가 내리기만을 기다릴 때, 아이들은 여전히 물속에서 놀까? 숨을 멈춘 채 구름을 세는 도시. 마침내 비가 내리는 도시. 긴 그림자의 도시. 교각들이 밤을 점점이 수놓는 도시. 리처드 위드마크Richard Widmark와 데이나 앤드루스Dana Andrews의 느와르 도시. 놀리타, 트라이베카, 노호, 노하르, 소호, 소하르에서 폴짝 뛰는 도시—잠잘 시간이 없는 도시, 잠자는 법을 모르는 도시. 곧 찜통 같은 더위로 바뀌리라 누구나 예상하는 6월 밤의 가짜 서늘함. 티셔츠 바람으로 돌아다니는 2월의 가짜 여름. 인디언 서머의 위무하는 이중성—올해 10월을 마주하기보다는 여름의 환영이 더 낫다. 도시의 8월. 여름과의 로맨스를 얼마나 빨리 잊던가. 사랑하는 줄 우리 모두 잘 아는 끔찍한 겨울.

다시는 그 모습이 아닐 줄 알기에 이따금 난 도시를 찾아 나선다. 시내 거리에서보다 소설과 영화에서 더 우쭐대는 파생된 도시. 나의 도시. 분 단위로 재창조되지만 어디로 향하는지 모르는 도시, 도시가 기꺼이 스스로를 혐오하는 것보다 적들이 더 사랑하는 도시. 로마와 늘 비교되지만—로마도 어느 날

멸망해야 했으므로―과거를 갖기엔 너무 젊은 까닭에 아테네는 결단코 될 수 없는 도시.

나는 이 도시를 찾아 산책에 나선다. 날짜가 없는 뉴욕. 영원하고 비현실적이며 허깨비처럼 찬란히 빛나는.

나치가 포위하기 전에 서둘러 피레네산맥을 넘었더라면 발터 벤야민이 보았을지도 모를 도시. 벤야민의 그랬을지 모를 삶의 그랬을지 모를 도시. 결코 이곳에 이르지 못한 까닭에 그의 영혼은 이 주변을 맴돈다. 여기서 살아본 적 없는 영혼들의 영속.

나는 어디선가 벤치를 찾아 그와 함께 앉을 것이다. 벤야민 광장. 벤야민의 자리. 어쩌면 그곳은 그의 보이지 않는 제단이자, 최종적인 핫 스팟이고 불빛이 스러지기 전, 밤에 늘 반짝이는 중추일지 모른다. 이곳으로부터 모든 것이 빛을 발산하고 이곳으로 모든 것이 돌아온다. 뉴욕의 상상 속 별의 광장 Place de l'Étoile. 파리의 개선문이 위치한 샤를드골광장을 일컫는다. **파리의 그랜드아미광장Grand Army Plaza. 브루클린의 프로스펙트공원 중앙 입구에 위치한 광장으로, 남북 전쟁을 기리는 개선문이 있다.**

어디선가는 버스를 탈 수도 있다. 오늘 무엇을 보았던가? 언제나 모르겠다. 시간이 멈추고 내가 나 자신과, 이 도시와 함께 있었던 무지개 빛깔의 핫 스팟에 들어갔던가? 그것도 모르겠다. 누구도 모른다. 그저 멈춰 서서 바라볼 뿐이다. 이 건물, 저 건물을, 희한하게 J턴을 하는, 공상처럼 빈약하지 않은 무엇인가를 불러내는 이 좁은 도로를, 그리고 우리 앞에 놓인 살지 않은 삶의 흔적을 간직한 가상의 수의를. 버스도 가장한 핫 스팟이 될 수 있다. 도시들의 이 절박한 비밀의 언어로 이루어지는 모든 속삭임. 하지만 거기에 늘 귀를 기울이는 건 아니고 늘 듣는 것도 아니다. 때론 그 말들을 이해할 수 없다.

다시 주위를 둘러보자 환상의 J턴으로 굽은 저 좁은 도로가 문득 얼어붙고, 건물들은 입을 다물고, 버스는 평범한 버스로 돌아간다.

도시는 보유하는 것이 아니라 빌려오는 우리의 것이므로, 언제나 투기를 한다. 그곳은 언제든 우리를 따돌리고 저버릴 수 있다.

이것이 나의 세상이고 나의 삶이다. 집으로 향하기 전에 한 번 더 둘러본다. 마지막 시도로 나는 절박하게 뭔가를 기다린다. 이윽고 무엇인가가 질문의 형태로 의식을 건드린다. **그곳에서 거듭 뭔가를 원했던 것은 내 안의 무엇이었을까?** 달리 표현하면, **그곳에서 내 안의 뭔가에 계속 손짓을 한 것은 무엇이었을까?**

나는 이 질문으로 왔다가 이 질문으로 떠난다. 답은 없다. 다만, 질문 자체가 아니라 **"그걸 가져가지 마세요. 무엇보다도 날 데려가지 마세요"**라고 말하는 양면적인 간청이야말로 진정한 질문이라는 느낌만이 남을 뿐이다.

자기 충전

여름 주말이 끝날 무렵 차 안에서 맨해튼의 스카이라인이 시야에 들어오자, 밀실 공포증과 전투 피로증이 교차되어 밀려온다. 너무 빨리 돌아왔다는 두려움과 함께, 길을 잘못 들어서면 불 꺼진 답답한 아파트로 들어가 기억과 남은 음식과 빨랫감으로 꽉 찬 더플백을 푸는 일이 늦어질 거라는 강한 불안이 끈질기게 달라붙는다.

짜증스러움이 묻어나는 우리의 얼굴이 긴 주말의 공식 종료를 알린다.

집은 한시바삐 도시를 벗어나고 싶은 마음에 서둘러 떠났던 모습 그대로다. 끝나지 않은 일은 책상에 놓인 채 나를 노려보고, 임시방편으로 사흘 전에 봉합해 놓은 문제는 언제든 다시 튀어나올 태세다. 집까지 내내 싸 왔건만 결국은 쓰레기통으로 직행할 음식도 긴장한 듯 당혹스러워 보인다. 식구 모두 햇볕에 바짝 그을린 채 지친 기색이 역력하다. 아들들 사이에 튀는 작은 불꽃에도, 서로 주고받는 악의 없는 농담 한마디에도

234

온 식구가 파르르 타오를 지경이다.

지금 어떤 것보다 절실한 것은, 떠난 모습 그대로 삶을 다시 시작하기 전에 어느 구석에서든 나 자신을 추스르는 시간을 갖는 것이다. 하지만 그럴 시간이 없다. 다음 주말, 그다음 주말도 일정이 꽉 차 있다. 쉴 수 있는 하루가 필요한데, 가장 가까운 날이 저 먼 10월에서야 희미하게 빛난다.

내 친구들 중에 이렇게 느끼는 사람은 분명 없을 것이다. 아파트에서 마주치게 될 9A나 9B, 또는 다른 밝고 유쾌한 가족들은 환상적인 주말이었다고 기분 좋게 말할 것이고, 그 말은 지나치게 확신에 찬 악수나 억눌린 으르렁거림처럼 달려들 것이다. 이웃에게 질문을 받으면 나 역시 환상적이었다고 활기찬 목소리로 대답하려고 할 것이다. 더없이 즐거웠는데 담담하게 표현한다는 티를 내야 하니 얼마간은 말투를 누그러뜨리면서. 아이들을 씻기고 좋아하는 TV 쇼 앞에 앉히기 전에 잠시 숨을 돌릴 때, 저녁을 대충 때우고 아득한 뱃고동 소리와 벽난로에서 탁탁 불꽃 튀는 소리에 맞춰 한참 전에 시작한 책을 이윽고 손에 들 때, 나는 그 생각을 애써 머리에서 지운다.

하지만 아파트 문을 열고 맨발로 쓰레기봉투를 든 채 복도 끝의 쓰레기 활송 장치로 걸어가는데, 불쑥 그 생각이 다시 튀어 오른다. 목요일 이후 나만의 시간을 가진 게 그때가 처음이라는 생각이 그제야 떠오른다. 닷새 동안 면도할 때 빼고는 내 얼굴을 들여다볼 시간조차 없었다.

이웃을 만나지 않기를 바라면서 느릿느릿 복도를 걸어간다. 우리 집과 비교하면 그렇게 평온하고 차분해 보일 수 없는 9F와 9G의 사람들과 그들의 주말이 부러울 지경이다. 9H의 음악 소리와 9J의 저녁 소리는 또 우리와 비교하면 얼마나 환상적인가. 다만 몇 시간이라도 삶에서 벗어나고 싶어 하는 사람은 내가 유일할까?

쓰레기를 버리고 돌아오면서 나는 곧 걸음을 멈추고 오늘 밤 또다시 9I 생각을 하리라는 걸 안다. 실제론 존재하지 않는 호수 9I. 이 소중한 시간, 한 걸음 한 걸음을 만끽하는 동안 마치 시골에서 달을 가리고 떠가는 구름을 맥 놓고 바라보다가 제발 구름이 가던 길을 멈추고 조금만 더 그대로 있기를 바라는 순간 온전히 홀로 있다는 게 얼마나 멋진 일인지 문득 깨닫는 사람의 심정이다.

상상의 열쇠를 가지고 상상의 잠행을 감행하며 상상 속 9I로 들어간다. 물론, 규칙은 온전히 내가 정하기 때문에 집 안은 엉망이다. 대학생 시절에 쓰던 낡은 소파가 놀랍게도 그곳에 놓여 있고, 그 옆에는 다시 읽으려고 챙겨둔 러시아 소설책이 높다랗게 쌓여 있다. 소설책 몇 권은 거친 깔개 위에 텐트처럼 거꾸로 엎어져 있고, 어지러운 집 안은 먼지가 쌓이든 말든 너저분하든 말든 오래된 〈골드베르크 변주곡〉 음반이 치직거리며 무한 반복되든 말든 아랑곳하지 않는 듯 보인다.

이곳은 그 누구의 것도 아닌 나의 우주이다. 이렇게 얼이 나간 상태에서 나는 커튼을 젖히고 맨해튼의 텅 빈 골목을 내려다보다가 우두커니 달을 올려다본 다음, 내가 언제나 그 우정을 등한시했고 당연하게 여겼던 사람, 바로 나 자신을 좇을 것이다.

일주일에 하루를 꼬박 나 자신과 보내고 싶다. 쓰레기를 가지고 나갈 때 시작되었다가 집으로 돌아올 때 끝나는 상상의 제8일. 내가 기분이 썩 좋아 보이고 바흐의 곡을 휘파람으로 불거나 아내와 러시아 거장에 대해 이야기하고 싶어 조바심치는 것처럼 보인다면, 그것은 달처럼 나도 일시적으로 사라지기 때문이라는 걸 아무도 모른다. 밀폐된 에이컨 바람 시원한 벙커에서 하루 온종일을 보내며 늦잠을 자고 느긋하게 쉬고 방을 서성이고 『오블로모프』를 다시 읽고 커피를 끓이고 콜레스테롤 함량이 많은 과자를 먹어치우고 누구도 생각하지 않고 누구도 그리워하지 않은 채 신문과 내 삶과 내 일과 나 자신을 따라잡은 다음 상상의 하루 휴가로부터 돌아올 채비를 한다. 만일 주말 잘 보냈느냐고 묻는 사람에게 내가 환상적이었다고 답했을 때, 그것은 상상의 몇 초 동안, 그리고 월요일이 몇 시간 남지 않았다고 생각하는 순간, 사랑해서 더없이 고마운 이들로부터 기어이 도망칠 수 있었기 때문이란 걸 결코 이해하지 못할 세상으로.

건물들도 죽었다

어퍼웨스트사이드의 날은 더없이 화창했다. 쌍둥이를 데리러 학교로 서둘러 가는 동안 리버사이드드라이브의 풍광은 맨해튼 특유의 청명하고 밝은 늦여름 아침을 예고했다.

그러나 브로드웨이에서 도심 외곽으로 빠져나가는 인파에 합류했을 때 공기는 사뭇 비현실적이었다. 입을 다물고 느릿느릿 걸어가는 사람들의 행렬이 길가 쪽으로 끝없이 뻗쳐 있었다. 집에 박혀 있기엔 너무 아름다운 날이어서가 아니라, 모든 감각이 마비되었을 때 할 수 있는 일이라곤 걷는 일밖에 없어서 걷는다는 좀비의 표정을 일부러 짓고 있는 듯했다. 사람들이 걷는다. 나와 나의 아이들이 걷는 것처럼.

양쪽에 아들들 손을 하나씩 잡고서 나는 1956년 수에즈 위기 때 이집트에서 갑작스레 정전이 되는 바람에 어머니와 함께 집으로 서둘러 돌아가던 똑같은 순간을 떠올렸다. 이집트에서의 우리의 삶을 결국 황폐화시킨 반서구 반유대주의의 힘이 반미와 반시오니즘의 외피를 쓰고 또다시 내 삶에 영향을 미치는구나 하는 생각을 하면서, 나는 어머니가 그때 어떻게 대처했는지 기억하려고 했고, 현 상황에 켜켜이 중첩된 아이러니를 떠올리려고 했다.

하지만 집중할 수가 없었다. 수많은 영상이 뇌리를 스치고 지나갔다. 쌍둥이 빌딩에서 내던져진 사람들, 뛰쳐나가는 사람들, 창턱에 모여선 사람들, 이 모든 것에 섞여 기쁨에 넘쳐 축하의 박수를 치는 TV 속 팔레스타인 사람들의 모습.

예전에 브루클린브리지를 건널 때 그랬던 것과 같은 이유로 나는 아들들의 손을 꽉 힘주어 잡았다. 두려운 것은 바로 나였기 때문이다.

웨스트 80번가 근처 브로드웨이로 올라가자 도심에서 무슨 일이 있었는지 짐작케 하는 징후나 흔적은 전혀 찾을 수 없었다. 새까맣게 탄 고무 냄새가 110번가에 현실감을 부여하는 데에는 못해도 스물네 시간이 걸릴 터였다. 한편 우리는 불신함으로써 받아들일 수 있는 것 이상을 보지 않고, 다른 세계에 살고, 운명이 준비한 수많은 대안으로부터 다른 형태의 진실들이 제 갈 길을 가도록 한다. 더욱이, '무너지다'라는 단어는 진실로 '무너지다'를 뜻하는 것일까, 아니면 그저 비유나 혹은 언론에서 흔히들 쓰는 유행어에 불과한 것일까?

아이들과 함께 걸으면서 방송망이 아닌 헤로도토스가 기록한 또 다른 정전에 생각이 이른다. 아테네인들이 도시를 떠나 온갖 종류의 선박에 모여 있는 동안, 버려진 도시를 침공한 페르시아인들은 아크로폴리스에 불을 놓아 아테네가 가장 자랑스러워하는 것을 화염에 휩싸이게 했다. 그곳을 태우는 것은 아테네 정신의 일부까지 태우는 것이기 때문이다. 아테네인들은 침묵과 공포 속에서 불길을 바라보았다. 비행기가 두 번째 쌍둥이 건물로 돌진하고 건물들이 무너져 내리고, 종말을 장식하는 연기가 자욱하게 피어오르는 영상을 반복해 지켜보는 사람들만큼이나 무기력했으리라.

세계무역센터의 붕괴로 인해 가장 가슴 아픈 것은 어쩌면 이것일지 모른다. 사상자가 수천 명에 이를 뿐 아니라 건물들도 죽었다는 것, 그리고 건물들이 죽으면서 도시의 일부와 풍경의 일부, 그러므로 우리 자신의 일부―그것이 주변 땅을 조각해 놓았기 때문에, 주위를 둘러보고 손으로 더듬으면서 그것의 위치를 파악하고 정체성을 깨닫는 우리 일부―까지 빼앗겼다는 것.

이튿날 아침 아들들을 데리고 리버사이드드라이브로 나가 자전거를 타는데 아뜩한 아테네인들이 여전히 머릿속에 맴돈다. 학교는 문을 닫았고, 나의 유년 시절인 1956년 마지막 며칠이 그랬듯이 짧은 휴일의 묘한 기운이 감돈다.

67번가의 재건된 방파제 쪽으로 달리는 동안 나는 아들들과 내가 무엇을 찾고 있는지 안다. 몇몇 사람이 조용히 그곳에 모여 있고 모두들 섬의 남단 쪽으로 눈길을 주고 있다.

우리는 물병을 들고 물을 들이켠다. 14번가에 설치되었다는 바리케이드까지는 아직 한참을 더 가야 한다. 아내와 딸과 함께 서 있던 프랑스 여행객이, 내가 아들들에게 프랑스어로 말하는 걸 듣고는 내게 건물들이 어디에 있었는지를 묻는다. 사내도 나도 잘못 알고 있고 성급하게 최악의 사태를 상상하느라 건물들을 못 보고 지나쳤을까 싶어, 내가 같은 질문을 자문하는 것처럼 사내도 분명 알고 있으면서 그렇게 묻는 것이다.

나는 저 멀리 흰 연기가 얼룩처럼 번진 곳을 손가락으로 가리킨다. "라바Là-bas. 저쪽이요."

그런 줄 알았어요, 그가 대꾸한다. 그러고 나서 그는 어제 뉴욕에 도착했다고 덧붙인다. 전망대에서 사진을 찍을 생각이었다고 했다. 이제 그들 카메라에 담기는 건 자욱한 연기뿐이다.

나는 그제야 연기를 응시한 이유를 깨닫는다. 그 뒤에는 아무것도 없다고, 진짜로 아무것도 없다고 나 자신에게 말하는 중이었지만, 연기가 걷히면 곧바로 커다란 두 개의 건물이 섬의 남단에 또다시 우뚝 솟을 것임을 나는 또한 안다. 죽음이 방독면 뒤에 숨어 있듯이 쌍둥이 건물도 그저 숨은 것뿐이다. 무엇인가를 빼앗기기 전에 우리에게 필요한 것은 존재에 대한 얼마간의 망상이다. 어떤 존재든, 심지어 연기도 좋다.

나를 진정으로 괴롭힌 것이 무엇인지 알게 된 것은 바로 그때다. 건물은 우리가 누구인지, 우리가 어디에 있는지 알려주는 표지가 아니다. 건물들에는 우리가 갖지 못한 것이 있다. 철주마다 아로새겨진 장수와 불멸이 그것이다. 건물이 지어진 것은 하나의 목적을 위해서이다. 우리보다 오래가는 것, 증언하는 것, 후세와 우리의 길을 걸고 내기할 수 있다는 궁극의 환상을 심어주는 것. 무너진 건물에서 아들을 잃었다고 말하는 TV 속 아버지처럼 아들이 아버지보다 먼저 죽는 것은 옳지 않다. 우리의 기념물이 그것을 지은 건축가들보다 먼저 무너지는 것은 옳지 않다.

잠시 동안 나는 고대 그리스에서 프랑스 사내가 한 것과 똑같은 질문을 아테네인에게 하는 나 자신을 상상했다. 신전이 어디에 있었지요? 아테네 남자는 아크로폴리스 쪽으로 손을 들어 도시 위 새까맣게 그을린 돌무덤을 손가락으로 가리켰을 것이다.

그럼에도 나는 여기서 희망을 발견한다. 침략자 페르시아인들이 아티카를 떠난 이후 아테네인들은 신전을 새로 지어 지금도 아크로폴리스에 서 있는 신전을 세계의 경이로 만들었다. 우리는 기념물을 언제든 다시 지을 수 있고 또 그래야만 한다. 야만인들에 대해 한마디하자면, 그들의 말로가 어떻게 되었는지는 우리 모두 아는 사실이다.

빈방들

그들이 쓰던 침실 방문은 언제나 닫혀 있고 그들이 쓰던 화장실은 언제나 비어 있다. 주말 아침에 일어나면 부엌은 지난밤 모습 그대로 깨끗하다. 무엇 하나 건드린 사람이 없다. 파티가 끝난 뒤, 남은 음식을 데우고 냉동 피자를 굽고 샌드위치를 급조해 만드느라 싱크대 선반을 어지르는 이른 아침이 될 때까지 부엌으로 비틀비틀 들어오는 사람 하나 없다. 아들들은 모두 집을 떠났다.

20년 전 어퍼웨스트사이드의 우리 집에는 단둘이 있었다. 그러고 나서 여럿으로 늘어났다. 그리고 지금, 우리는 다시 둘로 돌아왔다.

이렇게 될 줄 알았다. 늘 우스갯소리를 했다. 모두 그렇게 했다. 우스갯소리를 하는 것은, 그들의 부재를 예행연습하고, 독살되는 게 두려워 매일 미량의 독을 남모르게 섭취하는 법을 터득한 미트리다테스 6세처럼 나 자신을 면역하는 길이었다.

가장 행복한 순간에도 나는 예행연습 중이란 걸 알았다. 저녁 6시 20분 110번가와 브로드웨이가 만나는 모퉁이에서 매일 똑같은 우편함에 몸을 기댄 채 따뜻한 커피 한 잔을 들고 큰아들의 스쿨버스를 기다리는 것—이 모든 것은 예행연습이었다. 저 멀리 116번가까지 목을 빼고 노란 버스가 오나 내다보는 것도, 실제론 아직 보이지 않는데 저기에 있다고 생각하는 것도 예행연습의 일부였다. 모든 것이 기록되었고, 잊힌 것은 아무것도 없다.

마침내 버스가 시야에 들어오고, 베트남전 참전 군인인 성미 급한 운전사는 브로드웨이를 내달려 110번가 앞에서 신호등이 빨간불로 바뀌면 끼익 멈춰 서거나, 신호등이 바뀌기 전에 109번가까지 내처 내달려 아이들을 내려놓았다. 운전사들 사이에 헨리허드슨 도로를 달리는 무모한 경주가 벌어지기라도 한 듯, 아들을 태운 호러스맨 스쿨버스에 뒤이어 리버데일 컨트리 스쿨버스가 매일 저녁 몇 초 차이로 달려왔다. 스타벅스 앞에 쪼그리고 앉아 구걸하는 거지의 새된 목소리를 기억하듯, 스쿨버스 창문 밖을 내다보는 학교 친구들 앞에서 아들을 껴안을 때면 조심스레 몸을 빼내던 아들의 동작을 기억하듯, 나는 그것을 기억할 것이다.

11월 말에는 저녁 6시만 돼도 캄캄했다. 언제나처럼 커피, 우편함, 차량. 우리의 의식은 추위에도 변하는 법이 없었다. 우리는 함께 110번가를 걸어 내려오면서 이야기를 나누었다. 때론 길가에서 뭔가를 사기도 했는데, 그러면 함께 있는 시간이 더 오래 늘어났다. 때론 집에 너무 빨리 도착하지 않으려고 볼일을 만들기도 했다. 아들 셋과 캐나다 크리스마스트리 판매상을 찾아가 가격 흥정을 하는 추수감사절 이후에는 특히 더 그랬다. 때론 이렇게 함께 걸을 수 없게 될 날에 대해 얘기하는 것도 나쁘지 않겠다고 큰아들에게 말하곤 했다. 물론 그럴 때마다 아들은 내가 대학 진학으로 고민하는 아들에게 그러듯이 픽 코웃음을 쳤다. 아들은 의식을 좋아했다. 나는 예행연습을 좋아했다. 이미 일어난 일을 반복하고 싶을 때 하는 것이 의식이라면, 일어날까 봐 두려워하는 일을 반복할 때 하는 것이 예행연습이다. 어쩌면 이 둘은 하나일지도, 또 시간과 협상하고 옥신각신 다투는 우리의 방식일는지도 모른다.

춥지 않아도 어둠이 일찍 내리고, 도시의 감촉과 불빛과 소리가 저녁 6시 20분 버스 정류장을 쉽게 연상시키는 늦가을 이맘때면 나는 이따금 110번가로 걸어가 가슴 한편이 아려오길 기대하며 그곳에 얼마간 서서 생각에 잠긴다.

그런데 가슴이 아려오지 않는다. 모든 것을 완벽하게 연습한 탓에 미처 확인하지 못한 기억이 빠져나간다든지 내 허를 찌른다든지 하는 일이 없어서이기도 하지만, 나의 110번가 행에는 감정보다는 감상이 더 많이 깃들어 있다고 늘 생각해왔기 때문이다.

게다가 전자우편과 휴대전화 덕에 대학에 간 큰아들이 늘 옆에 있는 듯했다. 2년은 더 집에 머물면서 큰아들의 부재로부터 나를 보호해주는 쌍둥이 남동생도 있었다. 쌍둥이와 나는 여전히 110번가의 크리스마스트리 판매상에게 갔고, 크리스마스이브가 되도록 나무를 사지 않고 기다렸다. 변한 건 거의 없었다. 식탁에서 매트 하나가 치워졌고, 큰아들의 더러운 운동화가 현관에서 사라졌으며, 큰아들이 쓰던 침실 문은 때로 며칠 동안 닫혀 있었다. 삶은 고요해졌다. 모두에게 공간이 생겼다. 큰아들은 매일 아침나절 시카고의 학교로 가는 길에 어떻게든 전화를 했다. 새로운 의식이 시작된 셈이다.

그러다 2년이 지난 9월 어느 날 쌍둥이마저 떠났다. 하루면 바닥나던 반 갤런약 1.9리터의 우유가 갑자기 여드레를 갔다. 소시지도 피넛 버터도 사지 않고, 밀보다 설탕 함량이 더 높은 온갖 종류의 시리얼도 비축해두지 않는다. 집으로 달려와 밥을 챙길 필요도, 대학교 지원서를 교정할 필요도, 새벽 3시가 넘도록 귀가하지 않는다고 걱정할 필요도 없다. 더러운 양말을 분류할 일도, 이게 누구 셔츠니 하면서 한없이 싸우는 걸 말릴 일도, 아침에 알람 소리를 못 듣는다고 꼭두새벽에 알람 시계를 맞출 일도, HB연필 두 자루가 아닌 한 타를 챙겨야 할 일도 없다.

모든 것이 20년 전의 속도로 늦춰졌다. 아내와 나는 미처 그리워하는 줄도 몰랐던 것을 다시 발견한다. 늦도록 밖에 있을 수 있고, 주말이면 여행을 떠나고, 해외여행을 가고, 일요일 밤에도 지인들을 초대하고, 내키면 영화를 보러 나갈 수도 있고, 이틀 연속으로 같은 청바지를 입지 않겠다고 하는 통에 밤늦게 세탁기를 돌리느라 골머리를 썩지 않아도 된다. 문은 활짝 열어젖혀졌고, 전쟁은 끝났으며, 우리는 해방되었다.

아들들이 떠나고 몇 달이 지나서 나는 이윽고, 내가 오랜 시간 등한시했던 관계가 다름 아닌 나와의 관계라는 사실을 깨달았다. 나는 내가 그리웠다. 나와 나는 말하기를 멈췄고, 만나기를 멈췄으며, 연락이 끊긴 채 서로 멀어졌다. 20년이 지난 지금, 우리는 헤어진 지점으로 다시 돌아갔고 끝내지 못한 대화를 다시 시작했다. 이제 나 자신을 온전히 소유한 것이다.

어느 날 저녁 아내와 함께 저녁을 준비하다가 나는 한 걸음 더 나아가, 내가 보기에도 민망한 짓을 하고 있다는 사실을 깨달았다. 삶보다 더 소중한 세 아들 생각을 조금도 안 하고 있었던 것이다. 아들들이 보고 싶지 않았고, 더 기이한 노릇은 하루가 지나도록 아들들 생각이 한 번도 나지 않는다는 것이었다. 인간의 마음이란 게 이토록 무심한 것일까? 눈에서 멀어지면 마음마저 멀어진다는 게 자식에게도 해당하는 것일까? 정말로 그런가?

나 자신에게 가장 잔혹한 판결을 내리려는 순간, 예행연습은커녕 전혀 예상하지 못한 상황과 맞닥뜨리게 되었다. 초록불이 바뀔세라 스쿨버스가 110번가를 내달린 후 멈춰 서던 바로 그 지점을, 젊은 부부가 유모차에 쌍둥이를 태우고 서둘러 건너고 있었다. 크리스마스트리 노점상과 이야기를 나누는 부부를 보면서 나는 문득 저 젊은 아빠 대신 10년 전, 5년 전, 아니 1년 전의 내가 내 쌍둥이 아들과 있으면 좋겠다는 생각이 들었다. 우리는 길 건너에서 따뜻한 음료를 산 다음 트리 노점상들에게 우르르 몰려가 인사를 건네곤 했다. 그런데 지금은 마치 내게는 노점상들 쪽으로 걸어갈 권리가 없기라도 한 것처럼 느껴졌다.

쌍둥이 부부가 부러웠다. 상처 더 깊숙한 곳까지 칼을 찔러 넣으려는 듯, 나는 얼마간 지금이 20년 전이라고, 갓 결혼해서 아이들이 아직 태어나지 않았고 방 세 개짜리 신혼 아파트가 둘이 지내기엔 너무 허전한 것 같다는 생각을 하도록 내버려두었다. 젊은 부부를 물끄러미 바라보며 그들의 앞날을, 아니 나의 앞날을—어느 쪽인지 확실하지 않다—내다보았다. 앞으로 일어날 좋은 일을 머릿속에 그리는 한편, 6시 20분 버스를 기다리는 그때가 너무 아득히 느껴져서 지금 그걸 떠올리는 게 거의 염치없는 짓 같다는 생각마저 들었다.

그제야 상황이 제대로 보였다. 아들들이 이번 크리스마스에 왔다가 간 것처럼, 트리 판매상들이 매해 왔다가 가는 것처럼, 예행연습을 위한 시간은 이미 왔다가 갔다. 지금도 과거에도 늘 그랬다. 모든 것은 왔다가 간다. 우리가 아무리 시간과 다툰들, 시간이 아는 단 하나의 것을 못 하도록 별의별 방어벽을 친들, 우리가 가진 것에 감사하는 법을 배우는 것이 최선이다. 크리스마스 때 나는 아들들의 침실 문이 다시 열린 것에 감사했다. 그러나 난 알았다. 사방에서 휘몰아 드는 가방과 상자, 포옹과 고함을 기꺼운 마음으로 반기면서도, 아들들이 공항으로 몰려가는 1월의 그날 아침을 마음 한편으로 은밀히 벌써 두려워하며 예행연습하고 있다는 걸.

델타가

40년 전 이집트에서의 마지막 세데르seder. 유월절 첫날 혹은 첫 이틀 동안 유대인 가정에서 지키는 종교적 식사를 축하하고 어른들이 모두 식탁에서 일어나 긴 복도를 지나 어둑한 거실로 걸어가던 모습이 지금도 눈에 선하다. 매해 그렇듯이 모두들 그곳에 조용히 모여 앉아 음악을 들으면서 카드놀이를 하다가 마침내 몬테카를로 라디오 방송에서 저녁 뉴스를 전할 시간이 되자 일제히 하던 일을 그만두고 라디오에 귀를 기울였다. 나는 유월절이 싫었지만, 이집트에서 보내는 마지막 해인 만큼 그해 유월절은 달랐다. 그래서 나는 자리에 앉아 어른들을 지켜보았다. 어른들이 모두 라디오에 귀를 세우자 나는 부모님에게 다가가 산책을 하고 싶다고 말했다. 열네 살짜리 아들이 늦은 밤에 혼자 동네를 돌아다니는 걸 부모님이 늘 마땅찮아 한다는 걸 알았지만, 마지막 산책이었다. 미처 몰랐지만 그것은 나 나름의 정처 없는 작별 산책이 될 터였다. 주위를 마지막으로 둘러보면서 워즈워스라면 "만년"이라고 표현했을 것을 담기 위해 마음속으로 사진을 찍고, 소음이며 냄새며 바쁜 인파며 가까이에서 철썩거리는 파도 소리며 모든 게 스스럼없이 친숙한 델타가Rue Delta가 어떻게 나의 성장 과정을 지켜보고 나서 스물네 시간도 채 지나지 않아 영영 사라질 수 있는지 확인하고 싶었다. 죽음을 앞두고 있거나 혹은 남남이 되었지만 여전히 그 손길이—따뜻하게—남아 있는 누군가에게 절망적인 최후의 눈길을 주는 것과 같다. 우리는 그들 없이 어떻게 살지, 어떻게 될지 상상하려고 노력한다. 최악을 예상하려고도 노력한다. 작은 것 하나가 훗날 놀랍게도 다시 나타나 뜻밖의 갈망과 슬픔으로 우리를 동요시키지 않을까 싶어 주위를 둘러본다. 잡풀처럼 기억이 퍼지기 전에 기억을 숨는 법을 배운다. 그럼에도 우리는 수십 년 후 같은 거리로 돌아와 귀환 역시 납득할 수 없다며 당혹스러워 할 것처럼, 아직 납득할 수 없는 상실로 당혹스러워 한다. 파이아케스 인들이 율리시스를 그의 고향에 내려놓았을 때 율리시스가 잠이 든 것은 놀라운 일이 아니다. 떠남은 돌아옴처럼 감각을 마비시키는 경험이다. 기억은 자체로 무감각의 한 형태이다. 기억은 감각을 속인다. 우리는 슬픔도 기쁨도 느끼지 못한다. 아무런 느낌이 없다는 걸 느낄 뿐이다.

아파트에서 걸어 나와 나는 무의식적으로 해안도로인 알렉산드리아코니쉬Corniche로 향했다. 당시에는 도로가 어두웠는데, 불이 나간 가로등이 많기도 했지만, 이스라엘의 공습이 언제 닥칠지 모른다는 공포심이 일도록 항시 전쟁 분위기를 조성하려고 한 나세르 대통령의 전략 탓도 컸다. 1960년대 중반에는 저녁만 되면 갑작스런 정전의 위험이 상존했는데, 그것은 국민의 사기를 돋우기는커녕 오히려 이집트의 급작스러운 쇠퇴를 드러낼 따름이었다. 가로등과 맨홀 뚜껑을 훔쳐가는 사람들은 끊이지 않았지만, 그걸 대체하는 사람은 좀처럼 없었다. 도시는 나날이 더 어둡고 침침해져만 갔다.

그러나 독실한 무슬림들이 한 달간 매일 해 질 녘까지 금식을 하는 라마단 기간 알렉산드리아의 밤은 감각의 축제장이 된다. 어두침침한 거리 위 인파와 노점을 지나 걸어가는 내내, 우리 세대 유럽계 이집트인이라면 모두 알겠지만 달콤한 음식 냄새가 줄기차게 내게 말을 걸어왔다. 알렉산드리아를 잃는다는 게 얼마나 큰 상실인지 아느냐고 재촉할뿐더러, 그 강렬하고도 원초적인 향 속에 묘한 희열감을 동반한 냄새들. 그 희열감은, 이집트 땅을 떠나는 순간 이 조야한 냄새를 두 번 다시 맡지 못할 것이고 유럽의 실패한 배경쯤으로 보이는 곳에서 한때 오도 가도 못했던 나 자신을 떠올리리라는 예감에서 유래했다. 나는 언제나처럼 1965년의 마지막 며칠 동안 두려운 한편, 빨리 떠나고 싶어 조바심을 치다가도 머뭇거렸다. 차라리 무기한 집행유예—곧 떠난다는 걸 아는 조건으로 영원히 그곳에 머물기—를 선고받는 게 낫겠다 싶었다.

당시 우리는 이집트에서 그렇게 "살았다." 떠나는 날을 미룰수록 더욱 근사해 보이는 유럽에서의 미래를 기대하고, 이집트에 더 이상 존재하지 않는, 우리가 그것의 소멸을 필사적으로 막으려고 한 유럽적인 알렉산드리아를 갈구하면서.

언젠가 파스칼은 미덕은 때로 두 가지 반대되는 악덕 사이에서 균형 잡기와 다를 바 없다고 말했다. 이처럼 현재는 시간 속 임의의 지렛목이고, 도망에의 갈망과 귀환에의 갈망이 희한하게도 뒤집힌 채 두 개의 무한 사이에 절묘하게 놓인 순간이다. 우리가 결국 기억하는 것은 과거가 아니라, 미래를 상상하는 과거의 우리 자신이다. 또한 종종 우리가 고대하는 것은 미래가 아니라 복원된 과거이다.

이와 마찬가지로 우리가 사랑하는 것은 우리가 갈망하는 바가 아니라 갈망 그 자체이다. 우리가 기억하는 **바**가 아니라 기억 그 자체를 사랑하듯이. 지금 뉴욕에서 나는 컴퓨터 앞에 앉아 상당한 시간을 앞으로 올 삶을 꿈꾸는 데 보낸다. 어느 날, 컴퓨터 화면과 꿈의 태피스트리 이외에 내가 진정으로 기억할 것은 무엇일까? 이집트의 유럽인들은 이집트 너머의 행복을 갈구하느라 너무나 많은 시간을 보낸 탓에, 돌이켜보면 그 갈구한 행복의 일부가 이집트에까지 옮아가서, 다시 사느니 죽는 게 낫다고 늘 생각해온 그 시절에 오히려 행복의 장막을 던졌던 게 틀림없다. 내가 돌아가길 갈구한 이집트는 내가 아는 이집트도, 벗어나고 싶어 조바심을 내던 이집트도 아니다. **다른 곳**에서 **다른 사람**이 되게끔 꾸미는 법을 터득한 바로 그 이집트이다.

유월절의 밤 산책이 하나가 아닌 두 가지 형태로 존재하고, 더욱이 그 두 가지 형태의 글이 모두 출간되었다는 사실을 밝히는 순간, 내 회고록『이집트를 떠나며』를 읽은 독자들은 모두 당혹스런 역설에 직면하게 될 것이다. 1990년 5월 〈코멘터리Commentary〉에 발표한 첫 번째 글에서 나는 해안도로에 도착하자마자 아랍인 상인에게서 팔라펠 샌드위치를 산다. 반면에 1995년에 회고록으로 발표한 두 번째 글에서는 상인이 끝내 내게 돈을 받지 않고 라마단 페이스트리를 건넨다.

　두 글 모두에서 나는 밤바다를 응시하며 벌써부터 그리워지는 알렉산드리아에 대해 같은 상념에 젖는다. 그러나 두 개의 글 사이에는 상당한 차이가 있다. 회고록에서 나는 혼자다. 잡지에 실린 글에서 나는 혼자가 아니라 남동생과 함께 걷는다. 나는 꽤 소심하고 우유부단한 소년이었기 때문에 이집트에서의 마지막 날에 밤거리를 걷자는 생각을 한 사람은 아마도 대담하고 도전적인 성격의 동생이었을 것이다. 비록 무신론자는 남동생이 아니라 나였지만 유월절 첫날 밤에 발효 빵이니 단 케이크이니 하는 걸 먹자는 생각도 분명 동생에게서 나왔을 것이다.

　남동생은 담차고 짓궂은 면이 있다. 사람들은 남동생이 세상을 사랑한다고, 세상을 좇는 법을 안다고 말하곤 했다. 나는 사람들이 그렇게 말할 때 그게 무슨 뜻인지 조금도 감이 오지 않았다. 세상을 좇기는커녕 사랑하는지조차도 난 확신하지 못했다. 남동생이 부러웠다.

남동생은 음식이 뜨거울 때 먹는 걸 좋아하는 것처럼, 일출을 놓치지 않으려고 아침 일찍 바닷가로 나가는 걸 좋아했다. 태양은 내게 편두통을 안겨주었고, 뜨거운 음식으로 말하자면 나는 그보단 과일과 견과류, 치즈를 좋아했다. 내가 깨작거리며 먹는다면, 동생은 복스럽게 먹었다. 동생은 고기와 자극적인 소스, 드레싱, 스튜, 허브, 향신료를 좋아했다. 내가 아는 향신료는 딱 하나, 고기 맛을 가리려고 스테이크에 뿌리는 오레가노뿐이었다.

동생은 바질 나무 앞에 무릎을 꿇고 앉아 바질 향이 좋다고 말하곤 했다. 나는 동생이 말할 때까지 바질 향을 맡아본 적이 없었다. 그러고 나서 나도 바질을 좋아하게 되었다. 이처럼 나는 동생이 먼저 친하게 된 사람들을 나중에 좋아하게 되었고, 동생이 그들의 특징을 흉내 내는 걸 보면서 따라했고, 동생이 그들의 속마음을 읽고 거짓말쟁이라고 하는 걸 듣고서야 뒤늦게 한소리했다.

동생은 밖에 나가는 걸 좋아한 반면, 나는 집에 머무는 걸 좋아했다. 화창한 여름날에 나는 바닷가 옆 우리 집 발코니 그늘에 앉아 글을 쓰거나 그림을 그렸고, 동생이 햇볕에 하얗게 바랜 모래언덕을 넘어 한 번도 뒤돌아보지 않고 아버지 표현대로 삶을 좇아 바닷가로 내달리는 모습을 지켜보는 걸 좋아했다.

그로부터 수십 년 후 뉴욕에서 나도 태양을 사랑하게 되었지만, 그 사랑은 토착민이 아닌 여행자의 그것이었다. 나는 동생처럼 태양을 그 자체로 좋아하는지, 아니면 늘 햇빛을 피해 다녔던 이집트의 여름날을 떠올리게 해서 좋아하는지 알 수 없었다. 나는 그늘에서 바라보는 태양이 좋았다. 이렇게 나는 사람들을 좋음으로써가 아니라 마치 언제라도 우정을 잃고 그들 없이 사는 법을 배워야 하는 것처럼 그들을 좋아했다. 출구를 탐색하면서 나는 사람들과 관계를 맺는다.

동생은 사람들을 이해했다. 내가 이해하는 것이라곤 사람들에 대한 나의 인상—달리 말하면 나의 허구—뿐이었다. 마치 그들과 내가 종이 다른데 서로 같은 종인 양 행동하는 법을 배운 것처럼.

이집트를 떠나고 동생과 내가 로마 거리를 오래 걷게 되었을 때, 동생은 경로를 바꿔서 이리저리 헤매다가 길을 잃고 다양한 곳을 탐색하는 걸 즐겼다. 나는 매번 같은 길을 가는 걸 선호했다. 가던 길을 가면 영어책을 파는 서점 서너 군데 가운데 하나는 꼭 나왔고, 주변도 눈에 익은 데다 책에서 읽은 내용을 연상시키는 장소도 많고, 오래도록 찬찬히 살피면서 장소 치환을 잘하다 보면—마치 무언가를 느끼려면 감각이 아닌 기억의 세관을 통과해야 하듯이—희미하게나마 알렉산드리아를 상기시키는 곳도 있었기 때문이다. 심적인 이정표를 찾지 않고, 또 훗날 돌아올지도 모를 "정거장"을 새로 만들 생각 없이 로마 거리를 걷는다는 것은 상상할 수도 없는 일이었다. 눈에 익은 길을 반복해서 걷거나 로마보다 더 익숙한 곳에 있는 것 같은 기분이 들 때면 나는 내가 느끼는 환희를 동생도 느끼길 바랐다. 당연한 일이지만 결국 동생은 향수에 젖은 내 별난 행동을 놀렸고, 내가 지겨웠는지 친구들과 나가는 일이 더 잦아졌다.

나는 동생 없이 걷는 것도 즐기게 되었지만, 그럼에도 동생이 없었더라면 수많은 장소를 발견하지 못했을 테니, 그런 장소를 즐기게 된 데에는 동생 덕이 크다. 1995년 이집트에 가서 볼일을 보는 동안 동생이 내내 내 곁을 지켜야 했던 것처럼 말이다. 동생이 없었더라면 그때 나는 경험에 무감각했을 것이다. 동생이 함께 가지 않았더라면 방투산Mount Ventoux에 오른 페트라르카의 행위는 아무 의미가 없었을 것이다. 동생이 바짝 뒤를 쫓아오면서 아버지를 상기시키지 않았더라면 프로이트의 아크로폴리스행이 어둠의 마법을 거는 일은 없었을 것이다. 반 고흐 옆에는 형을 구하러 언제든 달려오는 변함없는 테오가 있었다. 워즈워스는 틴턴 수도원으로 돌아오기 위해 동행할 여동생이 필요했다. 나도 이처럼 동생이 필요했다.

어느 날 뉴욕에서 여름 집이 그립다고 동생에게 말하자 동생은, 모두 알다시피 어렸을 적 나는 지중해든 뭐든 바닷가라면 질색을 해서 언제나 바닷가에 가장 마지막으로 갔다는 사실을 상기시켰다.

　1995년 회고록에서 내가 동생을 빼면서 희생한 것은 그의 풍자 감각이었다. 특히 알렉산드리아에서의 마지막 밤 산책을 그린 1990년의 글에서 유월절 밤에 팔라펠 샌드위치를 먹을지 말지 주저하는 나를 풍자하던 그의 모습이었다. 물론 동생은 완전히 사라지지 않았다. 뒷날 쓴 글에서 동생의 목소리를 빌릴 때, 그리고 삶과 이 땅과 페이스트리에 대한 그의 사랑을 목소리와 더불어 빌릴 때, 동생은 뒷문으로 슬쩍 들어왔다. 그때껏 늘 태양을 피해 다녔는데 갑자기 난 태양을 사랑하게 되었다. 갑자기 난 스튜에 들어간 고기 냄새와 몸을 스치는 여름 열기를 사랑하는 사람이 되었다. 나는 사람들을 사랑했고, 웃음을 사랑했고, 어부의 모자로 얼굴을 가린 채 태양 아래 누워 깜박 조는 것을 사랑했다. 알렉산드리아에 속한 적도, 또 그렇게 되기를 바란 적도 없지만 알렉산드리아가 나의 도시인 것처럼, 바다 냄새는 내 살갗에 영원히 각인되어 내 체취와 하나가 되었다. 나의 사랑을 느낄 수 없었기 때문에 나는 그의 사랑을 훔친 것이다.

　그렇다면 난 거짓말을 한 것일까?

　라파예트 부인으로부터 디포, 필딩, 디킨스, 도스토옙스키에 이르기까지 소설 장르의 역사가 분명히 하듯이, 소설은 사실이 아닌 게 사실로 통하길 원한다. 소설은 역사가 되기를 주장하고, 실제로 일어난 일처럼 역사로서의 사건을 서술한다. 반면에 회고록은 소설처럼 읽히도록, 말하자면 일어나지 않은 일처럼 사건을 서술한다. 이 둘은 서로의 관습을 빌려온다. 하나가 사실인 것처럼 기술한다면, 다른 하나는 사실이 아닌 것처럼 기술한다. 나쁜 회고록은 시작과 중간, 끝이 있다. 좋은 소설은 삶처럼 때로 시작과 중간, 끝이 없다.

둘의 차이는 보이는 것보다 훨씬 당혹스러울 수 있다. 회고록을 쓰는 행위가 기억의 부담을 줄이는 한 방법이라면, 기억에 대해 거짓말을 하거나 대체 기억을 만들어내는 것이 과연 도움이 될까? 거짓말이 이런 해방을 실제로 용이하게 할까, 아니면 상식적으로 보듯이 방해가 될까? 혹은 글쓰기는 이민자들이 미국에 정착한 후 형제자매를 하나하나 초대하듯이, 우리가 소중한 물건을 하나하나 옮겨 놓는 평행 우주를 열어 보일까?

회고록이란 결국 자신의 삶에 대한 거짓말일까? 종이 위에서가 아니라면 가질 수 없는 형태와 논리와 일관성을 삶에 부여하고, 재결합이 공상으로 남아 있는 한 옛 애인 찾기를 즐기는 사람이 있듯이, 귀향하거나 혹은 귀향을 예행연습하는 하나의 방편일까? 미학적 마무리가 되지 않은 삶은 불완전하고 비논리적일까? 문학적 감수성은 회고록이 되찾고자 하는 향수를 조장하는가? 문학은 거짓말의 가능성을 수반하는가? 그래서 동전을 주조하면 합금을 분리할 수 없듯, 바닥에 둘러붙은 껌을 오랜 시간 밟고 다니면 껌을 떼어낼 수 없듯, 거짓말이 우리 삶의 연대기에 새겨지면 그것을 제거할 방법은 없는 것일까?

마지막 세데르를 그린 1990년 글을 읽은 지인들과 독자들은 1995년 회고록에 나 홀로 작별 산책을 하는 걸로 나오자 큰 충격을 받았다. 동생에게 대체 무슨 일이 일어났으며, 밤거리를 걸을 때 그는 왜 내 옆에 있지 않았는가? 그러고 보니 그는 왜 회고록에서 통째로 빠졌는가? 한 인물을 없앨 수도 있고 다른 인물엔 손을 대는가 하면―누가 알겠는가―인물을 새로 만들어내기도 한다면, 그게 대체 무슨 회고록인가?

밤 산책에서 동생을 빼는 일은 마치 동생이 없어지는 것이 평생의 공상이기라도 하듯 놀랍도록 쉬웠다. 밤늦게 동생과 나눈 대화를 동생 없는 무언의 독백으로 처리하느라 막판에 수정을 가해야 했다. 이 변화는 뜻하지 않게 좋은 결과를 냈다. 원고 몇 장을 날리고 새로 글을 써 내려가는데, 운 좋게도 날려 버린 글이 계속 머릿속에 남아 있다는 그 이유로, 전에는 생각지도 못했던 말, 혹은 말하고 싶었으나 할 수 없었던 말을 하고 있는 자신을 종종 발견하는 것과 같다. 서평가들이 인용하곤 하는 『이집트를 떠나며』의 끝부분에 나오는 긴 애가조의 문장들은 사실 단 하나의 목적을 위해 쓰인 것이다. 동생이 사라지면서 생긴 굴곡을 부드럽게 펴기, 그리고 동생을 그리는 애가를 짓기.

방파제의 축축하고 거친 표면을 만지는 순간, 나는 알았다. 이 밤을 언제나 기억할 것임을, 그리고 이곳에 앉아 길 아래 거대한 바위를 때리는 파도 소리를 들으며 눈부신 아이들의 행렬이 바닷가로 구불구불 이어지는 모습을 지켜보는 동안, 나를 사로잡았던 이 혼란스러운 갈망을 몇 년이 지나도 기억할 것임을. 내일 밤에도, 내일모레 밤에도, 그다음 날 밤에도 이곳에 오고 싶었다. 떠남이 이토록 고통스러운 것은, 이런 밤이 찾아오는 일도, 그 언제가 되든 저녁에 해안도로 옆에서 질척한 케이크를 사는 일도, 찰나이긴 하지만 사랑하는 줄 몰랐던 도시를 갈망하는 나 자신을 발견하는 순간의 갑작스럽고 당혹스런 아름다움을 느낄 일도 다시는 없을 것임을 알기 때문이라는 걸 난 알았다.

이것은 내가 말하는 게 아니다. 동생이다.

『이집트를 떠나며』의 첫 판에 실린 마지막 문장은 전혀 다른 감정을 전달한다. 나는 이집트를 한 번도 사랑한 적이 없다. 알렉산드리아도, 그곳의 냄새도, 해변도, 사람들도 사랑하지 않았다. 사실 원래 이 문장은 다소 실망스럽지만 한결 역설적인 내용을 담고 있었다. "싫어하는 줄 몰랐던 도시를 갈망하는 나 자신을 불현듯 발견했다." 하지만 또 다른 아이러니에 의해, 이 문장은 내가 책에서 내내 묘사한 알렉산드리아의 밝고 활기찬 초상에 부합하지 않았다. 알렉산드리아를 동생은 사랑했지만, 난 싫어했다.

초기 독자 가운데 하나가 '싫어하다'라는 단어와 내가 그토록 사랑하는 것처럼 보인 도시 사이에 불일치가 있음을 곧바로 감지하고는 내게…… 다시 생각해볼 것을 권했다. 알렉산드리아에서의 삶에 대한 애정 어리고 때론 황홀경에 빠진 묘사를 생각하면 **사랑**이라는 단어가 보다 어울리지 않겠습니까?

이보다 더 옳을 순 없었다. 두 번 생각할 것도 없이 나는 "싫어하다"라는 동사에 줄을 긋고 그 자리에 "사랑하다"를 적어넣었다. 싫어했던 알렉산드리아를 난 이제 사랑하게 되었다. 간단했다.

마치 동전 뒤집듯 한 극단에서 다른 극단으로 옮겨가 이 문제를 이렇게 쉽게 해결할 수 있었다는 것은, 알렉산드리아에 대해 양가적인 감정을 갖고 있었거나 그 순간 화자가 누구인지, 그러니까 동생인지 나 자신인지 결정할 수 없었다는 뜻이다. 그러나 동생이 내 목소리를 빌려 말한다 하더라도 이런저런 순간을 되찾고 이런저런 장소를 다시 방문하겠다는 열망이 담긴, 그토록 애정 어리고 감각적이며 정밀하게 그린 알렉산드리아에 대한 나의 글은, 동생처럼 되고 싶고 동생처럼 느끼고 싶고 나 아닌 다른 사람이 되고 싶고, 남들에게 확신시킬 수만 있다면 나 자신도 그 글을 믿고 싶은 은밀한 욕망의 발현이었는지 모른다.

고백할 게 하나 더 있다. 이집트에서의 마지막 밤에 델타가를 걷는 일은 동생이 있건 없건 간에 실제로 일어나지 않았다. 그날 밤 모든 식구가 집에 있었고 언제나처럼 침울하고 불안한 채로 이따금씩 들르는 손님들에게 작별 인사를 했고, 거듭 사양했음에도 그다음 날 아침에 또 찾아온 손님들과 다시 한번 작별 인사를 나누었다.

이집트에서의 마지막 산책을 동생과 함께했다는 이야기는 순전히 허구였다. 동생이 있건 없건 바다를 바라보면서 훗날 세데르에도 그날 밤을 기억하겠노라고 약속한 순간 역시 허구였다. 하지만 이 허구는 진실이 결코 할 수 없는 방식으로 나를 붙박았다. 아리스토텔레스의 표현을 빌리자면 그날 밤 그토록 유의미한 마지막 산책을 했었더라면 난 **분명** 그렇게 느꼈을 것이다.

그로부터 30년 후 이집트로 돌아가 내가 가장 먼저 한 일은, 할머니 댁에 가려고 델타가로 향한 것이었다. 델타가를 보자 아주 사소한 것 하나도 잊지 않았다는 생각이 거듭 들었는데, 그것은 실망스러운 한편 그만큼 위안이 되었다. 그렇게 오랜 시간이 지났는데도 나는 길을 잃을 수 없었다. 어떤 것도 잊은 게 없었다. 어떤 것도 놀랍지 않았다. 어떤 것도 놀랍지 않다는 사실 자체도 놀랍지 않았다. 회고록을 쓸 때처럼—어퍼웨스트사이드의 우리 집 책상에 앉아 컴퓨터 화면을 바라보면서—뉴욕 집에 그대로 남아 귀향에 대한 글을 쓸 수 있을 정도였다. 알렉산드리아로 돌아와 그저 이런 생각들을 계속할 따름이었다. 난 프루스트를 읽었다, 난 공부하고 가르치며 기억에 대한 글을 쓰고 기억으로 글을 쓴다, 난 시간과 기억 전과 기억 후와 유사 기억과 찾아간 곳과 찾아가지 않은 곳과 다시 찾아간 곳의 모든 굽이를 알고 있다, 그럼에도 눈에 익은 이 건물들과 이 거리와 이 사람들을 보면서 오직 무감각만을 느낄 뿐임을 깨닫는다, 생각나는 건 그것들은 이미 내 책 속에 다 들어가 있다는 것뿐이다. 그것들에 대해 글을 쓰다 보면 너무 익숙해진 나머지 마치 내가 한 번도 그곳을 떠난 적이 없는 것처럼 느껴졌다. 알렉산드리아, 곧 "기억의 수도"에 대한 글쓰기는 그곳의 광채를 기억에게서 앗아갔다.

델타가에서 바다로 가는 길은 이미 내게 닦인 것처럼 보였다. 30년이 흘러도 변한 게 없는 거리를 걸어 내려갔다. 층계참을 세 개나 지나야 나오는 내 방에까지 올라오던 거리의 냄새도 낯설지 않았다. 한편, 팔라펠 냄새를 맡자 알렉산드리아의 자그마한 여름철 가게들을 연상시키곤 하던 브로드웨이와 104번가 교차로의 쥐구멍만 한 팔라펠 가게가 떠올랐다. 그런데 역설적인 사실은, 브로드웨이의 가게가 이집트보다 더 진짜 팔라펠 냄새가 난다는 것이다.

델타가에서 바닷가로 이어지는 길을 바라보자 곧장 동생이 나오던 대목, 그러니까 이집트에서의 마지막 밤에 동생과 함께 그곳을 거닐던 대목을 쓰던 때가 생각났다. 내가 기억해낸 것은, 몇십 년 전 그곳에서 일어났던 일이 아니라 내가 지어낸 이야기였다. 거짓이란 걸 나도 알고 있는 이야기를 기억한 것이다. 우리는 그곳에서 걸음을 멈추고 먹을 걸 산 다음에 해안 도로를 건너가 바닷가 돌담의 저 장소로 올라가 앉고는 수평선 위로 낚싯배들이 별자리처럼 박혀 반짝이는 지중해의 밤바다를 바라보았다. 신이 난 이집트 아이들이 줄을 지어 라마단 등불을 흔들며 모래언덕을 뛰어가다가 방파제 너머로 사라지는가 싶더니 저 멀리 바닷가에 다시 나타나는 모습을 지켜보던, 그때의 동생과 지금의 동생이 눈에 보이는 듯했다. 이 장면의 최종판에는 동생이 없다고, 동생을 없애는 대신 나 홀로 돌담에 앉아 바다를 응시했다고 나 자신에게 상기하려고 노력했다. 그러나 아무리 그 장면의 첫 번째 판에 대한 기억을 달래려고 해도 동생은 델타가에 거듭 나타났다. 동생과 함께이건 나 혼자이건 그날 밤 그곳을 거닐었던 적이 없다는 걸 나 자신 너무도 잘 알지만, 프로이트의 은폐 기억이나 잔상, 그림자 기억처럼 그의 형상은 마치 아무리 억눌러도 무의미하고 부정직하기까지 해서 떨쳐버릴 수 없는 진실 같았다.

지금, 밤의 델타가를 눈앞에 그린다고 하면 동생과 함께 있는 그림이 유일하게 떠오른다. 반바지 차림에 스웨터를 어깨에 두르고 바닷가로 걸어가는 동생은 팔라펠파샤라는 모퉁이

가게에서 샌드위치를 살 생각에 벌써부터 입 안에 군침이 도는 모양이다. 이것 말고는 델타가에 대한 기억이 없다. 귀향에 대한 기억도 벌써 희미해지기 시작한다. 진정한 델타가를, 『이집트를 떠나며』를 쓰기 이전에 그린 델타가를 난 기억하지 못한다. 그 델타가는 영원히 사라졌다.

시차

나는 이집트의 알렉산드리아에서 태어났다. 그러나 난 이집트인이 아니다. 터키 집안에서 태어났지만 터키인도 아니다. 이집트의 영국인 학교에 다녔지만 영국인도 아니다. 이탈리아 시민이 되고 이탈리아어를 배웠지만, 모국어는 프랑스어이다. 어렸을 때에는 내가 프랑스인이라는, 이집트에서 아는 모든 사람들처럼 곧 프랑스로 돌아갈 거라는 잘못된 생각에 한참 빠져 있었다. 프랑스로 "돌아간다"는 말은 이미 어폐다. 왜냐하면 직계가족 중에 프랑스인이 없는 것은 물론이고 프랑스 땅에 발을 내딛은 사람이 한 명도 없기 때문이다. 그러나 프랑스―그리고 파리―는 나의 영혼의 고향인 동시에 나의 상상의 고향이었고, 평생 그렇게 남아 있을 것이다. 비록 프랑스에서 단 사흘을 보내고 난 뒤 그곳을 빠져나오고 싶어 견딜 수 없었지만 말이다. 내 몸에 프랑스 피는 단 한 방울도 흐르지 않는다.

난 태생으로는 아프리카인이고, 우리 가족 모두 소아시아 출신이며, 난 지금 미국에서 살고 있다. 유럽에서 산 기간이 3년에 불과하지만, 난 스스로를 부정할 수 없는 유럽인이라고 생각한다. 하느님을 믿지도 않고 유대교 의식은 전혀 모르는 데다 10년 동안 시너고그에 간 횟수보다 1년 동안 교회에 간 횟수가 더 많지만 그럼에도 내가 부정할 수 없는 유대인인 것처럼. 유대인이면서 기독교도라고 주장한 나의 조상 마라노들과 달리 나는 유대인 사이에서 기독교도로 통하는 이상, 기독교도 사이에서 유대인으로 지내는 게 좋다.

나는 상상의 유럽인이듯 실재하지 않는 유대인이다. 몇 번을 다시 봐도 상상의 유럽인.

이집트에서 열네 살이 될 때까지 나는 내내 유럽에서의 삶을 꿈꾸고 상상하며 살았다. 나는 유럽에 속했고, 내게 이집트는 바로잡아야 할 오류에 불과했다. 이집트에 대한 사랑도 없었고 그곳을 떠나고 싶어 견딜 수가 없었다. 그곳 역시 나를 사랑하지 않았고 종국에는 내게 떠날 것을 요구했다. 알렉산드리아와 지중해의 아름다움, 그리고 제자리에 놓으려고 역사가 수 세기 동안 노력한 곳에 있다는 아름다움은 내게 아무 의미도 없었다. 해변도 나를 유혹할 수 없었다. 11월의 어느 날 텅 빈 알렉산드리아의 해변이 그 누구의 것도 아닌 내 것인 양 느껴질 때, 또 이렇게 눈부시게 맑은 아침 바다가 잔물결 하나 없이 고요할 때, 그 순간의 마법을 포착하고 싶다면 여긴 이집트의 해변이 아니라 유럽의 해변, 그중에서도 그리스의 해변이라는 환상만 있으면 됐다. 이집트에서 아름다운 그리스나 로마의 조각상을 볼 때면 난 언제나 무의식적으로 이집트의 그리스 조각상이 아닌 그리스를 떠올렸다. 실은 헬레니즘 조각상이 응당 있어야 할 곳은 아테네가 아니라 알렉산드리아였지만, 이집트의 그리스 조각상은 그에 걸맞은 아테네로 돌아가기만을 기다리고 있었다. 태평양에 면한 아름다운 지중해풍의 저택은 그곳이—더 나아가 나 자신이—베벌리힐스가 아니라 이탈리아에 있다는 상상을 할 것을 내게 요구한다. 이집트 해변이 카프리섬에서 본 그림들을 연상시키고, 좁은 자갈길이 프로방스의 도시들을 떠올리게 한다면, 나는 있는 그대로의 모습—아름다운 장소—이 아니라 **본국 송환**이 이루어지기를, 말하자면 유럽으로 돌아가기를 애타게 갈망하는 **복제품**으로 그곳들을 즐기고 싶은 충동에 사로잡힌다. 이런 반사실적 회로와 왜곡과 도치로 인해 나는 이집트에서 살 수 있었다.

알렉산드리아를 기억할 때 나는 알렉산드리아만 기억하는 것이 **아니다**. 알렉산드리아를 기억할 때 나는 이미 다른 곳에 있다고 상상하길 즐겼던 장소를 떠올린다. 알렉산드리아에서 파리를 갈망하던 나 자신을 떠올리지 않고 알렉산드리아를 기억하는 것은 잘못된 기억이다.

이집트에 있다는 것은 내가 이미 이집트를 떠난 것처럼 가장하는 끝없는 과정이었다.

이런 기본적인 왜곡을 보지 않는 것은 기억을 왜곡하는 것이다.

그것을 마음의 오래된 습관으로 보지 않는 것은, 내가 어디에서나 이와 유사한 왜곡을 만들거나 이끌어낼 수 없다면 아무것도 볼 수 없다는 사실을 잊는 것이다. 예술은 참을 수 없게 된 왜곡을 양식화하는 고양된 방법에 다름 아니다.

이집트에서 가장 환하고 친밀한 순간 가운데 하나는 나이 든 고모와 함께 있을 때 찾아왔다. 어느 날 저녁, 고모의 침실에 들어갔는데 고모가 바다를 내다보고 있었다. 고모는 몸을 돌리는 대신 창가 옆 내가 서도록 자리를 만들어주었고, 우린 어둡고 고요한 바다를 함께 응시했다. "저 바다를 보니 센강이 생각나." 고모가 말했다.

고모는 센강 아주 가까이에 산 적이 있다고 말했다. 고모는 센강을 그리워했다. 그리고 파리도 그리워했다. 알렉산드리아는 고모의 고향이었던 적이 없었다. 하지만 파리가 고모의 고향이었던 적도 없었다. 고모의 관점이 내 감정을 확실히 해주었다. 우리의 세계는 유럽에서 우리를 기다리는 원본의 복제품에 불과했다. 알렉산드리아와 관련된 건 뭐든지 유럽 정통적인 것의 가장된 형태였다.

그런데 기묘한 왜곡에 의해서, 알렉산드리아의 해변과 센강을 연결 짓자마자 나는 이집트 해변을 좀 더 너그럽게 대하는 법을 터득하게 되었고, 결국엔 알렉산드리아에 얼마간의 애정을 품는 걸 용납하게 되었다. 그것이 더 이상 쪼갤 수 없게 유럽적인 어떤 것을 굴절시킨 까닭이다. 고모처럼 나도 눈앞에 펼쳐진 것을 보려면, 상상의 센강으로 갔다가 비현실적인 알렉산드리아로 돌아오는 에움길이 필요했던 것이다.

이 에움길은 내가 위에서 언급한 왜곡의 부수적 형태일 뿐이다. 눈앞의 풍경은 상상의 다른 곳을 소환한다. 하지만 눈앞의 풍경이 보이기 시작하는 것은, 이 상상의 다른 곳이라는 도관을 통해서이다. 이런 종류의 우회로와 왜곡은 현재와 연결돼 경험을 완성할 수 없음을 보여줄 따름이다.

우리 중 일부는 이와 비슷한 우회로를 통해 경험과 사랑과 삶 자체에 다가간다. 마음속에 품고 있는 게 경멸이 아니란 걸 깨닫기에 앞서 먼저 경멸을 다른 길로 내보내야 한다.

사진작가들은 이것을 **시차**視差parallax라고 부른다. 우리 눈앞에 놓인 것도 불안정하지만, 우리의 관찰 지점도 그만큼 불안정하다. 기억처럼, 생각처럼, 글쓰기처럼, 정체성처럼, 마지막으로 욕망처럼 관찰 자체가 불안정한 몸짓이고, 불안정한 동작인 까닭이다. 진정한 사진이라는 게 실은 불안정한 이미지들의 무한한 중첩이건만, 우리는 사진 한 장을 얻기를 바라며 카메라 셔터를 누른다.

우리 가족은 이집트에서 추방돼 유럽에 정착한 뒤 그때까지 고향으로 착각한 유럽이 전혀 고향이 아니라는 사실을 깨닫고는 당연히도 깜짝 놀랐다. 본국 송환이라는 것이, 몇십 년 동안 우리 코앞에 있던 이집트라는 세상보다 더 이질적이고 더 낯선 땅으로 우리를 부려놓은 것이다. 불현듯―향수는 그 자체로 수많은 왜곡의 원천이 된다―우리는 알렉산드리아에 대한 향수를 느꼈다. 유럽에서 알렉산드리아를 연상시키는 거라면 뭐든지 애착을 느꼈다. 이를테면 잃어버린 이집트를 환기시키는 어떤 장소, 어떤 순간, 햇빛의 굴절, 희미한 바다 냄새를 유럽에서 찾아다녔다. 말하자면 우회로는 완전히 한 바퀴를 돌았고 두 번째 선회를 위해 원을 그리기 시작했다.

아프리카에서 유럽 정통적인 것의 빈약한 복제품으로 보였던 것이 신성한 원본인 양 느껴졌다. 복제품은 유럽 어디에서나 찾을 수 있지만, 원본은 영원히 잃어버리고 말았다. 기묘한 왜곡에 의해서, 카프리섬에 가는 것은 이집트를 되찾고자 하는 시도일 뿐 아니라, 이 우회로를 다시 한 번 거쳐, 좋든 싫든 새 고향이 될 이탈리아를 받아들이고 더 나아가 좋아하려는 시도이기도 했다. 그것은 또한 오랫동안 갈망해온 본국 송환이 마침내 이루어졌다는 사실을 소중히 여기려는 시도였다. 파리의 고모 댁을 방문해 창가에 서서 이렇게 말하는 것과 같았다. "어느 날 저녁 이렇게 창가에서 바다를 바라보며 파리에 가는 꿈을 꾸었던 거 기억나세요? 그랬던 우리가 드디어 파리에 왔어요."

다만 파리의 그림자 짝인 알렉산드리아를―**시차적으로**― 불러내지 못한다면 파리는 아무런 가치가 없다.

우리가 그리워한 것은 비단 이집트만이 아니다. 이집트에서 유럽을 꿈꾸던 시절도 함께 그리워했다. 다시 말해 우리가 그리워한 것은, 유럽을 꿈꾸던 이집트였다.

내가 유럽을 떠나 미국으로 거처를 옮기자 상황은 곧장 더 복잡하게 얽혔다. 알렉산드리아가 마음속에서 뒷자리로 물러났기 때문은 아니다. 그런 일은 없었다. 알렉산드리아는 로런스 더럴의 표현을 빌리자면 "기억의 수도"로 남아 있고 영원히 그럴 것이다. 그것은 내가 유럽을 잃는 순간 유럽이 또다시 내 마음을 잡아당겼기 때문인데, 이번엔 이집트에서 **한때 상상했던 유럽**과 미국에서 **지금 기억하는 유럽**이 서로 중첩된 채로 인력이 훨씬 강했다. 실은 갈망과 회상, 열망과 향수가 오랜 시간 신호를 혼란스럽게 보내는 바람에, 나는 그때쯤에는 기억과 상상이 인위적인 경계선을 사이에 두고 암호문을 몰래 주고받으면서 이중의 삶을 사는 쌍둥이라는 사실을 기꺼이 받아들일 준비가 되어 있었다.

시차는 시야의 혼란만이 아니다. 그것은 또한 영혼에 현실감을 떨어뜨리고 마비를 불러오는—인식적이고 형이상학적이며 지적이고 궁극적으론 미학적인—혼란이다. 시차는 추방, 곧 시간과 공간 **모두**에서 표류한다는 느낌일 뿐만 아니라, 지금의 우리, 될 뻔한 우리, 여전히 될 수 있는 우리, 지금의 모습을 받아들일 수 없는 우리, 결코 될 수 없는 우리 사이의 근본적인 정렬 오류이다. 우리는 타인과 달라서, 타인을 이해하고 타인과 함께하고 타인을 사랑하고 타인의 사랑을 받으려면, 자연스럽게 떠오르는 생각과 **다른** 생각을 해야 한다고 가정한다. 타인과 함께하려면 지금의 모습과 정반대가 되어야 한다. 타인의 마음을 읽으려면 보이는 것의 정반대를 읽어야 한다. 다른 곳에 있으려면, 다른 곳에 있거나 혹은 그럴 수 있다고 생각해야 한다. 이것이 **비현실적** 서법irrealis-mood이다. 반사실적으로 느끼고 상상하고 생각하고 궁극적으로 글을 쓴다. 왜냐하면 글쓰기는 이 혼란을 대변하고 조사하기 때문이며, 또한 혼란을 항구화하고 공고히 하는 한편, 형태를 부여해 이해하고자 하기 때문이다.

2001년에 작고한 독일 작가 W.G. 제발트는 삶이 엉망이 된 뒤 무감각과 침체, 먹먹한 불모 상태에 빠진 사람들을 작품에서 주로 그렸다. 실수에 의해서건, 혹은 역사의 변덕에 의해서건 몇 번의 추방을 경험하면 삶은 잘못된 길로 들어서게 된다. 과거는 현재에 개입해 현재를 오염시키는 반면, 현재는 뒤를 돌아보면서 과거를 왜곡한다.

제발트의 인물들은 도처에서, 곧 그들 주변뿐 아니라 내부에서도 추방을 목격한다. 제발트 역시 추방을 근본적 비유로 상정하지 않으면 사고할 수도, 볼 수도, 기억할 수도, 내가 단언하건대 글을 쓸 수도 없다.

글을 쓰기 위해 추방을 되찾아오거나 만들어낸다.

추방을 회상했는지 상상했는지 기대했는지는 중요하지 않다. 차이를 더 이상 분간할 수 없다는 것은 혼란의 증상인 동시에 원인이다. 추방된 자는 제자리에 있지 못할 뿐 아니라, 인생을 잘못 살거나, 잘못 산다고 느낀다. 그렇다고 해서 그것이 그 사람이 인생을 잘못 산다든지, 제자리가 아닌 곳에 있다든지, 새 이름을 얻었다든지, 새 언어로 말하고 쓴다든지 하는 이유 때문은 아니며, 저쪽 어딘가에 진정한 삶이 있거나 진정한 집과 언어가 있다는 뜻도 아니다. 추방은 집과 이름과 언어의 개념 자체를 소멸시킨다. 추방된 자는 이제 어디에서 추방되었는지도 모른다.

몇 가지 짧은 비유를 들어본다.

내 친구들 사이에선 어떤 "전이"가 언제나 유머의 원천으로 통한다. 친구 A의 맨해튼 리버사이드드라이브의 집에 저녁을 먹으러 가면 다음과 같은 일이 곧잘 벌어진다. 저녁 어느 무렵쯤 맑은 허드슨 강물에 내려앉은 선명한 주홍빛 석양을 바라보다가 불을 밝힌 바지선이나 서클 라인Circle Line 크루즈선이 시야에 들어오면 A가 나를 놀릴 양으로 이렇게 말한다. "아, 맞아, **바토 무슈**bateau mouche. 센강의 유람선네. 우리가 지금 파리에 있는 거지."

그는 정곡을 찔렀다. 그가 알고 있단 걸 내가 알고 있고 그가 또 그걸 알고 있듯이, 나도 그가 알고 있단 걸 안다. 내가 파리에 있다고 상상하건, 파리를 기억하건 중요하지 않다. 이 전이에 관한 한, 기억과 상상은 호환될 수 있다. 몸은 이곳에 있으면서 생각은 다른 곳에 머문다. 또는 조금 암울한 표현을 쓰자면, **몸은 이곳에 없지만 그 밖의 모든 것은 이곳에 있다.**

좀 더 놀랄 만한 표현을 써보자. 이것은 어느 홀로코스트 생존자와 내가 한때 공유했던 정체성의 형태와 곧장 연결된다. 그는 말했다. 나의 일부는 나와 함께 오지 못했습니다. 그것은 배를 타지 못했습니다. 그냥 그렇게 뒤에 남겨졌지요.

이게 무슨 말인지 나는 모른다. 그러나 그것은 내게 깊은 인상을 남겼고, 그 말을 곰곰이 곱씹을수록 무서울 만큼 진실되게 들렸다. 나의 일부는 나와 함께 오지 못했습니다. 나의 일부는 나와 함께 있지 않습니다, 결코. 프랑스 철학자 메를로퐁티는 사지를 잃은 사람들이 몸에 없는 사지에서 극심한 고통을 느끼는 환상지 증후군이라는 개념을 즐겨 사용했다. 기억은 때로 감각이 현실적으론 더 이상 느낄 수 없는 것들을 감지하게 해준다. 하지만 이러한 기억의 시차 때문에, 모든 것을 왜곡하는 이 그림자 짝 때문에, 갑자기 우리는 우리 자신이 어떻게 해서 둘로 찢어지게 되었는지를 깨닫게 된다. 과거로부터, 고향으로부터, 우리 자신으로부터 떨어진 채로.

우리 자신으로부터 잘려 나왔거나 동시에 두 곳에 있다거나 하는 느낌은 마치 절단된 사지를 뒤에 남겨 놓은 것과 같다. 팔이나 조부모, 어린 남동생처럼 우리에게서 잘려 나간 뒤 우리와 함께 여행하지 못한 우리의 일부. 다만, 조부모나 어린 남동생이 죽지 않듯이 팔은 시들지 않는다.

그렇게 나는 대서양 너머 이편에 있고, 내 팔은 지브롤터 해협 너머 저편에 있다. 그곳으로 돌아가 내 팔을 찾아 원래 있던 곳에 갖다 붙일 수 있을까?

당연히 불가능한 일이다! 하지만 팔이 맞지 않아서가 아니다. 혹은 팔 없이 사는 법을 배워서도, 새 팔, 심지어 더 좋은 팔을 얻어서도, 팔 없이 돌아다니는 기이한 법을 터득해서도 아니다. 진정 두려운 것은, 지금의 난 팔 없는 몸이 아닐지도 모른다는 생각이다. 오히려 그 반대일 수 있다. 나는 그저 몸 전체의 일을 하는 팔 한 쪽일지도 모른다. 몸은 저 뒤에 남겨졌다. 빠져나온 건 팔 한 쪽이 전부다. 배를 탄 것은 없어도 되는 나의 일부뿐이다.

나는 다른 곳에 있다. 이것이 알리바이라는 말이 의미하는 바다. 그것은 다른 곳을 의미한다. 어떤 사람들에게는 정체성이 있다. 내게는 알리바이, 그림자 자아가 있다.

친구 A와 있으면서 내가 바토 무슈를 떠올린 건 어찌 보면 당연하다. 그 친구 집에서 저녁을 먹는 게 때론 일시적으로 느껴지면서 껄끄러운 것도, 그 친구와의 관계가 결국 지엽적이고 미완이며 불만족스러운 것도 당연하다. 나의 대부분은 나와 함께 있지 않다. 내가 심지어 나 자신과 함께 있지 않는데, 내 일부가 전연 다른 곳에 있는데, 어떻게 내가 신세계에서 그 친구와 함께 있을 수 있겠는가?

다른 친구 B와는 이 전이를 한 번 더 비틀 수 있다. 어느 금
요일 저녁, 브루클린 윌리엄스버그의 인파로 붐비는 넓은 자
갈길을 걷고 있는데—우리 둘 다 곧바로 느낀 거지만, 떠들썩
하고 인파가 넘치는 것이 꼭 초여름 어느 날 엑상프로방스나
포르토피노, 산세바스티안의 비좁은 광장 같았다—B가 나를
돌아보더니 불쑥 말한다. "**난 알지**. 네가 이 거리를 **조금이라도**
느끼고, 이 거리에 있으려면 저쪽에 가 있다고 생각해야 한다
는걸." 친구는 맞았다. 이런 장소 치환 없이는 난 현재를 경험
할 수 없다. 내겐 이런 에움길이, 이런 굽이가, 이런 알리바이
가, 이런 반사실적 전이가 필요하다. 지금 이곳에 서서 머물려
면, 이 장막이, 이 두꺼운 막이, 이 기만이 필요하다.

친구 C와는 좀 더 미세하게 비틀어야 한다. "오늘 저녁이 네
게 진정으로 가닿으려면, 넌 저곳을 갈망하는 이곳의 네 자신
을 상상하며 저곳에 있다고 생각하겠지." 설명하자면 이렇다.
C는 파리에 산다. 몇 년 전 9월 어느 날 오후 문득 나는 파
리에 가고 싶다는 강렬한 열망에 사로잡혔다. 파리가 나의 고
향이라면 그것을 향수병이라고 부르겠건만, 내 친구들이 모두
알다시피 내 고향은 파리가 아니다. 나는 전화기를 들고 파리
에 사는 소중한 친구 C에게 전화를 건다. 그녀가 전화를 받자

나는 파리가 어떤지 묻는다. 그녀의 대답은 놀랍지 않다. "온통 잿빛이야. 이맘때 파리는 늘 잿빛이잖아. 바뀔 리가 없지." 물론 내가 기억하는 파리도 그랬다. "뉴욕은 어때?" 그녀가 물었다. 그녀는 뉴욕이 그리운 것이다. 나는 파리가 그리운데.

나는 그녀가 있는 곳이 아니라 그녀가 있고 싶어 하는 곳에 있었다. 내가 머물고 싶다고 생각한 곳은 바로 그녀가 있는 곳이었다.

몇 달 후 파리에 갈 일이 생겼을 때 나는 그녀에게 다시 전화를 걸어, 파리를 엄청 사랑하긴 하지만 여행이 즐겁지는 않다고 말했다. 게다가 파리가 편안하지도 않고, 이럴 바엔 뉴욕에 그냥 있으면서 파리에서의 근사한 저녁을 상상하는 편이 나았다고 덧붙였다. "아, 어련하겠어." 벌써 불쾌감이 묻어나는 목소리로 그녀가 말을 받았다. "파리에 왔으니까 이제 파리에 머물고 싶지 않은 거겠지. 하지만 뉴욕에 있었더라면 파리에 오고 싶었을걸. 근데 뉴욕에 있는 게 아니라 여기로 왔으니까 말이야, 한 가지만 부탁할게." 친구의 목소리에 분노가 배어나왔다. "파리에 오면, 파리를 갈망하면서 뉴욕에 있다고 생각해줄래? 그럼 만사가 해결될 테니."

친구 D와는 좀 다르게 비틀어야 한다. 우리는 브루클린의 친구 집 테라스에 앉아 저녁을 먹고 있다. 음악에 음식, 와인, 손님들, 대화까지 멋진 저녁이다. 사위가 어두워지자 나는 지평선 너머를 바라본다. 해가 막 떨어진 한여름 밤, 화려하게 빛나는 맨해튼의 스카이라인이 눈앞에 펼쳐진다. 문득 뭔가 이상하다는 생각이 든다. 뉴욕에 사는 사람들을 괴롭혀온 그 케케묵은 난제. 브루클린에 살면서 이렇게 숨막히도록 아름다운 맨해튼의 전경을 보는 사치를 누릴 것인가? 아니면 유혹의 손짓을 보내는 장엄한 맨해튼으로 **들어와** 맨해튼 대신 브루클린을 굽어보며 살 것인가?

잠시 후 나는 고지에 올라온 사람들이 으레 하는 것과 같은 행동을 한다. 눈을 크게 뜨고 묻는다. 여기서 우리 집이 보일까? 예전 전화번호로 전화를 걸어서 누가 받는지 볼까? 여기서 내가 보일까?

친구 E와는 이 모든 것이 훨씬 복잡해진다. E는 향수에 젖는 걸 싫어하고, 또 향수를 느끼지도 않는다.

넌 파리도 뉴욕도 알렉산드리아도 사랑한 적이 없어.

넌 그 모든 걸 사랑하지.

넌 다른 곳을 가질 수 없으니까 하나를 싫어하는 거야.

넌 한 곳을 사랑하면서 다른 곳을 사랑하길 바랐지.

넌 그 모든 곳을 사랑해.

넌 그 모든 곳을 싫어해.

넌 싫어하지도 사랑하지도 좋아하지도 않아. 왜냐하면 넌 사랑할 수도 싫어할 수도 없고, 좋아하길 바라다가도 좋아하지 않길 바라고, 아무것도 모르고 아무것도 구분할 수 없기 때문이야.

분산된 정체성이란 게 있을까?

마지막으로, 이 문제에 관해 제6의 사람이 있다. 바로 나.

지금 묘사하는 전이에 대한 나의 정의에 따르면, 우리가 갈망하는 것은 우리에게 손짓하는 도시들도, 그곳에서 보낸 시간도 아니다. 우리를 부르며 강하게 끌어당기는 것은, 우리가 그 도시들에 투영한, 살지 않은 상상의 삶이다. 도시는 다만 분장이고 차단벽이며 화가 클로드 모네가 말했듯이 빈 봉투이다. 절대 사라지지 않는 중요한 것은, 우리가 살기를 바랐던 상상의 삶에 대한 기억이다.

전이가 하나 더 있는데 그것을 **나1**이라고 명명하자. 미국인인 큰아들에게 첫 역사책을 사주고 싶어서 내 딴에는 극히 자연스러운 행동을 했는데, 후에 보니 그 행동이란 게 적잖게 당혹스러웠다. 내가 어릴 때 보던 『마 프리미에르 이스트와 드 프랑스Ma première histoire de France』를 아들에게 사준 것이다. 『나의 첫 프랑스 역사책』. 아쟁쿠르 전투Battle of Agincourt. 백년전쟁에서 영국이 프랑스에 대승을 거둔 전투를 그린 화려한 삽화를 보여주면서 나는 그제야 지금까지 단 한 번도 프랑스와 영국 중에서 어느 편에 설지 마음을 정한 적이 없다는 사실을 깨달았다. 이집트에서 태어나 프랑스어와 영어, 이탈리아어를 구사하지만 세 언어 모두 억양이 이상한 유대인인 나는 성크리스피누스 축일 Saint Crispin's day. 10월 25일에 해당. 아쟁쿠르 전투는 1415년 성크리스피누스 축 일에 발발했다에 어느 편에 섰을까?

사실 나는 아쟁쿠르 전투의 스펠링을 어떻게 쓸지도 결정하지 못했다. 영국인들이 하듯 g가 들어간 Agincourt일까, 아니면 프랑스인들이 하듯 z가 들어간 Azincourt일까?

정말 최후의 전이. 나2. 난 내 성을 어떻게 쓰는지는 물론, 어떻게 발음하는지도 모른다. 터키식, 아랍식, 프랑스식, 이탈리아식, 미국식? 그러고 보니 내 이름도 문제다. 두 번째 음절에 강세를 둔 안드레일까, 아니면 미국식으로 첫 음절에 강세를 둔 안드레일까? r은 또 어떻게 발음할 것인가? 내 이름은 앤드리아, 앤드리아스, 앤다레야, 앤드루, 앤디일까, 아니면 자기 집안을 욕 먹일 양으로 내 이름을 멸시 받는 개신교도 고모의 이름을 따서 짓고는 집안의 제1언어가 프랑스어도, 이탈리어도, 터키어도, 아랍어도 아닌 스페인어이면서—그러고 보니 스페인어도 아니고 라디노어이면서—터키-이탈리어 억양으로 내 이름을 부른 아버지가 하듯 안드레일까?

실은 나도 모른다. 그림자 이름만 있을 뿐, 내겐 이름이 없다.

『이집트를 떠나며』에 어린 시절 양가 할머니를 찾아뵙던 일을 묘사하면서 이 모든 것을 설명하려고 했다. 양가 할머니는 나를 두고 종종 사랑으로 오인되는 관심을 받고 싶어 서로 샘을 내곤 했다. 취학 전에 으레 그랬듯이 나는 매일같이 오전에 한 할머니를 찾아뵌 뒤 오후에는 다른 할머니를 찾아뵈었다. 양가 할머니가 거리를 마주 보고 살았기 때문에—우리 부모님이 만나게 된 연유이다—어려운 일은 아니었다. 그보다 어려운 일은, 다른 할머니를 후에 찾아뵙거나 혹은 이미 찾아뵈었다는 사실을 알리지 않고 한 할머니를 찾아뵙는 것이었다. 할머니 두 분 모두 당신이 특별하다고 느껴야만 했다. 아침에 한 할머니 댁에 가서 몰래 창문을 넘겨다보며 길 건너 그 지점, 그날 오후 이쪽을 엿보리라 벌써부터 기대하는 그 지점을 쳐다볼 생각만 해도 나는—수정하겠다. 이 모든 것을 기억하고, 즉 상상하고, 즉 지어낸 어른 작가로서의 나는—설렜다. 그날 오후에 할 일을 아침에 예행연습하는 셈이었다. 다만 그날 아침의 예행연습을 돌이켜보는 걸 기대할 수 없다면 그 예행연습은 미완이었다. 나는 두 곳에 동시에 있으려고 했다. 마르셀 프루스트가 신문에서 필자로 나온 자기 이름을 읽으면서 1인칭과 3인칭 시점을 동시에 즐기려고 하는 것처럼. 처음에 쓴 잔꾀는 두 번째 잔꾀를 위한 필수조건이 되었다. 나는 양가 할머니 모두에게 충실하지 못했을 뿐만 아니라 결국 나 자신에게도 정직하지 못했다. 이 일화를 기억하는 시늉을 하지만, 실제론 지어냈고 또 지어냈다는 사실을 인정함으로써 이 약삭

빠른 고리를 실토한 뒤 제3급의 알리바이에 접근하길 바라는 작가라면 어떻겠는가?

아침에 할머니 댁에서 밖을 내다볼 때 어쩌면 난 그날 오후 길 건너에서 더 행복할지를 가늠하려고 했는지도 모른다. 혹은 그곳에서 행복하지 않을까 봐 두려운 나머지 오후에 필요한 위안을 미리 길 건너로 보냈는지도 모른다. 또는 길 건너 할머니 댁으로 가는 순간 아침의 할머니를 잊을까 싶어 뒤에 남겨 놓은 할머니 사진이 담긴 선물 꾸러미를 먼저 보낸 것인지도 모른다. 아니면 그보다 더 간단했을 수도 있다. 장소가 바뀌면 나의 정체성도 바뀔까 봐, 하나의 정체성을 다른 또 하나의 정체성에 접목시킴으로써 그것을 견고하게 하려는 것이었는지도 모른다. 다만, 어떤 정체성도 안정적이지 못하긴 했지만.

메를로퐁티의 예를 다시 들자면, 나는 몇 시간 후면 더 이상 내 것이 아닌 다리를 만지고 있었던 것이다. 다리에 손을 뻗었는데 아무것도 없다는 게 어떤 느낌인지 보려고 미리 만지는 격이다.

기대한 기억과 추억 사이에 붙잡힌 채 현재는 존재하지 않는다. 현재가 존재하지 않는 까닭은, 아직 미래가 오지도 않았는데 현재의 소년이 벌써 과거를 내다봐서가 아니라―나의 할머니들을 떠올려보라―또는 본질적으로 진짜 집이 아닌 가상의 집이 두 채 있어서가 아니라, 말 그대로 그 사잇길이 진정한 거주지―그것을 기억에서 상상으로의, 다시 상상에서 기억으로의 이동이라고 부르자―가 되었기 때문이다. 여기서 기본 정서가 사랑이 아니라 수치와 배신, 그리고 수치와 배신을 극복하려는 욕망이듯이, 고리는 집이다. 우리의 직관은 반직관적이 되었고, 우리의 본능은 생각으로 일그러졌으며, 우리의 이해는 반사실적이다.

망명과 추방, 도치는 궁극적으로 그에 상응하는 지적, 심리적, 미적 추방과 도치를 함께 초래한다.

히브리인들의 전통을 상기하자면, 집은 집 바깥에 있다. 히브리어로 히브리라는 단어는 원래 "(강) 건너에서 온 사람"이라는 뜻의 이브흐리ibhri이다. 우리는 어떤 장소에서 온 사람들이 아니라 그 장소 건너편에서 온 사람들이다. 우리는―언제나―다른 곳에서 온 자들이다. 우리와 우리의 알리바이는 서로의 그림자이다.

이것이 나의 집이다. 반사실적 신경이 자극받지 않는 한, 글쓰기는 일어날 수 없다. 글쓰기가 나로 하여금 내가 믿고 생각하고 좋아하는 것과 나 자신이라고 생각하는 것과 나의 목적지로 여기는 것과 내가 쓰려고 하는 것을 치환하거나 재창조하게 만들지 않는다면―글쓰기가 나를 무장 해제시키지 않는다면―나는 한 자도 쓸 수 없다.

어떤 작가들은 단층선을 피함으로써 글을 쓴다. 그들은 모든 종류의 장애물을 피하고, 잘 알지 못하는 것을 회피하며, 어두운 지역을 피해간다. 그리고 말하려 한 바를 다 말했다 싶으면 가능한 곳 어디에서건 문장을 끝마친다.

반면에 어떤 작가들은 의도한 것은 아니지만 자기 자신들을 단층선 바로 위에 위치시킨다. 그들은 주제가 무엇인지도 모른 채 글을 시작한다. 어둠 속에서 글을 쓰지만, 그들은 글쓰기를 통해 더듬더듬 앞으로 나아가면서 주위의 어둠을 밝히기 때문에 계속 글을 쓴다.

글을 쓰기 위해 나는 한 집에서 나와 다른 집을 생각하고 그 사이의 황무지를 찾아야 한다. 한 안드레에게 가서 그 안드레를 지우고 길 건너 다른 안드레를 선택한 뒤에는, 영어가 모국어가 아니지만, 그렇다고 프랑스어나 이탈리아어, 아랍어도 모국어가 아니라는 숨길 수 없는 그 모든 징표를 감추는 데 능한 안드레의 목소리에 가장 근접한 중간 안드레를 찾으러 가야 한다. 글쓰기는 거의 실패해야 한다. 거의 성공에 이르러서는 안 된다. 글이 처음부터 잘 써지면, 내가 쾌조를 보이면, **글쓰기로 곧장 나아가면**, 그건 내게 글이 아니다. 열쇠를 잃어버리고 대체 열쇠를 찾지 못해야 한다. 글쓰기는 귀향이 아니다. 그것은 알리바이다. 알리바이들의 영원한 말더듬.

내가 언어와 다퉈야 하는 까닭은, 언어가 적합하지 않다거나 내가 **거기**에 부적합할까 두렵다거나 해서가 아니라, 말하고 싶은 바를 말한 **이후에**, 이전이 아니라, 그것을 말하는 나 자신을 발견하기 때문이다. 그보다 더 도치된 것은 없다. 먼저 개요를 적고 종이에 글을 써내려가는 게 아니다. 개요를 적을 수 없기 때문에 쓰는 것이다. 다른 종류의 글쓰기는 이용할 수 없어서 그렇게 쓰는 것이다. 구사하는 언어가 자연스럽지 못해서이기도 하지만, 글쓰기와 사고가 부자연스러운 행동이 됐기 때문에 부자연스럽게 쓰는 것이다.

미켈란젤로를 패러디하자면, 그때까지 비밀에 부친 조각상을 선보이려고 대리석을 조금씩 깎아내는 게 아니다. 대리석을 시험하고 결점을 감추고 정으로 잘못 깎아낸 자국을 가린 것이, **조각상**이다.

모든 걸 다 생각한 이후에 글을 쓰는 게 아니다. 숙고하려고 글을 쓴다. 더 좋은 세상에서 더 좋은 눈으로 만들 수 있었을 것을 상상하려고 돌을 쪼아댄다.

스스로 집중하면 중앙을 가졌다는 환상을 갖게 된다.

하지만 집중이 필요한 전부다. 집중이 가진 전부다.

혹은 달리 표현하면, 세상이 보이진 않지만 둘로 보일 따름이다. 더 근사하게 표현하면, 세상이 둘로 보인다는 걸 볼 뿐이다.

우린 한 가지를 보기를 원하지만, 그 대신 시차를 본다.

진실을 원할지 모르지만, 얻는 건 역설뿐이다.

내가 스스로 집중하는 까닭은, 그렇게 할 만큼 어리석기 때문이기도 하지만, 그렇게 함으로써 지적으로 미적으로 도치되고 추방되고 역전되기 때문이다. 무언가를 느낀다고 말하는 게 실제로 그 무언가에 대해 말하는 하나의 방법이 될 수 있는지 모르듯이, 우리가 느끼는 게 정말 느끼는 게 맞는지, 혹은 느낀다고 말하는 게 맞는지 우리는 모른다. 우린 즉흥적으로 말한다. 우린 남들이 우리를 믿었으면 하고 바란다. 남들이 우리를 믿는다면, 우리도 그들을 흉내 내 그들이 믿는 사람을 믿어도 좋다.

망명에 대한 글쓰기를 나의 집으로 삼았다고 말하는 걸로 나는 망명을 요약할 수 있으리라. 심지어 내 집을 단어나 단어가 의미하는 바가 아니라 운율로, 단지 운율만으로 지었다고 말할 수도 있다. 왜냐하면 운율은 감정과 같고, 호흡과 같고, 심장박동이자 욕망이기 때문이다. 운율이, 우리가 꿈꿨던 과거의 삶, 혹은 꿈꾸는 미래의 삶을 재창조하지 못한다 하더라도, 그렇게 운율을 타며 탐색하고 살피는 행위만으로도 우리는 이 세상에서 느끼며 살아갈 수 있다. 리듬감 있는 산문은 또한, 그 화려함에도 불구하고 내가 평범한 영어 문장 하나 쓸 수 없다는 사실을 은폐한다.

그럼에도 나는 공연히 둘러댄다. 이것들은 그저 단어에 불과하다. 이것들이 그저 단어에 불과하다고 말하는 것으로는, 많은 사람이 결국 의지하게 되는 진실에 보다 가깝게 다가갈 수 없다. 진실은, 견딜 수 없게 너무 과하거나 혹은 골고루 돌아가기에 넉넉지 않을 때 골치 아픈 존재이긴 하지만, 우리가

집이라는 이름으로 부르길 원하는 어떤 것인 까닭이다. 물론
망명자는 배 밖으로 그것을 가장 먼저 내던지겠지만.

내 안의 알리바이를 찾아서

알리바이, 라틴어로 '다른 곳에'라는 뜻을 가진 단어. 지금 이곳에 속하지 않은 자, 언제나 다른 곳에 있는 자, 그래서 온전히 자기 자신일 수 없는 자, 나 자신으로부터 망명한 자, 정체성은 없고 그림자 자아, 곧 알리바이만 있는 자. 우리에게 영화 〈콜 미 바이 유어 네임〉의 원작자로 알려진 작가 안드레 애치먼은 이렇게 스스로를 정의한다. 『알리바이』는 제집을 잃고 시간 속 어딘가에 있는 집을 찾아 영원히 시공간에서 표류하는 작가가 쓴 상실과 기억에 관한 글이라 할 수 있다.

이집트 태생의 유대인, 10대 시절 이탈리아로 망명, 모국어는 프랑스어, 현 거주지는 뉴욕, 국적은 이탈리아와 미국. 애치먼을 묘사하는 생물학적, 지리적, 언어적 조건만 보더라도 그가 유년 시절 겪었을 정체성의 혼란을 짐작할 수 있다. 20세기 중반 유대인이라는 사실만으로도 자신이 어찌할 수 없는 굴레를 져야 하건만, 태생적 조건에 더한 불안한 사회적 환경은 애치먼으로 하여금 평생에 걸쳐 기약 없는 심리적 표류를 하게 한다. 그의 표현을 빌리자면 그는 '잠정적이고 불확실한 유대인'이며 '상상의 유럽인이듯 실재하지 않는 유대인'이다. 어디에도 속한 적 없는 그의 삶은 디아스포라의 삶이자, 이방인과 경계인의 삶이다. 현재에 정박한 적 없는 삶, 지금 이곳을 인식하려면 알리바이가 필요하다.

"아웃사이더의 근본 문제는 일상의 세계에 대한 본능적인 거부이며 그 일상의 세계가 무언가 지루하고 불만족스럽다고 느끼는 데 있다"고 진단한 콜린 윌슨에 따르면 애치먼은 아웃사이더가 아닐 수 없다. 하기야 자신의 성도, 이름도 어떻게 읽어야 할지 모르겠다는 사람이 어찌 아웃사이더가 아닐 수 있겠는가. "마치 최면술에 걸린 사람이 톱밥을 계란이나 베이컨이라고 믿으면서 먹고 있는 것처럼"(콜린 윌슨, 『아웃사이더』, 범우사, 335쪽) 애치먼은 유럽에 투영하지 않고서는 알렉산드리아를 인식하지 못한다. 알렉산드리아를 잃어버린 고향, 곧 유럽이라 상상하면서 자기 최면을 건 것이다. 하지만 역설적이게도 지금 그에게 이집트에 기원을 두지 않은 것은 아무런 의미가 없는 것처럼 보인다. 지금 그는 '다른 곳에서 다른 사람이 되게끔 꾸미는 법을 터득한' 이집트를 그리워하고 상상하고 기억한다. '우리가 결국 기억하는 것은 과거가 아니라, 미래를 상상하는 과거의 우리 자신'인 까닭이다.

지금 이곳에서 현재를 거부한 자가 현재를 경험하려면 장소 치환이 필요하다. 유럽에 투영하지 않으면 알렉산드리아를 인식하지 못하듯 뉴욕 또한 파리에의 투영 없이는 인식하지 못한다. 다른 장소에 투영하지 않고서는 한 장소를 느낄 수 없다. '에움길이, 굽이가, 알리바이가, 반사실적 전이'가 필요한 것이다. 그런 까닭에 그에게는 상상의 삶에 대한 기억이 중요하다. 과거와 미래가 중첩되고 기억과 상상이 호환되는 지점이다.

이것은 제집을 잃은 자의 필연적 운명이다. 뗄 수 없는 낙인처럼 유대교가 몸에 새겨져 있지만 유대인임을 부정하는 사칭범의 비극이기도 하다. 그에게 집은 시간 속 어딘가에 있으므로 그는 과거로, 다른 곳으로, 혹은 과거의 다른 곳으로 떠날 수밖에 없다. 애치먼은 태생적, 사회적 조건으로 말미암아 『잃어버린 시간을 찾아서』에 끌릴 수밖에 없었을 것이다(애치먼은 마르셀 프루스트 연구가로 책 『프루스트 프로젝트The Proust Project』를 펴내기도 했다). '카프카적 여행자'처럼 그는 찾을 수 없는 라벤더 원향을 찾아 피렌체로, 스페인에 잔존한 유대인 조상의 흔적을 찾아 바르셀로나로 향하지만, 손에 남는 건 빈 병들과 왜곡되고 희롱된 기억뿐이다.

삶과 자신에 대한 철학적 성찰이 돋보이고 문장 또한 유려한 애치먼의 글을 우리말로 옮기는 과정은 쉽지 않았다. 문장 하나하나를 따라가며 힘들게 번역한 뒤 이제야 드는 생각은, '알리바이들의 영원한 말더듬'인 그의 글을 옳게 다른 언어로 옮기기란 애초에 불가능했을지 모른다는 것이다. 어쩌면 그의 글을 옳게 이해하는 것 자체가 불가능했을지도 모를 일이다.

독서와 글쓰기를 마음의 흐름으로 본다면, '분산과 회피와 양면성'에 대한 그의 글은 좀처럼 마음결을 내보이지 않았다. 하물며 '운율은 감정과 같고, 호흡과 같고, 심장박동이자 욕망이기 때문'에 자신의 집을 운율만으로 지었다고 말하는 작가의 글은 어떠하겠는가? 이 시대의 스타일리스트로 통하는 애치먼의 문장을, 그 운율적 미를 어떻게 옮길 것인가 내내 고심할 수밖에 없었다. 나 스스로는 최선을 다했다고 생각하지만 '예술은 운으로 남을 것에 어조와 운율과 의미를 부여하려는 시도에 다름 아닌 것', 번역을 통해 어조와 의미만이라도 제대로 전달했다면 그나마 성공이 아닐까 하고 위안을 삼아본다.

「나의 모네 순간」은 애치먼에게 소설『그해, 여름 손님』(잔, 2018)을 쓸 수 있는 영감을 준 모네의 그림 〈보르디게라의 저택들〉에 관한 산문이다. 애치먼은 어느 날 자신을 사로잡은 달력 속 모네 그림을 찾아 이탈리아 보르디게라로 향한다. 소설과 영화를 본 뒤 이 산문을 읽는 것도 또 다른 재미가 있을 것이다. 혹은 그 반대의 과정도 근사한 여정이 되리라 믿는다.

「친밀감」은『그해, 여름 손님』의 뿌리가 프랑스 심리소설에 있음을 보여준다. 17세기 라파예트 부인이 쓴『클레브 공작부인』같은 친밀한 동시에 가장으로 가득 찬 프랑스 심리소설에 애치먼은 열광한다. 가령 "외설이 소비되고 우리의 육체에 더 이상 교묘한 속임수가 통하지 않아도 친밀함이 계속 남을 수 있을까?"(『그해, 여름 손님』 211쪽) 같은 대목은 『그해, 여름 손님』이 프랑스 심리소설의 후예임을 알려준다.

「친밀감」「지연하기」「불확실한 어느 유대인에 대한 생각」「시차」 등의 글에서 애치먼은 대체로 존재론적 고민을 하는 실존주의자의 모습을 보이지만, 「로마의 시간들」에서는 낭만주의자의 모습을 보이기도 한다. 커피와 음식, 햇빛 같은 일상의 부수적인 것들 속에서 '소소하고 묘한 감각의 즐거움'을 느끼는 순간, '영원의 도시' 로마에서는 '구하는 게 이미 내게 있구나'라는 가벼운 감탄과 함께 행복이 불현듯 찾아온다.

「보주광장」은 지난 세기 그곳에 살았던 역사적 인물들의 사랑과 배신, 열정과 음모를 소설적 상상력으로 그려낸 글이다. 한 편의 글에 녹아낸 역사와 철학, 심리학적 지식과 통찰이 놀랍다.

「자기 충전」과 「빈방들」에서는 표류하는 실존주의자의 모습이 아닌 우리 이웃처럼 친근하고 솔직한 모습을 확인할 수 있다. 꼬박 자기 자신을 위해 쓴 상상의 제8일을 보내고 일상으로 돌아오는 순간 행복할 수 있는 것은 "사랑해서 더없이 고마운 이들로부터 기어이 도망칠 수 있었기 때문"(237쪽)이라는 대목에 이르러서는 꼭 나 자신의 모습과 겹치기도 해서 가만히 미소 짓게 된다.

모네가 가장 좋아한 것은 그리는 의식이었을지 모르는 것처럼, 애치먼이 가장 좋아하는 것은 어쩌면 쓰는 의식일지도 모른다.『클레브 공작부인』을 읽으며 애치먼이 깨달은 것은 작가의 맥박을 내 것인 양 읽으라는 것이다. 독자들도 애치먼의 맥박을 내 것인 양 읽다 보면 애치먼이 좀처럼 내보이지 않는 마음결에 한발 더 다가갈 수 있을 것이다. 내 안의 알리바이를 찾아, 애치먼의 글쓰기가 열어젖힌 '평행 우주'로 떠날 것을 권한다.

2019년 10월
오현아